НОРА РОБЕРТС

NORA ROBERTS

WITHOUT A TRACE

A Novel

НОРА РОБЕРТС

БЕЗ СЛЕДА

Роман

Москва
ЦЕНТРПОЛИГРАФ

УДК 821.111(73)-31
ББК 84(7Сое)
Р58

Робертс Нора

Р58   Без следа: роман / Пер. с англ. А.Е. Прохоровой. — М.: ЗАО Издательство Центрполиграф, 2012. — 315 с.

ISBN 978-5-227-03999-6

Трейс О'Харли уже давно хотел уволиться из спецслужб, но неожиданно стал единственной надеждой для очаровательной Джиллиан, у которой был похищен брат, видный ученый, и его маленькая дочь. В отчаянии девушка мечется, не зная, как убедить опытного, со множеством связей агента Международной системы безопасности помочь ей отыскать брата и племянницу...

УДК 821.111(73)-31
ББК 84(7Сое)

ISBN 978-5-227-03999-6

БЕЗ СЛЕДА

Роман

Пролог

— Подбери правильный ритм для вступления, Трейс, ты его слишком растягиваешь.

Получив право на публичное исполнение своей новой программы, Фрэнк О'Харли готовился открыть новый сезон. Трехдневная работа над шоу в Терре-Хот[1] наверняка не самое яркое событие в его карьере и определенно не предел его мечтаний, но он собирался сделать так, чтобы публика была довольна и не сожалела о потраченных впустую деньгах. Плохой концерт мог повлечь за собой длительную передышку.

Он отсчитал такт, а затем ринулся на сцену с энтузиазмом человека, вдвое его моложе. На вид Фрэнку было лет сорок, но его ноги выделывали па с резвостью шестнадцатилетнего юноши.

Он сам написал небольшой сценарий, искренне надеясь, что эта концертная программа станет визитной карточкой О'Харли. Сидя за роялем, его старший и единственный сын пытался вдохнуть жизнь в мелодию, которую проигрывал

---

[1] Т е р р е - Х о т — город на западе штата Индиана. (*Здесь и далее примеч. пер.*)

уже в сотый раз, тем временем мечтая о совершенно других вещах и других местах.

В это время его мать кружилась по сцене вместе с отцом. И даже после нескончаемых репетиций, переездов и бесчисленных провинциальных театриков и клубов, по которым они его таскали следом за собой, Трейс по-прежнему испытывал к родителям теплоту и любовь. Так же как и уже ставшее привычным чувство неудовлетворенности и разочарования.

Неужели он так и будет всегда сидеть рядом с ними, наигрывая незатейливый мотивчик на второсортном рояле, пытаясь воплотить в жизнь великие мечты отца, у которых нет ни единого шанса на осуществление?

Молли, как всю их совместную жизнь, по пятам следовала за Фрэнком, приноравливаясь к его движениям. Она могла бы сыграть эту сцену с закрытыми глазами. Но, кружась и послушно склоняясь в танце, она больше думала о сыне, чем о репетиции.

Мальчик несчастлив, думала она. И он уже не ребенок. Он уже почти взрослый мужчина и отчаянно желает идти собственной дорогой в жизни. И она прекрасно понимала, что одна мысль об этом настолько ужасает Фрэнка, что он отказывается признавать очевидное.

Ссоры в их семье случались все чаще, и спорили они все ожесточеннее. Скоро, подумала Молли, очень скоро произойдет неминуемый взрыв, и она уже не сможет собрать осколки их семьи.

Еще один поворот и наклон, и вот на сцену резво выпорхнули три их дочери. Прижавшись к Фрэнку, Молли почти физически ощущала, как его охватывает чувство гордости. Она так не хотела бы, чтобы он утратил эту гордость и надежду, благодаря которым по-прежнему оставался тем юным мечтателем, которого она когда-то полюбила.

Когда Молли и Фрэнк ушли со сцены, выступление продолжилось песней. Тройняшки О'Харли — Шантел, Эбби и Мадди — слились в трехголосой гармонии, словно родились с песней на устах.

На самом деле так почти и было, подумала Молли. Но и они, как и Трейс, уже не дети. Шантел уже вовсю пользовалась своим умом и обаянием, очаровывая мужскую половину публики. Эбби, более спокойная и уравновешенная, просто выжидала удобного момента. И уже совсем скоро и Мадди упорхнет от них. Молли испытывала материнскую гордость и одновременно сожаление при мысли о том, что ее младшая дочь слишком талантлива, чтобы всю жизнь выступать в бродячей труппе.

Но сейчас ее гораздо больше беспокоил Трейс. Он сидел за обшарпанным роялем в крохотном грязном клубе, но его мысли витали за тысячи миль отсюда. Она видела буклеты, которые он собирал. Красочные проспекты с фотографиями и рассказами о таких местах, как Занзибар, Новая Гвинея, Масатлан[1]. Иногда во время длительных переездов из города в город на поезде или в автобусе Трейс рассказывал о замках, храмах, пещерах и горах, которые он хотел бы увидеть.

---

[1] М а с а т л а н — курортный город на тихоокеанском побережье Мексики.

А Фрэнк отметал эти мечты как пыль, отчаянно цепляясь за собственные стремления и за своего сына.

— Неплохо, дорогие мои. — Фрэнк выскочил на сцену, чтобы обнять дочерей. — Трейс, ты витаешь в облаках. Тебе просто необходимо вдохнуть хоть немного жизни в эту музыку.

— В этой музыке не было ни капли жизни с тех пор, как мы уехали из Де-Мойна.

Случись этот разговор несколько месяцев назад, отец лишь усмехнулся бы в ответ и потрепал бы сына по затылку. Но сейчас он ощутил укол критики, мужской вызов, брошенный сыном. Он упрямо вскинул подбородок.

— С этой мелодией все в полном порядке и всегда так было. Все дело в том, что ты недостаточно хорошо играешь. Уже два раза сбился с ритма. Я устал от твоего надутого вида за инструментом.

Пытаясь разрядить обстановку, Эбби встала между отцом и братом. Нарастающее напряжение уже долгие недели держало всю семью на пределе.

— Мне кажется, мы все немного устали.

— Я могу сам говорить за себя, Эбби. — Трейс вскочил из-за рояля. — Никто не дуется за инструментом.

— Ха! — Фрэнк отмахнулся от сдержанного прикосновения Молли. Господи, а мальчик действительно вымахал, подумал Фрэнк. Высокий и стройный, теперь он казался почти незнакомцем. Но Фрэнк О'Харли по-прежнему в седле, и настало время напомнить сыну об этом. — Ты дуешься с тех пор, как я сказал, что мой сын не станет мотаться по миру, направляясь в Гонконг или куда-то там еще, как какой-то цыган. Твое место рядом с семьей. Ты несешь ответственность перед труппой.

— Это не моя ответственность, черт подери.

Глаза Фрэнка сузились.

— Полегче, парень, следи за словами, ты не настолько взрослый, чтобы я не справился с тобой.

— Пришло время тебе услышать правду, — продолжал Трейс, не в силах сдерживать чувства, так долго копившиеся в душе. — Год за годом мы исполняем второсортные мелодии во второсортных клубах.

— Трейс, — Мадди бросила на него умоляющий взгляд, — не надо.

— Не надо что? — грубо откликнулся он. — Не говорить ему правду? Понятно, что он все равно ничего не услышит, но я не могу молчать. Вы втроем и мама слишком долго скрывали от него эту правду.

— Приступы гнева нагоняют скуку, — лениво промурлыкала Шантел, хотя у самой нервы натянулись, словно струна. — Почему бы нам всем не соблюсти нейтралитет?

— Нет. — Дрожа от негодования, Фрэнк отошел от дочерей. — Давай, говори, что хотел.

— Мне осточертело постоянно разъезжать на автобусах непонятно куда, я устал притворяться, что следующая остановка — наш конечный пункт назначения. Ты год за годом таскаешь нас за собой из города в город.

— Таскаю вас? — Лицо Фрэнка пылало от гнева. — Так вот чем я, оказывается, занимаюсь!

— Нет. — Молли шагнула вперед, глядя на сына. — Нет, это не так. Мы сопровождали тебя по доброй воле, потому что искренне хотели этого. И если один из нас не хочет, он имеет полное право открыто заявить об этом, но не быть жестоким.

— Он не слушает меня! — завопил Трейс. — Ему наплевать, чего я хочу или не хочу. Я же говорил тебе. Я говорил тебе, — обернулся он к отцу. — Каждый раз, когда я пытаюсь поговорить с тобой, все, что я слышу в ответ, — это что нашей семье необходимо держаться вместе, что за углом нас ждет уникальный шанс, хотя за углом не оказывается ничего, кроме очередного паршивого разового выступления в очередном никудышном клубе.

Это было слишком похоже на правду и заставляло Фрэнка чувствовать себя неудачником, в то время как он хотел для своей семьи всего самого наилучшего. Гнев был единственным оружием Фрэнка, и он не преминул им воспользоваться.

— Ты неблагодарный, эгоистичный и глупый мальчишка. Всю свою жизнь я трудился, чтобы пробить для тебя путь в лучшую жизнь. Открыть двери, в которые ты мог бы спокойно войти. А теперь оказалось, что тебя это не устраивает.

Трейс почувствовал, как слезы обиды предательски щиплют глаза, но не собирался отступать.

— Да, не устраивает, потому что я не хочу входить в твои двери. Я хочу чего-то другого, чего-то большего, но ты настолько зациклился на своей безнадежной мечте, что не хочешь замечать, как я ее ненавижу. И чем настойчивее ты заставляешь меня стремиться к исполнению этой твоей мечты, тем ближе я к тому, чтобы возненавидеть тебя.

Трейс не собирался это произносить вслух и замер, потрясенный своими горькими словами. Он с ошеломленным видом наблюдал, как отец побледнел, как-то сразу постарел и сморщился. Он бы многое отдал за то, чтобы не произносить эти слова. Но было уже слишком поздно.

— Тогда следуй за своей мечтой, — произнес Фрэнк, его голос дрожал от переполнявших чувств. — Иди туда, куда она зовет тебя. Но больше не возвращайся, Трейс О'Харли. Не возвращайся ко мне, когда тебе станет холодно и одиноко. Тебя никто не встретит с распростертыми объятиями.

И он сошел со сцены.

— Он не имел это в виду, — быстро проговорила Эбби, беря Трейса за руку. — Ты ведь понимаешь это.

— Они оба не хотели. — Мадди беспомощно посмотрела на мать глазами, полными слез.

— Всем необходимо слегка остыть. — Даже Шантел, обладающая недюжинными драматическими способностями, была потрясена. — Давай прогуляемся, Трейс.

— Нет. — Молли со вздохом покачала головой. — Вы, девочки, идите, а мне надо поговорить с Трейсом.

Она дождалась, когда дочери вышли, устало опустилась на стул за роялем, неожиданно почувствовав себя постаревшей и опустошенной.

— Я знаю, что ты чувствовал себя несчастным, — тихо сказала она. — И то, что ты слишком долго держал это в себе. Мне не надо было закрывать на это глаза.

— Ты ни в чем не виновата.

— Виновата, так же как и отец, Трейс. Твои слова глубоко ранили его, и эта рана еще не скоро заживет. Я знаю, что некоторые слова были сказаны в порыве гнева, но многое — правда. — Она внимательно посмотрела на своего упрямого единственного сына. — Думаю, ты действительно чувствовал, что сможешь возненавидеть отца, если он не отпустит тебя.

— Мама...

— Не надо. Это жестокие слова, но будет гораздо хуже, если они сбудутся. Ты хочешь уйти.

Он открыл рот, собираясь в очередной раз уступить, но злость на отца оказалась настолько сильной, что ему вдруг сделалось страшно.

— Я должен уйти.

— Тогда сделай это. — Она встала и положила руки ему на плечи. — И сделай это как можно быстрее, а не то он или начнет стыдить тебя, или завлекать обратно, и ты никогда не простишь его. Иди собственной дорогой. А мы всегда будем ждать твоего возвращения.

— Я люблю тебя.

— Я знаю и хочу, чтобы так и было впредь. — Она поцеловала его и поспешила прочь, понимая, что должна сдерживать слезы, потому что ей предстояло еще утешать мужа.

В ту ночь Трейс упаковал свои пожитки — одежду, губную гармонику и дюжину буклетов. Он оставил короткую записку, в которой было всего два слова: «Я напишу». Когда он вышел из мотеля и поднял руку, останавливая попутку, в кармане у него лежало всего триста двадцать семь долларов.

Глава 1

Дешевое виски обожгло горло, как укус рассерженной женщины. Трейс втянул воздух сквозь сжатые зубы и приготовился умереть. Когда этого не произошло, он отхлебнул еще немного из стакана, откинулся в кресле и уставился на необъятный простор Мексиканского залива. У него за спиной небольшой бар торопливо готовился к вечернему приему посетителей. На кухне жарились фрихолес[1] и энчилада[2]. Все острее бил в ноздри запах лука, перекрывая ароматы виски и табачного дыма. Разговоры велись на скорострельном испанском, который Трейс прекрасно понимал и пропускал мимо ушей.

Ему хотелось побыть одному. Ему хотелось пить виски и любоваться заливом.

Солнце красным шариком висело над водой. Низкие облака окрасились розовым золотом. От виски в животе разлилось приятное тепло.

---

[1] Ф р и х о л е с — бобы по-фермерски.
[2] Э н ч и л а д а — кукурузная лепешка с острой начинкой и приправой чили, национальное мексиканское блюдо.

У Трейса О'Харли отпуск, и он непременно этим воспользуется.

До Штатов отсюда всего ничего на самолете. Он перестал считать эту страну своим домом еще несколько лет назад или, по крайней мере, пытался убедить себя в том, что перестал. Прошло двенадцать лет с тех пор, как он уплыл из Сан-Франциско, молодой, идеалистичный парень, мучимый чувством вины, но окрыленный мечтами. Он повидал Гонконг и Сингапур. Целый год путешествовал по странам Востока, добывая средства к существованию благодаря уму и таланту, унаследованным от родителей. По ночам он играл в отелях и стриптиз-клубах, а днем жадно впитывал в себя виды экзотичных городов и их новые запахи.

А затем был Токио. Он исполнял американскую музыку в убогом маленьком клубе, намереваясь объехать всю Азию. Жизнь благоволит к тем, кто умеет вовремя оказаться в нужном месте в нужное время. Или, наоборот, как думал Трейс, когда ему приходилось туго, в неподходящем месте в неподходящее время. Пьяная драка и стала самым очевидным подтверждением этой теории. Фрэнк О'Харли научил сына не только как играть, попадая в такт. Трейс прекрасно знал, когда напасть, а когда отступить.

Он вовсе не собирался спасать жизнь Чарли Форрестеру. И конечно же он и понятия не имел, что Форрестер — американский шпион.

Все дело в судьбе, подумал Трейс, глядя, как красное солнце медленно скользит за горизонт. Это судьбе было угодно, чтобы он изменил направление ножа, занесенного над Чарли. И именно благодаря коварным проискам все той же судьбы он был вовлечен в зловещие шпионские игры. Трейс на самом деле вдоль и поперек объехал всю Азию. Но эти поездки оплачивала Международная система безопасности.

Теперь Чарли был мертв. Трейс налил себе еще рюмку и выпил за своего друга и наставника. И причиной его смерти стала не пуля убийцы и не нож в темном переулке, а простой инсульт. Организм Чарли попросту исчерпал свои ресурсы.

И вот Трейс О'Харли сидел в небольшом баре на мексиканском побережье один на один со своими мыслями.

Похороны должны были состояться через четырнадцать часов в Чикаго. Поскольку он не был готов пересечь Рио-Гранде[1], Трейс собирался остаться в Мексике, выпить за старого друга и подумать о жизни. «Чарли бы понял меня», — решил Трейс, вытягивая вперед длинные ноги в потертых штанах цвета хаки. Чарли никогда не был охотником до ритуалов и разных церемоний. Просто выполни свою работу, выпей рюмку и отправляйся на следующее дело.

Трейс достал смятую пачку сигарет и порылся в кармане рубашки с грязными полосами в поисках спичек. У него были длинные и широкие ладони. В десять лет он мечтал стать пианистом. Но он вообще о многом когда-то мечтал. Потертая шляпа с широкими полями скрывала его лицо, когда он поднес к сигарете зажженную спичку.

---

[1] Рио-Гранде — река в США и Мексике.

Он сильно загорел, потому что его последняя работа требовала постоянного нахождения на улице. У него были густые волосы, которые он не подстригал, и потому они сильно отросли и выбивались из-под шляпы непослушными темно-русыми кудрями. Стояла жара, и его гладкое лицо блестело от пота. На левой щеке виднелся тонкий белый шрам — напоминание о драке, в которой его ранили осколком бутылки. Небольшая горбинка исказила его некогда красивый прямой нос. Битва за честь девушки.

Он сильно исхудал после длительного больничного заточения. Коварная пуля едва не оборвала его жизнь. Своим мрачным видом он был обязан не только виски и тоске по другу. Кости проступали наружу, глаза смотрели решительно. И даже теперь, когда он временно отошел от дел, его комнату время от времени обыскивали.

Трехдневная щетина придавала его лицу крайне угрюмый вид. Официант с облегчением поспешил удалиться, оставив его наедине с бутылкой.

В сгущающихся сумерках небо стало нежнее, а шум в баре за его спиной постепенно нарастал. Время от времени мексиканскую музыку, доносившуюся из радиоприемника, прерывали уже привычные помехи. Кто-то разбил стакан. Двое парней затеяли шумный спор о рыбалке, политике и женщинах. Трейс налил себе еще одну рюмку.

Он увидел ее сразу, как только она вошла. По старой привычке Трейс не забывал приглядывать за входом. Годы тренировки сделали свое дело, и он впитывал мельчайшие детали, едва лишь взглянув на человека. Наверняка туристка, которая по ошибке забрела в эти места, решил он, сразу приметив мраморную кожу, испещренную веснушками, которые дополняли огненно-рыжие волосы. Всего час под палящим солнцем Юкатана — и она попросту изжарится. Какая жалость, спокойно подумал Трейс и вернулся к виски.

Он ожидал, что незнакомка сразу же выйдет из бара, обнаружив, куда забрела. Но вместо этого она уверенно направилась к барной стойке. Трейс скрестил ноги и принялся внимательно разглядывать ее.

Несмотря на жару и дневную пыль, на ее широких белоснежных брюках не было ни пятнышка. Просторная пурпурная рубашка давала ее телу достаточно прохлады. Но, несмотря на мешковатую одежду, он заметил, что она стройна, а ее округлые формы придавали бесформенным брюкам некое подобие стиля. Ее волосы цвета заходящего солнца были собраны в косу. Она не смотрела на него, так что он мог довольствоваться лишь ее профилем. Классика, решил он абсолютно безо всякого интереса. Тип женщин, предпочитающих шампанское и икру.

Он встряхнул в бутылке остатки виски и решил сегодня напиться — в память о Чарли.

Но едва он поднял бутылку, женщина обернулась и посмотрела прямо на него. Трейс встретил ее взгляд. Он напрягся, но продолжил наливать, как вдруг она быстрыми шагами пересекла комнату и подошла к нему.

— Мистер О'Харли?

Он слегка приподнял бровь, услышав ее акцент. В нем чувствовались ирландские нотки, те же нотки, которые появлялись у его отца, когда тот радовался или злился. Трейс ничего не ответил, отхлебнув виски.

— Вы Трейс О'Харли?

Он заметил, что в ее голосе звучало с трудом скрываемое волнение. И теперь, когда она оказалась совсем близко, увидел глубокие тени под невероятными зелеными глазами. Губы были плотно сжаты. Пальцы крепко вцепились в ручку парусиновой сумки, свисающей с плеча. Трейс отставил бутылку, понимая, что слишком пьян для того, чтобы ему докучали.

— Возможно. А что?

— Мне сказали, что вы в Мериде. Я уже два дня разыскиваю вас. — И уж она никак не ожидала увидеть нечто подобное. Если бы она не была в таком отчаянии, то давно умчалась бы отсюда сломя голову. Он был грязен, от него разило виски, и он слишком напоминал человека, который и глазом не моргнув сдерет с вас кожу. Она перевела дух и все-таки решила попытать счастья. — Можно мне сесть?

Пожав плечами, Трейс пододвинул стул в ее сторону. Если бы она оказалась вражеским агентом, то определенно вела бы себя иначе.

— Валяйте.

Она вцепилась в спинку стула, пытаясь понять, почему ее отец считал этого неотесанного пьяницу спасением. Но у нее слегка дрожали ноги, и потому она предпочла сесть.

— Мне надо поговорить с вами о важном деле. Наедине.

Трейс окинул взглядом бар. Теперь народу прибавилось, и с каждой минутой гул людских голосов нарастал все сильнее.

— И здесь сойдет. Ну а теперь, почему бы вам не поведать мне, кто вы такая, откуда узнали, что я буду в Мериде, и какого черта вам от меня надо?

Она сцепила пальцы, чтобы не выдать дрожь.

— Я доктор Фитцпатрик. Доктор Джиллиан Фитцпатрик. Чарльз Форрестер сказал мне, где найти вас, и я хочу, чтобы вы спасли моего брата.

Трейс пристально смотрел ей в глаза, поднимая бутылку. Его голос прозвучал спокойно и безразлично.

— Чарли умер.

— Я знаю. — Ей почудилось, что в его глазах мелькнул огонек, едва различимый проблеск человечности. Теперь все исчезло, но Джиллиан чутко откликнулась на это хоть и скромное проявление чувств. — Простите. Я понимаю, вы были близки.

— Я хочу знать, как вы это поняли, и зачем вам понадобилось убедить меня в том, что это именно Чарли рассказал вам, что я буду здесь.

Джиллиан вытерла вспотевшую ладонь о брюки, а затем полезла в сумку. Она молча протянула ему запечатанный конверт.

Что-то подсказывало Трейсу, что лучше ему не брать этот конверт. Ему следует встать, выйти из бара и раствориться в теплой мексиканской ночи. Но поскольку она упомянула Чарли, он все-таки разорвал конверт и прочитал записку.

Чарли использовал шифр, при помощи которого они общались во время своего последнего задания. Он, как всегда, был немногословен: «Выслушай эту леди. На этот раз никаких контактов с организацией. Свяжись со мной».

Конечно, теперь уже было невозможно связаться с Чарли, подумал Трейс, сворачивая записку. Его преследовало ощущение, что, даже мертвый, Чарли контролирует каждое его движение. Трейс снова взглянул на женщину.

— Объясните.

— Мистер Форрестер был другом моего отца. Я сама не слишком хорошо его знала. Я часто уезжала по делам. Около пятнадцати лет назад они вместе работали над проектом под названием «Горизонт».

Трейс резко отодвинул бутылку. В отпуске или нет, но он не мог позволить себе и дальше притуплять свои чувства.

— Как зовут вашего отца?

— Син. Доктор Син Брэди Фитцпатрик.

Он знал это имя. И слышал о проекте. Пятнадцать лет назад была создана группа из лучших ученых и исследователей, чтобы разработать вакцину, которая позволит защитить человека от последствий радиоактивного облучения, одного из ужаснейших последствий ядерной войны. МСБ[1] отвечала за безопасность и финансировала проект. Программа стоила сотни миллионов и стала полным провалом.

— Вы тогда были ребенком.

— Мне было двенадцать. — Она вздрогнула и беспокойно обернулась, когда на кухне раздался звон бьющейся посуды. — Конечно, тогда я ни-

---

[1] МСБ — Международная система безопасности.

чего не знала о проекте, но позже... — Запах лука и спиртного сделался всепоглощающим. Ей хотелось встать и уйти отсюда и просто прогуляться по пляжу, где воздух теплый и чистый, но она заставила себя продолжать: — Проект заморозили, но мой отец продолжил исследования. У него была масса других обязанностей, но при первой же возможности он возобновлял эксперименты.

— Зачем? Ему ведь не платили за это?

— Мой отец верил в «Горизонт». Эта идея зачаровывала его, не как средство защиты, но как ответ безумию, которое, как мы все знаем, существует в мире. А что касается денег, отец достиг той грани благосостояния, когда мог сам спонсировать свои эксперименты.

Не просто ученый, а богатый ученый, подумал Трейс, разглядывая ее из-под полей своей шляпы. А эта дамочка, судя по всему, посещала опрятную монастырскую школу в Швейцарии. Это всегда можно угадать по осанке. Только у монахинь можно научиться такой манере держать себя.

— Продолжайте.

— Как бы там ни было, пять лет назад мой отец, перенеся первый инфаркт, передал все свои записи и результаты моему брату. Последние несколько лет отец был слишком болен, чтобы продолжать исследования. И вот теперь...

Джиллиан на мгновение закрыла глаза. Страх и долгий путь сделали свое дело. Как ученый, она понимала, что ей сейчас необходимы пища и отдых. Но как дочь и сестра должна была довести начатое дело до конца.

— Мистер О'Харли, можно мне выпить?

Трейс подтолкнул к ней через стол бутылку и стакан. Он пока еще только разжевывал информацию, но не был готов проглотить ее целиком. Конечно, она интересовала его, но он давно уже понял, что можно интересоваться человеком и в душе оставаться абсолютно безразличным.

Джиллиан предпочла бы кофе или уж на худой конец глоток бренди. Она уже собралась было отказаться от виски, как вдруг заметила взгляд Трейса. Итак, он испытывает ее. Она привыкла к проверкам. Джиллиан машинально вскинула голову и распрямила плечи. Не дрогнув, она налила себе двойную порцию виски и залпом осушила стакан.

Она с трудом перевела дух, чувствуя себя так, словно в горло запихнули раскаленную паяльную лампу. Прогнав прочь некстати выступившие на глаза слезы, она наконец обрела дар речи.

— Спасибо.

И впервые в его глазах заблестели озорные огоньки.

— Не за что.

И все-таки, несмотря ни на что, виски помог.

— Мой отец очень болен, мистер О'Харли. Он уже не может путешествовать. Он связался с мистером Форрестером, но не смог полететь в Чикаго. Я сама приехала к нему, и мистер Форрестер направил меня к вам. Мне сказали, что никто не выполнит эту работу лучше вас.

Трейс прикурил еще одну сигарету. Он думал, что уже не сгодится ни для какой работы, когда лежал в грязи, истекая кровью, с пулей всего в нескольких дюймах от сердца.

— И что за работа?

— Около недели назад моего брата похитили люди из организации под названием «Хаммер». Вы слышали о них?

Только годы тренировки помогли ему сохранить внешнее спокойствие, в то время как в душе поднимались одновременно страх и ярость. Столкновение с этой организацией едва не стоило ему жизни.

— Я о них слышал.

— Нам известно лишь, что они похитили моего брата из его дома в Ирландии, где он продолжал и почти завершил работу над проектом «Горизонт». Они намерены держать его у себя, пока он не усовершенствует и не опробует вакцину. Вы представляете себе, что произойдет, если формула окажется в руках подобных людей?

Трейс стряхнул пепел от сигареты на деревянный пол.

— Мне говорили, что у меня достаточно развитый интеллект.

Вне себя, она схватила его за запястье. Джиллиан приходилось работать в мужском коллективе, и потому жизнь научила ее быть сдержанной в выражении своих симпатий. Она предпочитала использовать язык прикосновений лишь в общении с родными и любимыми. И вот теперь, неожиданно для самой себя, она ухватилась за Трейса, как за единственную надежду.

— Мистер О'Харли, мы не можем с этим шутить.

— Поосторожнее со словом *мы*. — Трейс подождал, когда она разожмет пальцы. — Позвольте спросить, доктор Фитцпатрик, ваш брат умный человек?

— Он гений.

— Нет, нет, я имею в виду, способен ли он воспользоваться подсказками здравого смысла?

Она снова распрямила плечи, потому что уже почти готова была уронить голову на стол и разрыдаться.

— Флинн — блестящий ученый и мужчина, который при обычных обстоятельствах вполне может сам о себе позаботиться.

— Прекрасно, потому что только идиоту может прийти в голову мысль, что если он предложит формулу «Хаммеру», то его оставят в живых. Они любят называть себя террористами, освободителями, мятежниками. Но на самом деле это всего лишь кучка плохо организованных фанатиков под руководством богатого безумца. Они убивают больше людей по ошибке, чем умышленно. — Нахмурившись, он потер грудь ладонью. — У них хватает сообразительности, чтобы оставаться на плаву, к тому же они богаты, но, по существу, эти люди — полные идиоты. А нет ничего страшнее, чем компания преданных идее идиотов. Я советую вашему брату плюнуть им в рожи.

Ее и без того бледная кожа стала белоснежной, словно у призрака.

— У них его ребенок. — Вставая, Джиллиан оперлась рукой о стол. — Они забрали его шестилетнюю дочь. — И с этими словами она выбежала из бара.

Трейс остался сидеть на своем месте. «Это не твое дело», — напомнил он себе, снова потянувшись за бутылкой. У него отпуск. Он только что воскрес из мертвых и намерен наслаждаться жизнью. В одиночестве.

Выругавшись, он с размаху поставил бутылку на стол и отправился следом за ней.

Охваченная гневом, она стремительно шла вперед. Она слышала, как он зовет ее, но не остановилась. И как только она могла поверить, что такой человек станет ей помогать. Лучше уж попытаться вступить в переговоры с террористами. По крайней мере, с ними она не будет рассчитывать на простое человеческое сочувствие.

Когда он схватил ее за руку, Джиллиан резко обернулась к нему. Гнев придал ей силы, которые отняли недостаток сна и еды.

— Я просил вас подождать одну чертову минуту.

— Я уже выслушала ваше обоснованное мнение, мистер О'Харли. Нет необходимости в дальнейшем обсуждении. Я не знаю, что в вас нашел мистер Форрестер. Я не представляю, зачем он отправил меня искать человека, который предпочтет скрываться в захудалом баре, лакая виски, нежели спасать чьи-то жизни. Я приехала в поисках смелого и справедливого мужчины, а нашла всего лишь усталого, грязного пьянчужку, которому ни до кого и ни до чего нет дела.

Эти слова задели его гораздо сильнее, чем он мог ожидать. Он продолжал сжимать ее руку, отмахнувшись от проходившего мимо мальчика с картонной коробкой, наполненной жвачкой.

— Закончили? Вы устраиваете сцену.

— Моего брата и племянницу похитили террористы. Неужели вы думаете, что мне есть дело до того, поставлю я вас в неловкое положение или нет?

— Для того чтобы поставить меня в неловкое положение, понадобится гораздо больше, нежели рыжая ирландка, — ответил он. — Но я лишний раз стараюсь не привлекать внимания к своей персоне. Старая привычка. Давайте прогуляемся.

Она чуть не выдернула руку из его хватки. Гордость, сжигавшая ее изнутри, требовала поступить именно так. Но победила любовь к близким, и она успокоилась. Джиллиан молча шла рядом с ним по узким мосткам, ведущим к воде.

Песок казался белым на фоне темного моря и еще более темного неба. У причала стояло несколько лодок, дожидаясь завтрашних рыбаков или туристов. В тишине ночи до них доносилась громкая музыка из бара. Трейс услышал, как кто-то пел о любви и женской неверности. Это происходило во все времена.

— Послушайте, доктор Фитцпатрик, у меня сейчас не лучший период. Я не знаю, зачем Чарли отправил вас ко мне.

— Я тоже понятия не имею.

Он остановился и прикурил сигарету.

— Я хочу сказать, что эта ситуация — дело МСБ.

Она снова успокоилась. Джиллиан не имела ничего против того, чтобы выйти из себя. Это было замечательное ощущение. Но она прекрасно понимала, что гораздо большего можно достигнуть, сохраняя спокойствие.

— Формула нужна МСБ не меньше, чем «Хаммеру». С какой стати я должна доверять им жизнь своего брата и племянницы?

— Потому что они хорошие ребята.

Джиллиан повернулась к морю, и ветер хлестнул ее по лицу. И хотя в голове немного прояснилось, она не заметила первые звезды, зажигавшиеся на небе.

— Это организация, управляемая многими людьми, среди них есть хорошие ребята, а есть — не очень, и все амбициозны, у каждого свой взгляд на то, что необходимо для сохранения мира и порядка. В данный момент меня волнует только моя семья. У вас есть семья, мистер О'Харли?

Он глубоко затянулся сигаретой.

— Да. — За границей, подумал он. Он не видел их лет семь или, может, восемь? Он уже запутался во времени. Но он знал, что Шантел в Лос-Анджелесе снимается в фильме, Мадди в Нью-Йорке играет главную роль в новом спектакле, Эбби растит детей и разводит лошадей в Виргинии. Его родители заканчивали недельные выступления в Буффало.

Возможно, он потерял счет времени, но не потерял из виду свою семью.

— Вы доверили бы жизнь членов своей семьи какой-то организации? А вдруг они сочтут, что ради общего блага можно пожертвовать их жизнью? — Она закрыла глаза. Ветер был подобен блаженству — теплый, соленый, сильный. — Мистер Форрестер понимал и соглашался, что моего брата и его ребенка может спасти человек, для которого их жизнь важнее, чем формула. Он думал, что этот человек — вы.

— Он ошибался. — Трейс швырнул сигарету в волны. — Чарли знал, что я собираюсь отойти от дел. Так он просто удерживал меня в игре.

— А вы действительно такой отличный профессионал, как он говорил?

Трейс расхохотался, потирая ладонью подбородок.

— Возможно, даже лучше. Чарли никогда никого особенно не хвалил.

Джиллиан обернулась и взглянула ему в лицо. Он вовсе не казался ей героем, с этой своей жесткой щетиной и грязной одеждой. Но, когда он взял ее за руку, она почувствовала силу в его прикосновении и скрытое бунтарство. Он мог быть страстным, когда ему того хотелось, подумала она, не важно, что он желал добиться — цели, мечты или женщины. В обычной жизни она предпочитала мужчин со спокойным, аналитическим складом ума, которые решали проблемы, призывая на помощь логику и терпение. Но в данной ситуации ученый ей не нужен.

Трейс засунул руки в карманы и с трудом поборол желание поежиться. Она разглядывала его с таким видом, словно перед ней лабораторная крыса, и это ему не нравилось. Возможно, всему виной легкий ирландский акцент или же тени, которые залегли у нее под глазами, но он никак не мог заставить себя уйти.

— Послушайте, я свяжусь с МСБ. Ближайшее отделение находится в Сан-Диего. Вы можете сообщить им какую угодно информацию. И не пройдет и суток, как лучшие в мире агенты станут разыскивать вашего брата.

— Я могу предложить вам сто тысяч долларов. — Мысли лихорадочно крутились у нее в голове. Она отбросила в сторону доводы логики и положилась на инстинкт. Форрестер говорил, что этот человек мог бы ей помочь. И отец с ним согласился. И Джиллиан присоединилась к их мнению. — Цена не обсуждается, потому что это все, что у меня есть. Найдите моего брата и племянницу — и с сотней тысяч долларов вы сможете достойно уйти на покой.

Некоторое время он внимательно разглядывал ее, а затем, с трудом подавив желание выругаться, направился к морю. Эта женщина свихнулась. Он предлагал ей услуги лучших в мире агентов разведки, а она бросала ему в лицо деньги. Кругленькую сумму.

Трейс смотрел, как волны накатывали на песок и вновь отступали. Ему никогда не удавалось сэкономить и накопить больше нескольких тысяч. Это просто было не в его природе. Но сто тысяч означали разницу между уходом от дел и разговорами об этом.

Брызги осыпали его лицо, и он покачал головой. Он не хотел связываться ни с ней, ни с ее семьей, ни с какой-то непонятной формулой, которая, возможно, спасет или же не спасет мир от большой катастрофы.

Сейчас он больше всего на свете хотел вернуться в свой мотель, заказать еду в номер и, наевшись, завалиться в постель. Господи, ему необходим покой. Настало время подумать, как жить дальше.

— Если вам нужен фрилансер, могу порекомендовать парочку имен.

— Я не хочу парочку имен. Мне нужны вы.

От этих ее слов, от тона, которым она произнесла их, все внутри у него странным образом сжалось. Собственная реакция напугала его и еще больше укрепила в решимости отделаться от нее.

— Я девять месяцев провел в глубокой спячке. Я абсолютно обесточен, док. Вам нужен кто-то молодой, энергичный, полный сил. — Он потер лицо. — Я устал.

— Это жалкая отговорка, — произнесла Джиллиан, и неожиданно прозвучавшая в ее голосе твердость настолько удивила его, что он обернулся.

Она стояла, расправив плечи, выбившиеся из косы пряди волос развевались вокруг ее бледного, словно мраморного лица в свете восходящей луны. Его поразила мысль, что в гневе и в отчаянии это самая потрясающая женщина из тех, что ему доводилось встречать. Но эта мысль тут же покинула его, когда она набросилась на него, давая волю своему ирландскому акценту.

— Вы не хотите с нами связываться. Не хотите нести ответственность за жизнь ни в чем не повинных мужчины и ребенка. Вас это не касается. Мистер Форрестер представлял вас неким рыцарем, человеком твердых принципов, способным сопереживать чужим несчастьям, но он ошибся. Вы всего лишь эгоистичный тип, который не заслуживал такого друга, как он. Он был человеком широкой души, который помогал, не требуя ничего взамен, и умер, защищая собственные ценности.

Трейс вскинул голову.

— Что вы, черт подери, несете? — Свет луны, отразившись в его глазах, придал им опасный блеск. Он молниеносно схватил Джиллиан за руку. — О чем вы здесь болтаете? У Чарли был инсульт.

Сердце едва не выпрыгивало у нее из груди. Никогда еще ей не приходилось видеть человека, готового убить на месте, каким сейчас выглядел Трейс.

— Он пытался помочь. Они преследовали меня. Трое мужчин.

— Что это за люди?

— Я не знаю. Террористы, шпионы, называйте их как хотите. Они ворвались в дом, когда я была там с ним. — Она старалась успокоить прерывистое дыхание, чуть не корчась от боли от его жесткой хватки. — Мистер Форрестер спрятал меня за какой-то секретной панелью в своей библиотеке. Я слышала голоса в комнате. Они искали меня. — Даже теперь она хорошо помнила, как жарко было в ее секретном убежище, как не хватало там воздуха. И как темно. — Он выпроваживал их, говоря, что я ушла. Они угрожали ему, но он продолжал стоять на своем. И похоже, они поверили ему.

Ее голос дрожал. Трейс заметил, что она закусила нижнюю губу, чтобы хоть как-то успокоиться.

— Стало очень тихо. Эта странная тишина испугала меня еще сильнее, и я пыталась выбраться из своего убежища, чтобы помочь ему. Но я никак не могла найти кнопку.

— На два дюйма ниже потолка.

— Да. Мне понадобился почти целый час, прежде чем я нашла ее. — Она умолчала о том, что все это время боролась с нарастающей паникой и в какой-то момент начала биться о дверцу и вопить, готовая сдаться, нежели и дальше оставаться в душной темноте. — Когда я наконец выбралась наружу, он был уже мертв. Возможно, если бы я раньше нашла выход, то смогла бы помочь ему... Я не знаю.

— В МСБ сказали, что это был инсульт.

— Да, ему поставили такой диагноз. Но подобные вещи легко вызвать одной инъекцией. В любом случае причиной инсульта стали те люди, и произошло это, когда они искали меня. Мне приходится жить с этим. — Трейс отпустил ее руку, и в этот момент она крепко вцепилась в его рубашку, сама не осознавая, что делает. — И вам тоже. Если вы не хотите помочь мне из сострадания или ради денег, то, возможно, захотите сделать это из мести.

Он снова отшатнулся от нее. Он уже смирился со смертью Чарли. Произошел инсульт, в какой-то момент в его мозгу просто взорвалась бомба с часовым механизмом. Судьба сказала свое слово: Чарли, ты прожил шестьдесят три года пять месяцев, твое время на земле истекло. Прими это как данность. Вот с этим Трейс и смирился.

И вот теперь ему сообщают, что во всем виновата не судьба, а какие-то трое мужчин. Его ирландская душа еще могла как-то смириться с судьбой. Но людей можно ненавидеть и мстить им. Над этим стоит поразмыслить.

— Я провожу вас в мотель.

— Но...

— Мы выпьем кофе, и вы расскажете все, что говорил Чарли, все, что знаете. А затем уж я решу, смогу ли вам помочь.

Это было все, что он сейчас мог предложить, и она приняла это.

— Я поселилась в том же мотеле, что и вы. Так практичнее.

— Замечательно.

Трейс взял ее за руку и направился в сторону мотеля. Она до сих пор не успокоилась, заметил он. Однако огонь, который заставил ее зайти так далеко, быстро угасал. Она споткнулась, и он крепче сжал ее руку.

— Когда вы в последний раз ели?

— Вчера.

Он фыркнул:

— Вы доктор в какой области?

— Я физик.

— Даже физики должны кое-что смыслить в питании. А дела обстоят проще простого. Вы едите, значит, живете. Голодаете, значит, падаете и умираете. — Он отпустил ее руку и обнял за талию.

У нее не хватило сил даже запротестовать.

— Вы пахнете как жеребец на конюшне.

— Благодарю за комплимент. Большую часть дня я провел болтаясь по джунглям. Чудесное развлечение. Из какой части Ирландии вы родом?

Тяжелая усталость, разливаясь по телу, подступала к голове, замутняя сознание. Его руки были такими сильными, такими надежными. Она машинально склонилась к нему.

— Что?

— Из какой части Ирландии вы родом?

— Из Корка.

— Мир тесен. — Он ввел ее в вестибюль отеля. — Мой отец тоже оттуда. В каком вы номере?

— Двести двадцать первом.

— Как раз рядом со мной.

— Я дала портье тысячу песо.

Крошечные лифты отеля раскалились от жары, словно печи, поэтому он повел ее вверх по лестнице.

— А вы предприимчивая женщина, доктор Фитцпатрик.

— Большинство женщин такие. И все же этот мир благоволит исключительно к мужчинам.

На этот счет у него были сильные сомнения, но Трейс не стал спорить.

— Ключ?

Она порылась в кармане, пытаясь побороть накатывающую слабость. Она ни за что не упадет в обморок. Это она себе пообещала. Трейс взял у нее ключ и вставил в замочную скважину. Распахнув дверь, он вдруг резко прижал ее к стене в холле.

— Что это с вами такое? — спросила она. Слова застряли у нее в горле, когда она увидела, как Трейс вытаскивает из кармана охотничий нож.

У него не было при себе другого оружия. Трейс не видел необходимости в револьвере, если он в отпуске. Войдя в комнату, он прищурился и отбросил в сторону какие-то обломки.

— О боже. — Стоя в проходе, Джиллиан обхватила себя руками, растерянно оглядывая комнату. Эти ребята неплохо поработали. Даже неопытному человеку сразу стало бы понятно, что в комнате не нашлось такого места, куда бы они не заглянули.

Ее чемодан был распорот, и повсюду в беспорядке валялась одежда, которую Джиллиан не успела упаковать. Единственный в комнате стул был выпотрошен, и хлопья белого материала, наполнявшего сиденье и спинку, устилали пол. Ящички письменного стола были выдвинуты и опрокинуты.

Трейс проверил ванную и окна. Они проникли с фасада, решил он, и обыск этой небольшой комнаты занял не более двадцати минут.

— За вами по-прежнему хвост, док. — Он повернулся, но не убрал нож в ножны. — Соберите все необходимое. Поговорим в соседнем номере.

Джиллиан не хотелось прикасаться к одежде, но она заставила себя проявить практичность. Ей нужны эти вещи, а значит, надо забыть о том, что к ее одежде прикасались чужие руки. Она поспешно собирала брюки, юбки и блузки.

— Моя косметика и туалетные принадлежности в ванной.

— Больше нет. Они там все свалили в кучу. — Трейс снова взял ее за руку. На этот раз он проверил холл и бесшумно направился к соседнему номеру. Он снова прижал Джиллиан к стене и распахнул дверь. Его пальцы слегка расслабились на рукоятке ножа. Итак, они не вычислили его. Это хорошо. Он сделал ей знак входить следом за ним, запер дверь на замок, а затем принялся внимательно исследовать комнату.

У него сохранилась давнишняя привычка оставлять в своей комнате несколько сигнальных устройств, и Трейс не забывал о ней даже на отдыхе. Книга по-прежнему лежала на тумбочке недалеко от края. Волосок, который он оставил на покрывале, находился все там же. Трейс задвинул шторы, а затем уселся на кровать и снял трубку.

На идеальном испанском, от которого брови Джиллиан удивленно приподнялись, он заказал ужин и два кофейника кофе.

— Я заказал вам стейк, — сообщил он, повесив трубку. — Но мы в Мексике, поэтому не ждите его раньше чем через час. Располагайтесь.

Она повиновалась, по-прежнему сжимая в руках одежду. Трейс откинулся на кровать и скрестил ноги.

— Какую цель они преследуют?

— Простите?

— Они сцапали вашего брата. Так зачем им вы?

— Время от времени я работала с Флинном. Около полугода назад я провела с ним некоторое время в Ирландии, работая над «Горизонтом». Мы достигли невероятного прорыва в работе. — Она откинула голову на подушку. — Мы считали, что сможем найти способ иммунизировать отдельную клетку. Понимаете, при воздействии радиации происходит лучевое поражение одной-единственной клетки. Радиационные лучи проникают в тело, словно пули, и вызывают локальные поражения клеток. Мы работали над формулой, которая помогает избежать появления молекулярных изменений в пораженных клетках. Таким образом, мы могли бы...

— Это все невероятно увлекательно, док. Но я всего лишь хочу знать, почему они гоняются за вами.

Джиллиан догадалась, что начала засыпать и во сне выдавала ему информацию. Она попыталась выпрямиться на стуле.

— Я взяла с собой записи по этой части эксперимента, вернулась в институт, чтобы более настойчиво поработать над ними. Без этих результатов Флинну может понадобиться год, а возможно, и больше, чтобы восстановить ход эксперимента.

— Иными словами, вы — это отсутствующая часть пазла?

— Я владею информацией. — Слова становились неразборчивыми, глаза начинали слипаться.

— Вы хотите сказать, что таскаете эти записи с собой? — Господи, избавь его от дилетантов. — Они нашли их?

— Нет, они их не нашли, и эти записи действительно со мной. Простите, — пробормотала она и провалилась в сон.

Трейс некоторое время внимательно разглядывал ее. В другой ситуации он бы удивился, что женщина, с которой он был знаком всего пару часов, уснула на стуле в его гостиничном номере прямо посреди разговора. Но в этот момент его чувство юмора никак не дало о себе знать.

Она была мертвецки бледна от изнеможения. Огненно-красный ореол ее волос свидетельствовал о силе и страстности. Одежда скомканным шаром лежала у нее на коленях. Сумка была зажата между бедром и стулом. Трейс решительно поднялся и вытащил сумку. Джиллиан не пошевелилась, в то время как он высыпал содержимое на кровать.

Он отодвинул в сторону расческу и старинную кованую серебряную пудреницу. Здесь был карманный испанский разговорник, и он догадался, что Джиллиан не знала языка, и корешок билета на рейс из аэропорта О'Хэйр. Ее чековая книжка поражала аккуратностью. Шестьсот двадцать восемь долларов и восемьдесят три цента. Фотография на паспорт оказалась довольно удачной, но не отражала того упрямства, свидетелем которого ему довелось стать. Она распустила волосы, заметил он, мрачно разглядывая буйную копну волнистых кудрей, рассыпавшихся по плечам.

Он всегда испытывал слабость к длинным, роскошным женским волосам.

Она родилась в Корке двадцать семь лет назад, в мае, и сохранила ирландское гражданство, хотя в графе «адрес» числился Нью-Йорк.

Трейс отложил паспорт и потянулся за ее бумажником. Ей стоило бы приобрести новый, подумал он, открывая бумажник. Кожа сильно протерлась на сгибах. Водительские права пора было менять, а фотография на них несла на себе тот же отпечаток серьезности, что и на паспорте. У нее оказалось три сотни и мелочь наличными и еще две тысячи в дорожных чеках. Он обнаружил список покупок, втиснутый в уголок бумажника вместе со штрафным талоном за неправильную парковку. Давным-давно просроченный штрафной талон.

Бегло просмотрев фотографии, которые она взяла с собой, он обратил внимание на черно-белый снимок мужчины и женщины. Судя по одежде, он был сделан в конце пятидесятых. У женщины была аккуратная прическа под стать безупречному воротничку и манжетам блузки, но ее улыбка казалась озорной и лучистой. Дородный и круглолицый мужчина обнимал ее за талию, но явно ощущал себя не в своей тарелке.

Трейс взглянул на следующий снимок, и это оказалось фото Джиллиан в комбинезоне и тенниске. Ее голова запрокинута назад, она смеется, обнимая все того же мужчину. Он был старше, вероятно, лет на двадцать. Джиллиан выглядела счастливой, довольной собой и ни капли не напоминала ученого-физика. Трейс перевел взгляд на следующий снимок.

А это ее брат. Его сходство с Джиллиан бросалось в глаза гораздо сильнее, чем с теми людьми, которые, как догадался Трейс, были ее родителями. Его волосы были темнее, напоминая по цвету красное дерево, но те же, что и у сестры, широко поставленные зеленые глаза и полные губы. Он держал на руках крошечную девочку, похожую на эльфа. Ей было где-то около трех лет, решил Трейс, и она унаследовала все ту же гриву курчавых рыжих волос. У нее было круглое личико и ямочки в уголках губ.

Трейс и сам не заметил, как радостно заулыбался и машинально поднес снимок ближе к свету. Если фото могло рассказать свою историю, он готов поспорить на последний цент, что эта девчонка — настоящая сорвиголова. Он питал слабость к хорошеньким детям с озорным блеском в глазах. Тихо ругнувшись, он закрыл бумажник.

Содержимое ее сумки дало ему возможность узнать кое-что о ней, но там не оказалось никаких записей. Пара телефонных звонков могла бы восполнить пробелы в том, что касалось доктора Джиллиан Фитцпатрик. Он снова взглянул на нее, спящую на стуле, а затем со вздохом принялся засовывать обратно содержимое ее сумки. Похоже, ему придется подождать до утра, чтобы выудить из нее что-нибудь еще.

Когда в дверь постучали, она не пошевелилась. Трейс впустил официанта, который накрыл на стол. Он три раза потряс Джиллиан за плечо, но в ответ не получил ничего, кроме невнятного бормотания, и, наконец, сдался. Бормоча ругательства себе под нос, он снял с нее сандалии, а затем поднял ее на руки. Она вздохнула, свернулась калачиком и сильно уперлась ему в ребра. Она пахла, как луг, на котором распускаются полевые цветы. Уложив ее в постель, он понял, что сам уснуть уже не сможет.

Трейс налил себе первую чашку кофе и уселся ужинать.

Глава 2

Проспав долгие двенадцать часов, Джиллиан наконец проснулась. В комнате было темно, и она лежала не двигаясь, пытаясь собраться с мыслями. Стремительно, одно за другим события прошлого дня начали четко всплывать в ее памяти. Тряский, действующий на нервы перелет из Мехико в Мериду. Страх и усталость. Утомительные переходы из отеля в отель. Маленький грязный бар, где она нашла человека, который, хотелось бы надеяться, спасет ее брата и маленькую племянницу.

Это его номер. И это его кровать. Она осторожно повернула голову и слегка застонала. Он спал рядом с ней и, по всей вероятности, был обнаженным. Простыня соскальзывала с его обнаженной спины. Его лицо, во сне казавшееся не таким суровым, неприступным и грозным, покоилось на подушке совсем рядом с ней. И она снова почувствовала, как и в прошлый вечер, что это лицо мужчины, с которым женщина никогда не будет в безопасности.

И все же она провела ночь рядом с ним, и с ней ничего не произошло, на нее не посягнул ни он, ни ее преследователи. А что еще важнее, когда она вошла в эту комнату и рассказала свою историю, испытала облегчение и доверие к этому человеку. Он непременно поможет, неохотно, но все-таки поможет.

Вздыхая, она заворочалась в постели, готовясь вставать. В этот момент его рука резко метнулась в ее сторону. Он открыл глаза. Джиллиан замерла. Возможно, она слишком рано размечталась о безопасности.

Его взгляд был ясным и настороженным. Пальцы крепко держали ее руку, едва не причиняя боль. Трейс почувствовал, как под его прикосновением участился ее пульс. Ее волосы почти не спутались, и он догадался, что Джиллиан была настолько истощена, что всю ночь пролежала без движения. Сон пошел ей на пользу, темные круги под глазами исчезли, и теперь эти глаза настороженно смотрели на него.

— Вы спали без задних ног, — спокойно сказал он, выпустил ее руку и откинулся на кровать.

— Путешествие оказалось утомительным. — Ее сердце билось так, словно она сломя голову пробежала три лестничных марша. От него исходило ощущение опасности, и он был совсем близко. Возможно, она просто не окончательно проснулась, потому и почувствовала это странное приглушенное сексуальное влечение.

И в этот момент она, сама того не желая, скользнула взглядом вниз, по его сильной, стройной шее, широкой груди и оцепенела от ужаса. Длинный красный шрам обезображивал загорелую кожу почти рядом с сердцем. Это выглядело так, словно его распороли, а затем снова соединили края. И произошло это совсем недавно.

— Это выглядит... серьезно.

— Это выглядит как шрам. — Его тон абсолютно не изменился, в то время как она испуганно продолжала разглядывать шрам. — Вы боитесь шрамов, док?

— Нет. — Она заставила себя отвести взгляд от шрама и посмотрела ему в лицо. Оно показалось ей таким же жестким и безразличным, как и его голос. «Это не мое дело», — напомнила себе Джиллиан. Он — человек из мира насилия, который живет по его законам. А именно это ей сейчас и необходимо. Она выбралась из постели и принялась застенчиво оправлять одежду. — Спасибо, что позволили мне здесь поспать. Мне кажется, мы могли бы попросить раскладушку.

— Мне не жаль поделиться кроватью. — Она по-прежнему была бледна, и это придавало ей вид изящной фарфоровой статуэтки. Глядя на нее, он испытывал странное волнение. — Вам лучше?

— Да. — Она провела рукой по волосам, почувствовав себя неловко. — Спасибо.

— Отлично, потому что у нас сегодня много дел. — Он отбросил простыню и заметил, что она вздрогнула. На нем были телесного цвета трусы, которые оставляли слишком мало места скромности и воображению. Вставая, нисколько не смущаясь, он улыбнулся ей ленивой и дерзкой улыбкой. Ему понравилось, что она не отвела взгляд. О чем бы она там ни думала, Джиллиан стояла не шелохнувшись и спокойно наблюдала за ним.

У нее в горле резко пересохло, но она сумела изобразить непринужденность.

— Вы можете принять душ.

— Почему бы вам не заказать пока завтрак? — Он направился в сторону ванной.

— Мистер О'Харли...

— Почему бы тебе не назвать меня просто Трейс, милая? — Он бросил на нее взгляд через плечо и снова улыбнулся. — Ведь, в конце концов, мы вместе провели ночь.

Она смогла перевести дух, лишь только когда в ванной полилась вода.

Конечно, он все это специально подстроил, решила она, присаживаясь на край кровати. Для таких мужчин типично выставлять себя напоказ. У павлина есть яркое оперение, у льва — густая грива. Мужчины всегда ходят с напыщенным видом и гордятся собой, чтобы произвести впечатление на женщину. Но кто бы мог подумать, что этот мужчина так великолепно сложен?

Покачав головой, Джиллиан сняла трубку телефона. Ей наплевать, как он сложен, пока он согласен помогать ей.

Он предпочел бы, чтобы она не выглядела столь хрупкой и уязвимой. Трейс стоял под струями ледяной воды, чтобы взбодриться. Он спал всего три часа. Но это его проблема. Намылив лицо, он принялся бриться на ощупь прямо в душе. Он никогда не мог устоять перед дамочками, попавшими в беду. По этой причине едва не погиб в Санто-Доминго. И едва не женился в Стокгольме. Теперь он и не знал, что было бы хуже.

И ситуацию нисколько не спасало, что эта женщина красавица. У красавиц всегда есть преимущество, не важно, что там говорит современная философия об интеллекте. Он всегда восхищался умом, но, назовем это слабостью, ему нравилось, когда ум сопровождался привлекательной внешностью.

К слову сказать, эта женщина была очень привлекательна, и она умудрилась втянуть его в международную заварушку, в то время как он мечтал побродить по окрестным развалинам и поплавать с маской.

«Хаммер». И почему, черт подери, это должен был оказаться именно «Хаммер»? А он думал, что покончил с этой новоиспеченной группировкой безумных мятежников. Ему понадобилось более полугода, чтобы внедриться в ряды организации. Он тщательно разрабатывал свою линию, маскируя акцент, выкрасив волосы в черный цвет и отрастив их для пущей маскировки.

В десяти милях от Каира он имел неосторожность обнаружить, что человек, с которым он проворачивал сделки по огнестрельному оружию, занимается собственными делишками на стороне. «Меня это не касалось», — с горечью думал теперь Трейс. Бог свидетель, он пытался убедить того человека, что ему наплевать на его личные авантюры. Но перепуганный делец проделал дыру в груди Трейса и оставил его умирать, предпочтя, чтобы его тайные дела не выплыли наружу.

Всем было известно, что человек, обладавший властью и деньгами в «Хаммере», не терпел частного предпринимательства.

Все оказалось зря, с отвращением подумал Трейс. Долгие месяцы работы, тщательное планирование — все пошло псу под хвост, и все из-за какого-то полубезумного египтянина, нажавшего потным пальцем на спусковой крючок.

Он оказался на краю жизни и смерти и потому так хотел хоть какое-то время пожить спокойно, наслаждаясь простыми житейскими радостями. Напиваться, обнимать страстную женщину, валяться на белом песке и смотреть в голубое небо. Он даже подумывал увидеться с семьей.

И вот теперь появилась она.

Ученые. Он потер подбородок и, обнаружив, что тот стал достаточно гладким, направил струю воды себе на голову. Ученые вечно пытались изменить заведенный порядок вещей еще со времен доктора Франкенштейна. Почему бы им не заняться изобретением лекарства от простуды и предоставить военным решать проблему уничтожения мира?

Он завернул краны, а затем потянулся за двумя небольшими полотенцами. Два телефонных звонка прошлой ночью предоставили ему вполне сносную информацию о Джиллиан Фитцпатрик. Это было ее настоящее имя, хотя предположение насчет швейцарской школы оказалось неверным. Своей осанкой она была обязана ирландским монахиням. Джиллиан закончила образование в Дублине, а затем работала с отцом, пока не получила предложение в перспективном нью-йоркском институте Рэндом-Фрай.

Она оказалась не замужем, хотя у нее была связь с доктором Артуром Стьювардом, заведующим научно-исследовательской лабораторией в Рэндом-Фрай. Три месяца назад она отправилась в Ирландию, где провела шесть недель на ферме своего брата.

Испорченный отпуск, решил Трейс, если все это время ей пришлось работать над проектом «Горизонт».

У него нет причин не доверять ей, нет причин отказать ей в помощи. Он найдет Флинна Фитцпатрика и девочку с ангельским личиком. И, кроме того, он постарается отыскать людей, убивших Чарли. В награду за первое дело он получит сто тысяч, а за второе — огромное удовлетворение.

Полотенце скрывало его наготу с той же легкомысленностью, что и трусы. Он вернулся в комнату и обнаружил, что Джиллиан аккуратно раскладывает свою одежду.

— Душ свободен, Джилл.

— Джиллиан, — поправила она его. Пятнадцати минут оказалось достаточно, чтобы полностью вернуть прежнее самообладание. Поскольку некоторое время ей придется иметь дело с Трейсом О'Харли, она решила думать о нем как о неком инструменте, а не как о мужчине из плоти и крови.

— Поступай, как считаешь нужным.

— Я всегда так и делаю. Но у меня нет зубной щетки.

— Возьми мою. — Трейс выдвинул ящик письменного стола. Он заметил ее взгляд в зеркале и улыбнулся: — Прости, док. У меня нет запасной. Не хочешь — как хочешь.

— Это негигиенично.

— Да, это так, но и поцелуи тоже, если как следует поразмыслить.

Джиллиан подхватила свою одежду и молча скрылась в ванной.

Выйдя из душа, она наконец почувствовала себя человеком. С ее волос капала вода, одежда была смята, но ароматы кофе и еды вызвали острый приступ здорового голода. Трейс уже жадно поглощал свой завтрак, сосредоточенно просматривая газету. Когда она примостилась рядом, он даже не взглянул на нее.

— Я не знала, что ты любишь на завтрак.

— Это вполне сойдет, — сказал он, жадно поглощая яйца.

— Я так рада, — пробормотала она, но он и бровью не повел в ответ на ее саркастический тон. И поскольку голод давал о себе знать, она принялась за еду, не обращая на него больше никакого внимания.

— Послушать их, так достаточно всего лишь мило побеседовать, чтобы утвердить новое соглашение об ограничении стратегических вооружений.

— Дипломатия необходима в любых переговорах.

— Да. — Он поднял голову. Ему было слишком хорошо известно, каково получить удар кулаком прямо в солнечное сплетение. Он прекрасно знал, как сжимается тело, воздух улетучивается из легких и кружится голова. Но до сегодняшнего дня он и не представлял, что все эти ощущения можно испытывать, глядя на женщину.

Ее влажные кудри цвета пламени рассыпались по плечам. Нежная кожа цвета слоновой кости приобрела еле заметный румянец после еды и отдыха. Ее бездонные глаза над ободком чашки, такие же ярко-зеленые, как холмы Ирландии, смотрели на него вопросительно.

Он подумал о русалках. О сиренах. Об искушении.

— Что-то не так? — Она едва не вскочила, чтобы пощупать его пульс. Этот мужчина выглядел так, словно его огрели по голове чем-то тяжелым. — Трейс, с вами все в порядке?

— Что?

— Вы больны? — Она потянулась к нему, он отшатнулся с таким видом, словно она ужалила его.

— Нет, я в порядке. — «Я полный идиот», — сказал себе Трейс, беря чашку с кофе. Она не женщина, напомнил он себе, она его билет на покой и путь к мести. — Мы должны прояснить некоторые моменты. Когда они схватили твоего брата?

Волна облегчения накатила, словно прилив.

— Вы собираетесь мне помочь.

Он намазал еще масла на кусок тоста.

— Ты что-то там говорила про сто тысяч.

Сияющая благодарность в ее глазах померкла. Теплые нотки в голосе исчезли. Но так для него будет гораздо проще.

— Деньги находятся в доверительном фонде, который перешел ко мне, когда мне исполнилось двадцать пять лет. Мне не нужны были эти деньги. Я могу связаться со своим адвокатом и перевести деньги на ваше имя.

— Отлично. Ну а теперь расскажи, когда они забрали твоего брата.

— Шесть дней назад.

— Как ты узнала, кто его похитил и зачем?

Наплевать на его корысть, твердо сказала она себе, важно лишь то, что он согласился спасти ее близких.

— Флинн оставил пленку. Он записывал некоторые замечания по эксперименту, когда они ворвались. Он оставил диктофон включенным, и никто не обратил на это внимания. — Она на мгновение прижала ладонь к губам. Звуки борьбы были явственно слышны на пленке, удары, крики ее племянницы. — Брат не сдавался, но затем один из этих людей приставил нож к горлу Кейтлин, его дочери. Я думаю, это был нож, потому что Флинн просил не поранить ее. Он сказал, что пойдет с ними, если они не тронут ее.

Джиллиан судорожно сглотнула. Завтрак, который она с таким аппетитом съела, встал поперек горла.

— Тот человек сказал, что убьет девочку, если Флинн не согласится сотрудничать. Когда брат спросил, что им надо, ему сказали, что теперь он работает на «Хаммер». Они потребовали собрать все записи по проекту «Горизонт». Флинн сказал... он пообещал, что пойдет с ними и сделает все, что они захотят, но пусть только отпустят ребенка. Один из этих негодяев заметил, что они не собираются вести себя бесчеловечно, потому что слишком жестоко разлучать отца и ребенка. И захохотал.

Трейс видел, чего ей стоят эти воспоминания. Но ради них обоих он удержался от сочувствия.

— Где эта пленка?

— Домработница Флинна в это время ходила на рынок. Вернувшись, она обнаружила, что лаборатория разгромлена, и позвонила в полицию. Они сразу же связались со мной. Диктофон Флинна автоматически отключается, когда заканчивается пленка. Полицейские не обратили внимания на диктофон. В отличие от меня. — Она сжала ладони, а Трейс прикурил сигарету. — И конечно же я отнесла пленку мистеру Форрестеру. Когда я нашла его мертвым, пленка исчезла.

— А как ты поняла, что они знают о тебе?

— Им всего-то надо было прочесть записи Флинна. У него было записано, что мы работали вместе, и часть результатов экспериментов я забрала с собой.

— Эти люди на пленке говорили по-английски?

— Да, с акцентом... мне кажется, средиземноморским, кроме того, который смеялся. У того был явно славянский акцент.

— Они называли какие-нибудь имена?

— Нет. — Она глубоко вздохнула и провела ладонями по волосам. — Я десятки раз слушала эту пленку в надежде уловить хоть что-нибудь. Они не сказали, куда забирают его.

— Ладно. — Трейс откинулся на спинку стула и выпустил в потолок струйку дыма. — Думаю, мы сумеем разыскать их.

— Как?

— Им нужна ты, ведь так? Или записи. — Он помолчал, наблюдая за ее реакцией. — Ты сказала, что записи у тебя с собой. Но я не нашел их в твоей сумке.

Задумчивость в ее взгляде сменилась негодованием.

— Ты рылся в моих вещах?

— Это часть моей работы. Так где они?

Джиллиан резко отодвинула от себя стол и раздраженно направилась к окну. Похоже, теперь у нее не осталось ничего личного.

— Мистер Форрестер их уничтожил.

— Но ты ведь сказала, что они у тебя с собой.

— Так и есть. — Она обернулась и приложила палец к виску. — Вот здесь. Человек, обладающий отличной фотографической памятью, блестяще запоминает слова. И когда возникнет необходимость, я смогу восстановить записи по памяти.

— Тогда именно этим вам и необходимо заняться, док, но внести некоторые изменения. — Прищурившись, он обдумывал план действий. Должно сработать, но все зависит от Джиллиан. — Как у тебя со смелостью?

Она облизала губы.

— Это мне еще пока не доводилось проверять. Но если ты хочешь использовать меня в качестве приманки, чтобы узнать, где находятся Флинн и Кейтлин, то я готова.

— Мне не нужны жертвы. — Он смял сигарету в пепельнице, а затем резко встал и направился к ней. — Ты доверяешь мне?

Она внимательно смотрела на него в лучах ослепительного мексиканского солнца. Опрятный и гладко выбритый, тем не менее он был столь же опасен, что и тот человек, которого она встретила вчера в баре, вдруг осознала Джиллиан.

— Я не знаю.

— В таком случае тебе лучше все как следует обдумать. — Он коснулся ее подбородка. — Поскольку, если ты хочешь остаться в живых, тебе стоит научиться доверять мне.

До Ушмаля они добирались долго и в основном в полном молчании. Трейс постарался, чтобы все в отеле знали, куда именно они направляются. Он попросил рекламные буклеты с картами на английском и испанском, затем отправился в сувенирную лавку и приобрел еще один путеводитель и видеофильм. Он расспросил служащего о расстоянии, ресторанчиках на их пути и приобрел средство от москитов. Он придумал для себя роль восторженного туриста и с успехом вошел в образ.

Все, кто задумал бы отыскать Джиллиан, могли теперь легко узнать, что она отправилась на развалины Ушмаля.

Буйная растительность по обе стороны дороги утомляла своим однообразием. У джипа был тент, но отсутствовал кондиционер. Джиллиан поглощала лимонад и гадала, доживет ли до возвращения назад.

— Неужели мы не могли найти что-нибудь поближе?

— Ушмаль — это известное туристическое место. — Дорога стала прямой и узкой. Трейс не переставал поглядывать в зеркало заднего вида. — У нас там подберется компания из других любителей достопримечательностей, но едва ли это заставит наших друзей поменять планы. Кроме того, мне хотелось бы осмотреть развалины. — Если их преследовали, то слежка, несомненно, была первоклассной. Трейс поерзал в кресле и поправил темные очки. — Они не настолько огромны и не столь популярны, как Чичен-Ица, но тем не менее кажутся мне самым впечатляющим местом на Юкатане.

— Вот уж не думала, что такого человека, как ты, могут интересовать древние цивилизации и постройки.

— У меня есть свои особенности. — По правде говоря, его всегда увлекали подобные вещи. Он провел два месяца в Египте и Израиле, изображая антрополога в качестве прикрытия своей основной деятельности. И это дало ему возможность приобрести вкус к истории и опасности. — Нам следует выполнять свою работу и заодно впитывать окружающую атмосферу, если ты, конечно, станешь подчиняться правилам игры.

— Я уже согласилась, не так ли? — Даже в тонкой, палевого цвета блузке и широких брю-

ках жара казалась невыносимой. Но Джиллиан
предпочла сосредоточиться именно на этих не-
приятных ощущениях, чтобы хоть немного избавиться от пожирающего ее беспокойства. —
А что, если они вооружены?

В коротком взгляде, брошенном на нее Трейсом, промелькнуло мрачное изумление.

— Это уже моя забота. Ты ведь платишь мне
за то, чтобы я позаботился о деталях.

Джиллиан снова умолкла. «Должно быть, я спя-
тила, — подумала она, — решив доверить свою
жизнь и жизнь своих близких человеку, которого
больше заботят деньги, чем люди, попавшие в беду». Сделав еще один глоток теплого лимонада,
она попыталась утешить себя, вспоминая, что сказал о Трейсе Чарльз Форрестер.

— Немного бунтарь по натуре и, конечно, не
тот человек, который любит работать в команде.
Иначе он уже давно возглавлял бы МСБ. Он настоящий профессионал. Если вам нужен человек, чтобы отыскать иголку в стогу сена, и вы не
станете беспокоиться, что в процессе поисков
сено будет слегка разбросано, то тогда вам нужен именно он.

— Речь идет о жизни моего брата, мистер Форрестер. И о жизни девочки, не говоря уже о воз-
можных последствиях в области ядерного оружия.

— Если бы мне пришлось выбирать из всех
известных мне агентов, кому я мог бы доверить
свою жизнь, то определенно предпочел бы Трейса О'Харли.

И вот теперь она вверяла свою жизнь ему, человеку, с которым знакома меньше двадцати че-
тырех часов. Он довольно резок, грубоват и не-

отесан. С момента их знакомства он не сказал ей ни слова сочувствия, сожалея о том, что произошло в ее семье, а к формуле, которая навсегда могла бы изменить силовой баланс в мире, проявил лишь мимолетный интерес.

И все же... было что-то удивительно надежное и ласковое в том, как он поддерживал ее за талию, когда она едва держалась на ногах от усталости.

Кто же он? Паника сжала горло, едва лишь вопрос прорвался наружу. Кто этот человек, которому она полностью доверилась?

— Когда вы стали шпионом?

Он снова искоса взглянул на нее, затем перевел взгляд обратно на дорогу и вдруг расхохотался. Она впервые слышала, чтобы он смеялся. Его смех был веселым, беззаботным и оказался гораздо приятнее, чем она предполагала.

— Милая, это ведь не история о Джеймсе Бонде. Я работаю в разведке, или, если выразиться точнее, добываю секретные сведения.

Ей показалось, что в его словах прозвучала горечь.

— Ты не ответил на мой вопрос.

— Около десяти лет.

— Почему?

— Что «почему»?

— Почему ты занимаешься именно такой работой?

Трейс подключил прикуриватель, пытаясь не прислушиваться к внутреннему голосу, подсказывавшему, что он слишком много курит.

— Тот же самый вопрос я задавал недавно себе. А почему физика?

Она не настолько глупа, чтобы возомнить, будто ему это действительно интересно. Это всего лишь способ увести разговор в сторону.

— Семейная традиция, и у меня способности к этой науке. Я с детства торчала в лаборатории.

— Ты живешь не в Ирландии.

— Да, мне предложили место в Рэндом-Фрай. Это был отличный шанс. — Чтобы выбраться из тени отца.

— Нравится в Штатах?

— Да, очень. Поначалу кажется, что все вокруг движется в бешеном ритме, но быстро привыкаешь. А ты откуда?

Он выбросил окурок на дорогу.

— Из ниоткуда.

— Все мы из ниоткуда.

Его губы скривила скрытая усмешка.

— Вовсе нет. Мы почти приехали. Хочешь еще что-то выяснить?

Джиллиан глубоко вздохнула, пытаясь расслабиться. Время светской беседы истекло.

— Нет.

Парковка оказалась наполовину пуста. С приходом зимы на развалинах, расположенных в двух часах пути от Канкуна, начинался оживленный бизнес. Перекинув фотоаппарат через плечо, Трейс взял Джиллиан за руку. Почувствовав внутреннее сопротивление, он лишь еще сильнее сжал ее ладонь.

— Постарайся казаться немного романтичнее. Мы ведь на свидании.

— Надеюсь, ты поймешь, если я не смогу смотреть на тебя сияющими влюбленными глазами.

— Постарайся хотя бы изобразить интерес. — Он вытащил из кармана путеводитель. — Это место возникло в VI—VII веках. И это утешает.

— Утешает?

— Тысячелетия спустя мы не смогли разрушить его. Поднимемся наверх?

Она взглянула на него, но не смогла разглядеть его глаза за темными стеклами очков.

— Думаю, да.

Взявшись за руки, они стали подниматься по шероховатым ступеням Пирамиды магов. Джиллиан замерла от восхищения. Несмотря на пот, стекавший по спине, и ужас, сковывающий сердце, величественное зрелище поразило ее. Древние камни, уложенные руками живших в древности людей, чтобы восславлять древних богов. И с вершины она окинула взглядом окрестности, в которых когда-то жили люди.

На мгновение она поддалась настроению и замерла в полном молчании. Ученый в ее душе недоуменно вскинул бы бровь, но ее предки верили в эльфов. В этом месте когда-то била ключом жизнь. И здесь по-прежнему витали духи. Закрыв глаза, Джиллиан отдалась во власть необыкновенных ощущений.

— Ты чувствуешь? — пробормотала она.

Его магнитом притягивали захватывающие воспоминания, давние, когда-то пылавшие, подобно пламени, человеческие страсти. Реалист в его душе никогда не мог полностью возобладать над мечтателем.

— Чувствую что? — спросил он, хотя прекрасно понимал, о чем она говорит.

— Дух древних эпох, прежних людей. Жизнь и смерть. Кровь и слезы.

— Ты меня удивляешь.

Она открыла глаза, которые приобрели удивительный глубокий изумрудный оттенок от переполнявших ее эмоций.

— Не порть это ощущение. Места, подобные этому, никогда не теряют своей власти. Можно разрушить камни, построить здесь высотные здания, но эта земля все равно останется священной.

— Это ваш научный взгляд на вещи, доктор?

— Ты все-таки собрался все испортить.

Трейс уступил, хотя инстинкт подсказывал, что лучше сохранять дистанцию.

— Ты была когда-нибудь в Стоунхендже?

— Да. — Она улыбнулась, и ее рука расслабилась.

— Если закрыть глаза и остановиться в тени камня, можно услышать песнопения. — Их пальцы переплелись, словно они были давно и близко знакомы, но никто из них даже не заметил этого. — А в Египте можно коснуться камня пирамиды и почти явственно ощутить запах крови рабов и фимиам жрецов. А у берегов острова Мэн водятся русалки с волосами как у тебя.

Он зажал в кулаке прядь ее волос, таких мягких, таких шелковистых. Он представлял, как они обжигают кожу, подобно тому огню, который факиры извлекают без спичек или зажигалки.

Джиллиан молча смотрела на него, не в силах пошевелиться. И хотя его глаза по-прежнему были скрыты темными стеклами очков, в голосе появились вкрадчивые, гипнотические нотки. Он касался волос, но ей вдруг показалось, что его руки медленно и чувственно ласкают ее тело. Легкое притяжение, испытанное сегодняшним утром, неожиданно обернулось сладкой болью, а боль — томительным желанием.

Она прильнула к нему. Их тела соприкоснулись.

— Надеюсь, вид отсюда того стоит, Гарри. Я потею, как свинья.

Пара средних лет, тяжело дыша, взобралась на последнюю ступеньку, и Джиллиан отскочила назад, словно ее застукали за кражей.

— Куча камней, — заметила женщина и, сняв соломенную шляпу, принялась обмахивать разгоряченное лицо. — И зачем надо было тащиться в Мексику, чтобы взобраться на кучу старых камней?

Волшебное очарование древнего места стремительно улетучивалось. Джиллиан отвернулась, чтобы еще раз окинуть взглядом развалины.

— Молодой человек, не сфотографируете нас с женой?

Трейс взял фотоаппарат у полноватого мужчины с оклахомским акцентом. По крайней мере, это было меньшее, чем он мог отблагодарить эту пару за то, что они не дали ему совершить ошибку. Позволив себе забыть о задании и заняться личными делами, он не сможет осуществить свою месть и вернуть Джиллиан ее близких.

— Встаньте чуть ближе, — скомандовал он и, когда супружеская пара выдала две широкие замороженные улыбки, нажал на кнопку.

— Благодарю. — Мужчина из Оклахомы забрал свой фотоаппарат. — Хотите, я сфотографирую вас вместе с леди?

— Почему нет? — Это ведь типичный туристический прием. Отдав свой фотоаппарат, Трейс обнял Джиллиан за талию. Она мгновенно напряглась. — Улыбайся, милая.

В этот момент ему показалось, что она еле слышно послала его ко всем чертям.

Когда они направились вниз, Трейс старался двигаться так, чтобы сумка Джиллиан находилась между ними. Посмотрев вниз с вершины пирамиды, он заметил, что трое мужчин подошли к подножию, а затем разделились.

— Иди рядом со мной.

Джиллиан стиснула зубы и повиновалась, хотя в этот момент она больше всего на свете желала держаться от него как можно дальше. Наверное, всему виной слишком яркое солнце, которое сделало ее такой мягкотелой и легкомысленной, решила она. И конечно, это не имело никакого отношения к настоящему чувству. Это солнечный удар, убеждала себя Джиллиан. Свою роль определенно сыграло магическое воздействие на нее этого древнего места, и теперь Джиллиан нашла вполне правдоподобное объяснение тому, почему она едва его не поцеловала и почему так хотела это сделать.

— Сейчас не лучшее время для мечтаний. — Обняв ее за плечи, Трейс крепко прижал ее к себе и увлек под арку в монастырский двор.

Ему понравилось это место. К большой площади со всех сторон примыкали строения, за дверями скрывалось множество комнат. Здесь они оказались полностью на виду, в то время как за дверями мог притаиться кто угодно. Если бы у него был выбор, Трейс предпочел бы встретиться с их преследователями один на один.

— Похоже, тебе нравится искусная работа каменщиков.

Джиллиан проглотила подступивший к горлу комок страха.

— Резные арки и фасады — основной признак классической архитектуры майя. Их постройки легко отличить по безупречно вытесанному камню.

— Отлично, — пробормотал Трейс. Он заметил, как один из мужчин проскользнул во дворик. Пока один, подумал Трейс. Значит, они, как он и надеялся, разошлись в разные стороны и ищут ее. Обернувшись, он прижал ее к колонне, его руки скользнули вниз по ее телу.

— Что ты...

— Я делаю тебе непристойное предложение, — мягко произнес он, наклонившись к ее уху. — Понимаешь?

— Да. — Это был сигнал к действию, но она вдруг почувствовала, что не в силах пошевелиться. По причинам, о которых она не желала думать, его тело, такое твердое и горячее, создавало иллюзию безопасности.

— Очень непристойное предложение, Джиллиан, — повторил Трейс. — Я представил нас с тобой обнаженными в большой ванне со взбитыми сливками.

— Зря ты считаешь это непристойным, ты просто жалок. — Но она смогла выдохнуть с облегчением. — Ты — мерзкая скотина. — И, откинувшись назад, Джиллиан в сердцах отвесила ему увесистую пощечину, гораздо сильнее, чем стоило. Она оттолкнула его и принялась приглаживать волосы. — Если я согласилась прокатиться с тобой к развалинам, это не означает, что я намерена провести с тобой ночь, играя в твои отвратительные игры.

Прищурившись, Трейс провел рукой по щеке. А у нее тяжелая рука, но это они обсудят чуть позже.

— Прекрасно, милая. Надеюсь, ты найдешь дорогу обратно в Мериду? Я не собираюсь тратить свое драгоценное время на какую-то худосочную дамочку, абсолютно лишенную воображения. — И, резко развернувшись, он направился прочь. Трейс торопливо прошел мимо мужчины, который стоял неподалеку, притворяясь, что увлеченно разглядывает арку.

Джиллиан едва сдержалась, чтобы не закричать вслед Трейсу. Он спрашивал, есть ли у нее мужество, и теперь она вынуждена признать, что его оказалось не так уж и много. Она беспомощно обхватила себя трясущимися руками. Дальнейшие события развивались стремительно.

— С вами все в порядке, мисс?

Вот оно. Она без труда узнала голос с диктофона брата. Джиллиан обернулась, надеясь, что блестящие глаза и дрожащий голос сойдут за признаки охватившего ее возмущения.

— Да, спасибо.

Он был темноволос и невысок, с кожей оливкового цвета и на удивление добрым лицом. Джиллиан выдавила улыбку.

— По-видимому, мое общество не показалось ему столь привлекательным среди архитектуры древних майя, как он поначалу притворялся.

— Я могу предложить подвезти вас обратно.

— Нет, вы очень добры, но... — Она оселась, почувствовав укол ножа в бок, чуть выше талии.

— Думаю, так будет лучше для всех, доктор Фитцпатрик.

Ей и не надо было изображать ужас, но хотя ее ум был готов застыть от страха, Джиллиан хорошо помнила инструкции Трейса. Стоять на месте. Стоять как можно дольше, чтобы Трейс смог вступить в игру.

— Я не понимаю.

— Вам все объяснят. Ваш брат шлет вам привет.

— Флинн... — Несмотря на нож, Джиллиан внезапно схватила мужчину за рубашку. — Флинн и Кейтлин у вас. Скажите мне, что с ними все в порядке! Пожалуйста!

— Ваш брат и племянница в добром здравии, и так будет и впредь, если вы согласитесь сотрудничать с нами. — Он обнял ее за плечи и увлек за собой.

— Я дам вам все, что пожелаете, если пообещаете мне не причинять им вред. У меня есть деньги. Сколько?

— Нас не интересуют деньги. — Мужчина слегка ткнул ее ножом, подталкивая вперед. И хотя у него было доброе лицо, рука, сжимавшая нож, не знала жалости. — Все дело в пропавших результатах экспериментов и в некоторых записях.

— Я отдам их вам. Они у меня с собой. — Джиллиан сжала ремешок сумки. — Пожалуйста, не причиняйте вред мне и моим близким.

— Хорошо, что ты оказалась сговорчивее своего братца.

— Где Флинн? Пожалуйста, скажите, где вы его прячете.

— Вы с ним скоро встретитесь.

Трейс обнаружил второго мужчину позади Дворца Правителя. Он прошел мимо, щелкая фотоаппаратом, а затем неожиданно прижал голову мужчины к одному из замысловато вырезанных камней.

— Чудесная штука, правда? — Он обхватил мужчину за шею, и со стороны это выглядело как дружеские объятия. Оба знали, что Трейсу стоит лишь сделать небольшой рывок — и кость будет сломана. — Если хочешь сохранить правую руку, не оглядывайся. Давай покончим с этим побыстрее, пока нас никто не увидел. Где вы прячете Флинна Фитцпатрика?

— Я не знаю никакого Флинна Фитцпатрика.

Трейс дернул вверх руку незнакомца. Он слышал, как скрипнули кости.

— Ты попусту тратишь мое время. — Торопливо оглядевшись, Трейс извлек свой охотничий нож и приставил лезвие к голове около самого уха. — Слышал когда-нибудь о Ван Гоге? Понадобится пара секунд, чтобы отсечь ухо. Ты не умрешь, если, конечно, не истечешь кровью. Ну а теперь попробуй вспомнить — Флинн Фитцпатрик.

— Нам не сообщили, куда его отвезли. — Лезвие слегка надавило на кожу. — Я клянусь! Мы должны были только отвезти его и девчонку в аэропорт и передать другим людям. Нас отправили искать женщину, его сестру.

— И каковы твои инструкции насчет ее?

— Частный самолет ждет в аэропорту Канкуна. А о конечном пункте назначения нам не сообщали.

— Кто убил Форрестера?

— Абдул.

Время уже поджимало, и Трейс был вынужден отказаться от удовольствия мучить дальше свою жертву.

— Поспи немного, — просто сказал он и с силой ударил незнакомца головой о камень.

Куда же запропастился Трейс, думала Джиллиан, медленно приближаясь к небольшой белой машине. Если он сейчас не появится, она и фальшивые записи отправятся в... Она даже не представляла, куда именно.

— Пожалуйста, скажите, куда везете меня. — Она споткнулась, и нож прорвал ткань блузки и поцарапал кожу. — У меня кружится голова. Подождите секунду.

Когда она тяжело привалилась к капоту автомобиля, мужчина почувствовал себя свободнее и убрал нож.

— Можешь отдохнуть в машине.

— Меня стошнит.

Издав звук отвращения, он потянул ее за волосы, заставляя выпрямиться. В этот момент его и настиг кулак Трейса, отбросив назад на три шага.

— Возможно, она немного вздорна, — мягко заметил он, — но я не выношу, когда грубо обращаются с женщиной. Послушай, милая, я всего лишь хотел раздеть тебя. И никаких грубостей.

Джиллиан выронила сумку и бросилась бежать.

— Эта женщина тебе подходит. Никакой благодарности. — Трейс широко улыбнулся мужчине, у которого кровь бежала из разбитой губы. — Ну ничего, в следующий раз повезет.

Мужчина выругался. Трейс немного понимал по-арабски и сумел распознать угрозу. Когда сверкнуло лезвие ножа, он был настороже. Ему ужасно хотелось вытащить свой собственный нож и сойтись в схватке с человеком, который убил его лучшего друга. Но это было не то время и не то место. Ему нужен был не только убийца, но и заказчик. Не сводя глаз с ножа, Трейс поднял руки и отступил назад.

— Послушай, если она так тебе нужна, возьми ее. Насколько мне известно, все женщины одинаковы.

Когда мужчина плюнул ему под ноги, Трейс наклонился, будто собираясь вытереть плевок с ботинка. Когда он внезапно поднялся, в его руке блеснул никелированный автоматический пистолет 45-го калибра.

— Ты ведь Абдул, не так ли? — Веселый огонек в его глазах погас, взгляд сделался жестоким. — Я уже позаботился о двух твоих приятелях. Я не продырявлю тебе башку лишь по одной причине — я хочу, чтобы ты кое-что передал своему боссу. Скажи, что его скоро навестит Иль Гатто. — Трейс заметил, как расширились темные глаза противника, и улыбнулся. — Ты знаешь это имя. Отлично. Я хочу, чтобы ты знал, кто твой убийца. Передай мои слова, Абдул, и приводи свои дела в порядок. У тебя остается не так уж много времени.

Абдул по-прежнему сжимал в кулаке нож, но он слишком хорошо понимал, что пуля быстрее ножа. И к тому же он прекрасно знал, что Иль Гатто гораздо проворнее других.

— Когда-нибудь удача отвернется от Иль Гатто, как это произошло с его хозяином.

Трейс направил пистолет в горло Абдулу.

— Возможно, но твоя удача вот-вот отвернется от тебя. Я могу случайно спустить курок, Абдул. Тебе лучше поторопиться.

Трейс дождался, когда мужчина сел за руль и отъехал, и только тогда опустил пистолет. Это было совсем близко, вдруг понял Трейс, убирая пистолет в пристегнутую к ноге кобуру. Он едва не осуществил свою месть. Трейс выпрямился. Когда кровь холодна и ум ясен, месть всегда кажется намного слаще.

Услышав шаги за спиной, он резко обернулся.

Джиллиан уже видела раньше этот взгляд, это было как раз в тот момент, когда она рассказала, что Форрестера убили. Ей показалось, что она видела этот взгляд, когда бандит схватил ее за волосы. Но даже теперь, хотя этот взгляд был ей знаком, ее кожа покрылась мурашками.

— Я ведь говорил тебе держаться поближе к людям.

— Я видела, — начала она, подходя, чтобы забрать свою сумку. Глупо будет признаться, что она решила держаться поблизости, если ему вдруг понадобится помощь. — Я не знала, что у тебя пистолет.

— А ты думала, что я собираюсь вызволить твоего брата при помощи болтовни и очаровательной улыбки?

— Нет. — Она не могла смотреть ему в глаза. Джиллиан не понравился уставший и немного неопрятный мужчина, которого она встретила в баре, но все же она как-то сумела понять его. Она симпатизировала дерзкому и остроумному человеку, с которым вместе завтракала. Но этого незнакомца с жестоким взглядом, который нес с собой смерть, она не понимала вовсе.

— Тех двоих людей... тех людей ты...

— Убил? — Он легко произнес это слово, взяв ее за руку, и направился к джипу. В ее глазах он видел ужас и отвращение. — Нет, порой лучше сохранить человеку жизнь, особенно когда знаешь, что эта жизнь покажется ему адом. Но я мало чего от них добился. Они отвезли твоего брата и девочку в аэропорт, а затем отправились за тобой. Они не знали, куда их отправят.

— А откуда ты знаешь, что они сказали правду?

— Эти ребята — всего лишь самый конец цепочки. У них не хватает ума правдоподобно солгать, особенно когда они знают, что ты можешь порезать их тела на кусочки.

Джиллиан побледнела.

— Господи, как же теперь мы их найдем?

— У меня есть кое-какие зацепки. И учти, зацепки есть *у меня*, а не *у нас*. Как только я найду безопасное место, ты сразу же заляжешь на дно.

— И не подумаю. — Джиллиан демонстративно встала перед джипом. На ее лице блестели бусинки пота, но от былой бледности не осталось и следа.

— Ладно, мы обсудим это позже. А сейчас я хочу выпить.

— И еще, пока ты работаешь на меня, пить будешь в меру.

Он выругался, но гораздо миролюбивее, чем она ожидала.

— Назови мне хотя бы десять ирландцев, которые пьют в меру.

— Ты, например.

Джиллиан обошла машину и уже собралась забраться внутрь, как вдруг он снова выругался и резко схватил ее. Она уже собиралась огрызнуться, но Трейс осторожно вытащил ее блузку из брюк.

— Что ты, черт подери, делаешь?

— У тебя кровотечение. — Не успела она и слова сказать, как он рванул вниз брюки и обнажил бедро. Порез оказался неглубоким, но довольно большим. Кровь алым пятном просочилась сквозь ткань блузки. На мгновение, и это мгновение показалось ей вечностью, его глаза заволокло красной пеленой ярости.

— Почему ты не сказала, что он ранил тебя?

— Я и сама этого не поняла. — Она наклонилась, чтобы обследовать рану. — Я пыталась сбавить ход и специально споткнулась. Он уколол меня ножом, наверное, чтобы подстегнуть. Рана несерьезная. Кровь уже почти не идет.

— Заткнись. — И в это мгновение не имело значения, что порез оказался пустяковым. Это ее кожа, ее кровь. Трейс запихнул ее в кабину, а затем распахнул бардачок.

— Сиди спокойно, — приказал он, открывая аптечку. — Черт подери, я ведь просил тебя не рисковать.

— Я только... Господи, ты делаешь мне больно. Когда ты прекратишь беспокоиться из-за пустяков?

— Я дезинфицирую рану, а тебе лучше пока заткнуться. — Он действовал быстро и не слишком нежно, и вскоре порез был обработан и перевязан.

— Мои поздравления, доктор, — сухо сказала Джиллиан и лишь улыбнулась, когда он сердито взглянул на нее. — Никогда бы не подумала, что такой человек, как ты, начинает так сильно волноваться при виде маленькой царапины. И вообще, я готова поспорить...

Она осеклась, когда он внезапно накрыл ее рот поцелуем. Она замерла, не в силах пошевелиться от изумления, когда его руки, коснувшись ее шеи, скользнули в бурный каскад волос. Это было обещание или угроза, тень которой она заметила с вершины пирамиды.

Его губы, жесткие и ненасытные, не пытались уговорить лаской, но овладевали, решительно и бесспорно. Ее врожденное чувство независимости хотело воспротивиться, но желание, страсть, восторг оказались гораздо сильнее.

Трейс не понимал, что на него вдруг нашло. Казалось, он приник к ее губам, не успев даже подумать, что делает. Это произошло, и все. Он испугался, увидев ее кровь. А он не привык за кого-либо волноваться. Ему захотелось приласкать и успокоить, и он попытался скрыть это глупое желание за приказами и грубыми прикосновениями.

Но, черт возьми, зачем он стал целовать ее? Но вот ее губы раскрылись ему навстречу, и все вопросы мигом исчезли, стали ненужными.

Она и на вкус оказалась сладкой, как луга и полевые цветы и прохладная утренняя роса, позолоченная лучами рассветного солнца. И здесь не было ничего необычного, все оказалось ласковым, спокойным и таким настоящим. Дом... Почему она пахла домом и заставляла его тосковать по родным местам так же сильно, как и по ней?

Чувства, испытанные на вершине пирамиды, вернулись в стократном размере. Восторг, блаженство, замешательство. Но эти чувства скрывались под оболочкой неистовой страсти, хорошо ему знакомой.

Она не отпрянула, не съежилась от страха. Она коснулась ладонью его лица. Бешеное биение сердца, отдававшееся в висках, заполняло все вокруг, и другие звуки для нее просто исчезли. Его поцелуй был столь требовательным, что она не ощущала больше ничего. Когда он резко отшатнулся, так же внезапно, как и приник к ней, Джиллиан еще долго хлопала глазами, не видя ничего вокруг.

Необходимо как можно быстрее избавиться от нее, подумал Трейс, торопливо засовывая трясущиеся руки в карманы.

— Я же сказал тебе заткнуться, — коротко бросил он и, обойдя джип, уселся за руль.

Джиллиан открыла рот, а затем снова закрыла его. Возможно, ей стоит воспользоваться его советом до тех пор, пока в голове окончательно не прояснится.

Глава 3

Трейс сидел за кружкой пива. Он просчитал, что если Абдул не дурак, то передаст его сообщение нужным людям еще до наступления ночи. Он намеревался в течение часа покинуть Мексику. Трейс подумал о теплых волнах Карибского моря и о неторопливом плавании с маской и нехотя снял трубку телефона.

— Не теряй времени даром, собери пока вещи, хорошо, милая?

Джиллиан отвернулась от окна и в упор посмотрела на него.

— Меня зовут Джиллиан.

— А, ну да, брось вещи в чемодан. Мы оставим этот номер, как только... Рори? Как поживаешь, черт тебя дери? Это Колин.

Джиллиан удивленно вскинула брови. На середине предложения его речь утратила протяжную медлительность американского говора и приобрела музыкальный ирландский акцент. Так, значит, Колин, подумала она, скрестив руки на груди.

— Да. Нет, я в полном порядке. Здоров, как бык. Как Бриджит? Только не это. Господи, Рори, неужели вы двое вознамерились заселить всю Ирландию? — Слушая ответ, Трейс мягко взглянул на нее и указал в сторону шкафа.

Не заботясь о том, как она выглядит со стороны, Джиллиан с грохотом распахнула шкаф и принялась выкидывать оттуда его одежду.

— Рад это слышать. Нет, пока не знаю, когда вернусь. Нет, никаких проблем, не о чем и рассказывать, но мне хотелось бы попросить тебя об услуге. — Он бросил взгляд на Джиллиан, которая как попало запихивала его одежду в чемодан, и отхлебнул пива. — Я буду тебе очень признателен. Десять дней назад из Корка вылетел самолет, возможно, частный. Мне хотелось, чтобы ты не расспрашивал, кто был на борту и зачем. Понимаешь? Отлично. Просто попытайся разнюхать, куда они направились. И еще выясни, насколько миль им хватило бы топлива и где они могли бы приземлиться для дозаправки. Это очень важно, — продолжил он, немного помолчав, — но это ничем тебе не грозит... Нет. — И на этот раз он расхохотался. — Дело не имеет отношения к Ирландской республиканской армии. Скорее это личное. Нет, я путешествую. Я тебе перезвоню. Поцелуй за меня Бриджит, но постарайся только этим и ограничиться. Я не хочу нести ответственность за появление еще одного младенца.

Трейс повесил трубку и взглянул на скомканную одежду в чемодане.

— Отличная работа.

— Так в чем заключается суть дела... Колин?

— А суть дела заключается в том, чтобы выяснить, где находится твой брат. Тебе лучше бросить в чемодан и свои вещи. А потом купим тебе другой чемодан. — Он встал и принялся упаковывать маску и ласты.

— А для чего этот акцент и вымышленное имя? Мне показалось, что тот человек — твой друг.

— Так и есть. — Трейс отправился в ванную, чтобы собрать туалетные принадлежности.

— Если он твой друг, — настаивала Джиллиан, плетясь следом за ним, — почему тогда он не знает, кто ты такой?

Трейс поднял голову и взглянул на собственное отражение в зеркале. Его лицо, его глаза. Почему же так часто он не мог узнать самого себя? Он небрежно швырнул тюбик с зубной пастой и бутылочку аспирина в дорожную сумку.

— На работе я никогда не пользуюсь своим настоящим именем.

— Но в отеле ты зарегистрировался под именем Трейс О'Харли.

— Я в отпуске.

— Если он твой друг, зачем ты лжешь ему?

Трейс взял бритву и внимательно осмотрел лезвие, прежде чем забросить его в сумку.

— Несколько лет назад, еще совсем молодым парнем, он угодил в большие неприятности. Незаконный ввоз оружия.

— Так вот что ты имел в виду под Ирландской республиканской армией?

— Знаете, док, по-моему, вы задаете слишком много вопросов.

— Я доверяю тебе очень важные для меня вещи. Я буду задавать вопросы.

Трейс застегнул дорожную сумку одним нетерпеливым движением.

— Когда мы познакомились, я был на задании, и тогда меня звали Колин Суини.

— Наверное, он очень хороший друг, если без лишних вопросов согласился оказать тебе услугу.

Когда-то Трейс спас ему жизнь, но сейчас ему не хотелось об этом вспоминать. Он спасал жизни, но часто приходилось их отбирать. Сейчас он не хотел об этом думать.

— Да, это так. Ну а теперь, может, мы закончим собирать вещи и уберемся отсюда, пока кто-нибудь не заявился?

— У меня есть еще один вопрос.

Трейс ухмыльнулся:

— Думаешь, я удивлен?

— Что за имя ты назвал тому мужчине сегодня днем?

— Это прозвище, которое пару лет назад я придумал себе в Италии. — Он шагнул вперед, но она встала у него на пути.

— Почему ты назвал ему именно это имя?

— Потому что хотел, чтобы тот, кто отдает приказы, знал, кто придет к нему. — Протиснувшись мимо нее, он бросил вещи в чемодан и застегнул его. — Пошли.

— И что оно означает?

Он подошел к двери и распахнул ее, а затем медленно обернулся. Его взгляд сделался пугающим и одновременно завораживающим.

— Кот. Просто кот.

Он всегда знал, что настанет день, когда ему придется вернуться в Штаты. Он часто думал об этом где-нибудь в джунглях, или в пустыне, или в грязном номере какого-нибудь захолустного мотеля в забытом богом городишке. Трейс представлял себе возвращение блудного сына под торжественную музыку духового оркестра. Так давала о себе знать его артистическая натура.

А порой он представлял, как снова тайно возвращается в страну, так же как когда-то сбежал из нее.

Он думал о сестрах. В особенно трудный момент своей жизни он вспоминал о них и так захотел увидеть, что даже забронировал билет на самолет. Но в последний момент отказался от этой затеи. Они стали взрослыми женщинами, каждая живет своей жизнью, и все же он ясно помнил тот момент, когда увидел их в первый раз. Три худющих младенца, рожденные в удивительной спешке, лежащие в инкубаторах за стеклянной стеной в роддоме.

Между ними существовала связь, что, как он считал, было естественно для тройняшек, и все же Трейс никогда не чувствовал себя изгоем. Они путешествовали вместе с самого рождения девочек, пока он не поднял руку, голосуя на шоссе на окраине городка Терре-Хот.

С тех пор он видел их лишь однажды, но не терял из виду. Точно так же, как не терял из виду и родителей.

У семейства О'Харли никогда не было большого процветания в бизнесе, о котором всегда мечтал отец, но их дела шли вполне сносно. Они были заняты в музыкальных представлениях в среднем тридцать недель в году. Их можно было считать вполне платежеспособными. И конечно же это заслуга исключительно его матери, которая всегда умела из пяти долларов выжать десять.

Это мама, он в этом не сомневался, двенадцать лет назад тайком запихнула в карман его чемодана разменянную на десятки и пятерки сотню долларов. Она знала, что он уезжает. Она не плакала, не читала наставлений, не умоляла остаться, но сделала, что смогла, чтобы хоть немного облегчить ему жизнь. И в этом была она вся.

Но отец... Трейс закрыл глаза, когда самолет слегка задрожал, проскользнув в зону турбулентности. Отец ни за что его не простит. И дело вовсе не в том, что сын уехал, не попрощавшись, а в том, что он поступил по-своему.

Он никогда не понимал желания Трейса найти что-то свое, его стремления отыскать нечто другое, нежели новую публику, новые места для выступлений. Скорее всего, он просто был не способен вообще понять сына или же просто не мог принять его таким, какой он есть.

В тот единственный раз, когда Трейс вернулся, надеясь хоть немного наладить отношения, Фрэнк встретил его с плохо скрываемым неодобрением.

— Так, значит, ты вернулся. — Фрэнк с холодным выражением лица застыл посреди крошечной гримерной, которую делил с Молли. Трейс не знал, что его появление заставило Фрэнка трезво взглянуть на вещи. Мрачная комнатушка во второсортном клубе. — Прошло три года с тех пор, как ты уехал, и всего одно письмо. Когда ты уходил, я предупреждал, чтобы ты не рассчитывал на радушный прием.

— А я его и не ожидал. — Но все-таки он надеялся хоть на каплю понимания. В то время Трейс носил бороду, это была часть образа,
необходимого для задания. На этот раз он отправился в Париж, где успешно разоблачил между-
народное мошенничество с подделкой картин. —
Но у мамы день рождения, и я подумал... Я хотел
увидеть ее. — И тебя, хотел добавить он, но про-
молчал.

— А затем снова сбежать и заставить ее про-
ливать слезы?

— Она понимала, почему я уехал, — медленно и тихо произнес Трейс.

— Ты разбил ее сердце. И мое. Ты больше не
причинишь ей боли. Ты или сын ей, или не сын.

— Или сын, которым ты хочешь меня видеть,
или никто, — поправил его Трейс, меряя шагами крошечную комнатку. — Для тебя по-прежнему не имеет значения, чего я хочу и что чувствую или кто я такой.

— Ты не знаешь, что имеет для меня значение. И, думаю, никогда не знал. — Фрэнк про-
глотил подкативший к горлу ком, ощущая горечь и стыд. — Когда я в последний раз видел
тебя, ты сказал, что тебе не нужно все то, что я
сделал для тебя. Ты сказал, что никогда не станешь тем, кем я хочу тебя видеть. Мужчина
не забывает подобные слова, сказанные родным
сыном.

Ему было двадцать три. Он переспал со шлю-
хой в Бангкоке и вдребезги напился в Афинах,
на его правом плече красовались восемь швов —
напоминание о ножевом ранении, нанесенном
человеком, которого он убил, служа своей стра-

не. И все же в тот момент он чувствовал себя как ребенок, которого несправедливо и беспричинно отругали.

— Думаю, из всего, что я тебе говорил, ты только это и услышал. Здесь ничего не изменилось. И так и останется.

— Ты выбрал свой путь, Трейс. — Его сын и не представлял, что в тот момент Фрэнк больше всего на свете хотел распахнуть объятия и принять обратно того, кого, как ему казалось, он потерял навсегда. Но он боялся, что Трейс уклонится от его объятий. — И теперь живи как знаешь. И на этот раз, по крайней мере, хотя бы попрощайся с матерью и сестрами, прежде чем исчезнуть.

И Фрэнк отвернулся, чтобы скрыть слезы, навернувшиеся на глаза. Трейс вышел из комнаты и больше не возвращался.

Он открыл глаза и обнаружил, что Джиллиан внимательно смотрит на него. Она выглядела совершенно иначе в коротком черном парике, который он заставил ее нацепить. Но она свыклась с маскировкой и перестала ворчать насчет парика, а также очков в роговой оправе и тусклого серо-коричневого платья. В этом наряде она выглядела старомодно, но Трейс не мог не думать о том, что скрывается под неприглядным балахоном. Но в любом случае ее костюм стал отличной маскировкой, чего он и добивался.

Теперь никто бы не узнал в сидящей рядом с ним женщине красавицу доктора Джиллиан Фитцпатрик.

В Сан-Диего он поменял самолеты и авиалинии, купив билеты по кредитной карте, оформленной на одно из его вымышленных имен. После того как они пересели на очередной самолет в Далласе, Трейс нацепил бейсболку и спортивную куртку. И теперь, направляясь в Чикаго, они выглядели как парочка переполненных впечатлениями, усталых туристов, не вызывающих абсолютно никакого интереса.

Если не считать ее глаз, которые он видел сквозь прозрачные стекла очков, глубоких, ярких, темно-зеленых глаз.

— Какая-то проблема? — спросил он.

— Я как раз хотела спросить тебя о том же. Знаешь, ты не вылезаешь из размышлений с тех пор, как мы сели в самолет.

Трейс достал сигарету и повертел ее в пальцах.

— Не понимаю, о чем ты.

— Я говорю о том, что ты готов оторвать мне голову, если я прошу о такой мелочи, как передать мне соль. На мне ведь этот отвратительный парик, не так ли? И платье по последнему писку моды.

— Тебе очень идет.

— Так если тебя не отталкивает мой внешний вид, в чем же дело?

— Со мной все в порядке, — пробормотал он сквозь зубы. — Послушай, отстань от меня.

С трудом сдерживая гнев, Джиллиан отпила глоток белого вина, которое ей подал стюард. С жалостливой улыбкой, с отвращением подумала она.

— Нет, с тобой определенно что-то не так. Это я должна сходить с ума от волнения, но я абсолютно спокойна, потому что мы, по крайней мере, не топчемся на месте. Но если есть какая-то проблема... о которой мне стоит беспокоиться, я буду признательна, если ты расскажешь мне о ней.

Его пальцы забарабанили по ручке кресла.

— Ты всегда такая зануда?

— Когда дело касается важных вещей. На кону человеческие жизни, которые для меня дороже всего на свете. Если тебя что-то беспокоит, я должна об этом знать.

— Это личное. — Надеясь отвязаться от нее, он откинулся в кресле и закрыл глаза.

— Теперь у тебя нет ничего личного. Твои ощущения могут все испортить.

Он приоткрыл один глаз.

— Ты первая, кто жалуется, сестричка.

Она вспыхнула, но не сдалась.

— Я наняла тебя на работу и потому имею право требовать, чтобы у тебя не было никаких секретов от меня.

Он выругался, тихо, но с достаточной долей фантазии.

— Я давно не был в Чикаго. Даже у меня есть воспоминания, и это касается только меня.

— Прости. — Джиллиан глубоко вздохнула. — Я не могла думать ни о чем, кроме Флинна и Кейтлин. Мне и в голову не пришло, что тебе нелегко дается возвращение. — Он не производил впечатления человека, способного на глубокие чувства и искренние эмоции. Но Джиллиан хорошо помнила боль, застывшую в его глазах, когда рассказывала о Форрестере. — Чикаго... для тебя с этим городом связано что-то особенное?

— Я выступал в Чикаго в двенадцать лет, а второй раз — в шестнадцать.

— Выступал?

— Забудь. — Он покачал головой и попытался расслабиться. — Несколько лет назад я провел там несколько дней с Чарли. Последнее, что я видел в Штатах, — аэропорт О'Хэйр.

— А теперь это будет первое, что ты увидишь. — На коленях у Джиллиан лежал журнал, но вместо того, чтобы открыть его, она задумчиво провела пальцем вдоль края. — А я почти ничего не видела в Америке, кроме Нью-Йорка. Но всегда собиралась попутешествовать. Пару лет назад Флинн привозил ко мне в гости Кейтлин, вскоре после смерти ее матери. — Она глубоко вздохнула. — Они оба казались такими потерянными. Мы отправились в Эмпайр-стейт-билдинг, в Рокфеллеровский центр и выпили чаю в Плазе. Флинн купил ей маленькую крученную из проволоки собачку у уличного торговца. — Чувства нахлынули так внезапно, что она не успела взять себя в руки. — О господи. — Она закрыла лицо руками. — Господи, ей ведь всего шесть.

Уже много лет ему не доводилось утешать ни одну женщину, но Трейс не забыл, как это делается.

— Не волнуйся. — Его голос прозвучал ласково, и он обнял ее за плечи. — Они не причинят ей вреда. Им слишком необходима помощь твоего брата, они не могут рисковать.

— Но что они там с ней делают? Она, должно быть, очень напугана. Темнота... Она до сих пор не может спать в темноте. Включают ли они свет? Как ты думаешь, они оставляют ей свет?

— Я в этом не сомневаюсь. — Его рука ласкала ее волосы, а мягкий голос убаюкивал ее страхи. — С ней все будет в порядке, Джиллиан.

Слезы катились по ее щекам, хотя она изо всех сил пыталась успокоиться.

— Прости. Меньше всего я хочу выставлять себя идиоткой.

— Поступай как знаешь. — Он погладил ее плечо. — Я не возражаю.

Она рассмеялась сквозь слезы и стала искать салфетку.

— Я стараюсь особенно не думать о ней. Стараюсь сосредоточиться на Флинне. Он очень сильный и стойкий.

— И он сейчас с ней. И заботится о ней.

— Да, они заботятся друг о друге. — Господи, ей так необходимо в это верить! Верить в то, что она скоро увидит их живыми и здоровыми.

— Мы вызволим их оттуда, правда?

В подобных делах никогда ничего нельзя сказать наверняка, и Трейс знал это, как никто другой. Но в тот момент она смотрела на него глазами, полными слез, и такого отчаянного доверия, что у него просто не осталось выбора.

— Конечно. Разве Чарли не предупреждал тебя, что мне нет равных?

— Да. — Она с трудом перевела дух. Выдержка постепенно возвращалась, но она по-прежнему владела собой не так, как ей хотелось бы. Необходимо чем-нибудь отвлечься, чтобы время не тянулось мучительно долго. — Расскажи мне о своей семье. У тебя есть братья?

— Нет. — Он отдернул руку, потому что было невероятно соблазнительно оставить ее рядом с ней. — Сестры.

— Сколько?

— Трое.

— Вам наверняка не приходилось скучать.

— Они были отличными сестрами. — Его губы скривились, когда он прикурил сигарету. — Шантел была сорванцом.

— В любой семье есть такой ребенок, — начала Джиллиан. А затем ее вдруг осенило, и она резко выпрямилась в кресле. — Шантел О'Харли? Шантел О'Харли — твоя сестра? Я видела фильмы с ее участием. Она великолепна.

Неожиданная и сильная гордость захлестнула Трейса.

— Да, она ничего. Всегда склонялась к драме.

— Она самая красивая женщина, которую мне доводилось видеть.

— И она знает об этом.

— Значит, и Мадди О'Харли тоже твоя сестра. — Джиллиан потрясенно покачала головой. — Пару месяцев назад я видела ее выступление на Бродвее. Она очень талантлива. Сцена буквально озаряется светом, когда она появляется.

Так было всегда, подумал Трейс.

— Она номинирована на «Тони».

— Она этого заслуживает. Да что уж там, зрители едва не снесли крышу, когда она появилась на сцене в конце первого акта. Тебе стоило на это взглянуть... — Джиллиан осеклась, догадавшись, что ему действительно хотелось на это взглянуть, но по неизвестным ей причинам он этого не сделал.

— А твоя третья сестра? — спросила она, желая дать им обоим время и пространство.

— Эбби разводит лошадей в Виргинии. — Он смял окурок, думая о том, что его потянуло за язык рассказывать о своей семье.

— Да, кажется, я что-то читала о ней. Недавно она вышла замуж за писателя Дилана Кросби. В «Таймс» была небольшая статья. О, конечно же твои сестры — тройняшки.

— А мне казалось, что ученые слишком заняты решением мировых проблем, чтобы зря растрачивать время на чтение газетных сплетен.

Джиллиан вскинула бровь, но решила не принимать вызов. В конце концов, она выяснила все, что хотела.

— Я не все время провожу склонившись над пробирками. В статье говорилось, что они выросли, участвуя в шоу-бизнесе и путешествуя по стране. А твои родители по-прежнему этим занимаются. Но я не помню, чтобы там упоминалось о тебе.

— Я уехал от них много лет назад.

— Но разве ты не путешествовал вместе с ними? — Заинтригованная, Джиллиан улыбнулась и подвинулась в кресле. — Разве ты не пел, не танцевал и не кочевал по разным городам?

— Знаешь, ты как ученый склонна идеализировать жизнь артистов. — Трейс ощутил, как самолет слегка нырнул вниз, и это означало, что они начали снижаться. — Это все равно что прийти в цирк и увидеть только блестки и яркие огни. А за кулисами ты по колено утопаешь в слоновьих испражнениях.

— Значит, ты действительно путешествовал вместе с ними. — Джиллиан улыбалась. — У тебя было свое занятие?

— Избави меня бог от полетов в компании с любопытными женщинами. Я уже двенадцать лет как не занимаюсь этим. — Он застегнул ремень. — Я предпочитаю думать о сегодняшнем дне.

Джиллиан тоже застегнула свой ремень.

— В детстве я мечтала стать певицей. Я часто представляла себя на сцене в свете софитов. — Вздохнув, она положила журнал обратно в карман сиденья. — Но не успела я опомниться, как стала ассистенткой отца в лаборатории. Странно, правда, как наши родители планируют нашу жизнь еще до нашего рождения?

Дом Чарли скрывался за пятифутовой каменной стеной и был оснащен сложной системой безопасности. У него осталась, насколько Трейс помнил, только старшая сестра, которая жила в Палм-Бич, и племянник, занимавшийся маклерством на Среднем Западе.

Джиллиан осталась сидеть в арендованной машине, пока Трейс нажимал множество кнопок на панели у ворот. Наконец они бесшумно распахнулись. С тех пор как они оказались в аэропорту, он молчал, не произнеся ни слова во время их кружения по городу и запутывания следов на случай возможного преследования. Теперь Джиллиан решила воздержаться от лишних вопросов. Горе сделало его безмолвным, и она понимала, что он должен сам справиться с ним.

С приближением зимы листва на деревьях стремительно таяла, и все же они упрямо хранили свой яркий цвет. Холодный ветер обрывал листья и стонал в голых ветвях. Раскидистые вязы, должно быть, затеняли летом подъездную дорожку, подумала она, придавая старому кирпичному дому величественный и неприступный вид. В свой первый приезд она этого не заметила и теперь хотела сосредоточиться именно на этом ощущении.

Дом не выглядел пустынным, словно готовился к приезду новых жильцов. Джиллиан подумала о человеке, который выслушал ее, угостил бренди и вселил в нее надежду.

— Он обожал это место, — пробормотал Трейс. Он заглушил мотор, но продолжал сидеть, глядя на два старых кирпичных яруса, отделанных белой каймой. — Уезжая, он постоянно говорил о том, как вернется сюда. Думаю, он хотел здесь умереть. — Помолчав, Трейс распахнул дверцу машины. — Пойдем.

У него были ключи. Когда-то ему дал их Чарли.

— Когда-нибудь они тебе пригодятся, — сказал он. — У каждого человека должен быть дом.

Но с тех пор Трейсу не довелось ими воспользоваться. До сегодняшнего дня. Ключ скользнул в замок, и дверь распахнулась с тихим щелчком.

В холле было темно, но он не стал включать свет. Он хорошо помнил дорогу и, по правде говоря, еще не был готов внимательно взглянуть на осиротевший дом друга.

Трейс повел Джиллиан в библиотеку, в которой пахло лимонами и кожей. Отопление было отключено, потому что не осталось того, кому понадобилось бы тепло.

— Ты можешь подождать здесь.

— Куда ты идешь?

— Я говорил тебе, что пришел сюда выяснить, куда они забрали твоего брата. И я собираюсь это узнать, а ты подождешь меня здесь.

— А я уже говорила тебе, что все, связанное с Флинном, касается и меня. Кроме того, я могу тебе помочь.

— Если мне понадобятся услуги физика, я дам тебе знать. А пока почитай что-нибудь.

— Я здесь не останусь.

Когда он направился к двери, Джиллиан устремилась следом.

— Послушай, док, существуют такие вещи, как национальная безопасность. Я уже нарушаю правила, поскольку Чарли ценил подобные вещи.

— Тогда можно нарушить их еще немного. — Она схватила его за руку. — Меня не волнуют государственные тайны и международные дела. Я всего лишь хочу узнать, где мой брат. Я работала над засекреченными проектами, Трейс. У меня есть доступ к секретным материалам.

— Если ты будешь мешать мне, это займет гораздо больше времени.

— Я так не думаю.

— Ладно, как хочешь. Только держи рот на замке. — Он направился вверх по лестнице, изо всех сил пытаясь убедить себя, что не совершает ошибку.

Ковер изменился с тех пор, как Трейс последний раз был здесь, но обои остались те же. Как и комната, вход в которую был в третью дверь от лестницы, которую Чарли использовал как кабинет. Без колебаний Трейс подошел к письменному столу и нажал кнопку под вторым ящиком. Перед ними откинулось в сторону четырехфутовое панно.

— Еще один тайник? — поинтересовалась Джиллиан. Ее смелость стремительно таяла.

— Рабочий кабинет, — ответил Трейс, ступая внутрь. Он перевел стрелку и обнаружил, что Чарли усовершенствовал оборудование.

Вдоль потолка дальней стены висели часы, все еще отмерявшие время в каждом часовом поясе земного шара. Под ними шел целый ряд компьютеров, продолжавшийся и вдоль другой стены в форме буквы L. При помощи радиооборудования, которым была напичкана комната, он мог связаться с кем угодно, начиная от местного диджея до Кремля.

— Присаживайтесь, док. Это может занять какое-то время.

Джиллиан слегка вздрогнула, когда панель у них за спиной бесшумно захлопнулась.

— Что ты собираешься делать?

— Ты хочешь обойти возню с документами, поэтому я собираюсь забраться в базу данных МСБ.

— Думаешь, они знают, где Флинн?

— Возможно, да, возможно, нет. — Он включил систему и устроился на стуле. — Но они наверняка хорошо осведомлены, где находится новая штаб-квартира «Хаммера». Чарли вынужден был уйти и навязать мне эту чудо-технику. — Он нажал несколько кнопок. Когда машина выдала код, Трейс ввел код Чарли. — Ну, вот и прекрасно. Теперь посмотрим, на что способна эта малышка.

Он работал в полной тишине, не считая звука нажимаемых клавишей на клавиатуре и гудения компьютера. Он осторожно вскрыл один блок защиты и принялся за следующий.

Какое терпение, заметила Джиллиан, несказанно удивившись его знаниям, в то время как Трейс взломал один код и медленно вытянул новые сведения. Она начала находить периодичность в группах цифр и символов, возникающих на дисплее, но затем исчезающих по команде Трейса. Пока он работал, она продолжала мысленно воссоздавать цифровую систему.

— Почти совсем близко, — пробормотал Трейс, пробуя новую серию цифр. — Но вся проблема в том, что здесь есть еще куча вариантов, и я могу так провозиться целую неделю.

— Возможно, если ты...

— Я работаю один.

— Я только хотела сказать...

— Почему бы тебе не пойти на кухню и не приготовить кофе, милая?

Джиллиан прищурилась в ответ на его тон и едва сдержалась, чтобы не сказать какую-нибудь колкость в ответ.

— Отлично. — Она резко повернулась и уставилась на закрытую панель. — Я не знаю, как открыть дверь.

— Кнопка слева. Просто нажми на нее.

Она снова открыла рот, но сдержалась и промолчала, слишком хорошо зная, что может ляпнуть что-нибудь язвительное, и просто нажала на кнопку.

Типичный самец, упрямый и эгоистичный, решила Джиллиан, торопливо спускаясь по лестнице. Разве не с таким она прожила почти всю свою жизнь, пытаясь угодить? И почему судьба распорядилась так, что в этой важнейшей для нее ситуации она вынуждена подчиняться человеку, которому абсолютно нет дела до ее мнения.

Приготовь кофе, подумала Джиллиан, отыскав кухню. И если он еще раз назовет ее милой, она устроит ему то, чего заслуживают подобные мужчины. Хорошую взбучку.

Она принялась готовить кофе, слишком разгневанная, чтобы чувствовать себя неловко, роясь в буфетах мертвого хозяина.

Он не имел права выказывать ей свое пренебрежение. И уж точно не имел права целовать ее, как поцеловал тогда. Это выглядело так, будто он жадно поглощает ее. Но когда все закончилось, она оказалась цела и невредима. Это выглядело так, словно ее загипнотизировали, и, хотя разум затуманился, чувства обострились до предела.

Но как бы там ни было, прежней она уже не будет. Здесь, наедине с собой, Джиллиан наконец смогла признать правду. Она была слишком практична для самообмана. Возможно, ее чувства легко взбудоражить, и она слишком легко готова отдать себя всю, но это ее чувства, и она никогда не стала бы от них отказываться. Ей понравилось прикосновение губ Трейса к ее губам, ей понравился его вкус и запах. Она надолго запомнит это ощущение. Но она умела жестко контролировать себя. Как бы приятно все это ни было, она больше этого не допустит.

Вернувшись в комнату, она застала Трейса погруженным в работу. Не церемонясь, Джиллиан с размаху поставила чашку на стол рядом с ним. Он в ответ лишь проворчал что-то невнятное. Джиллиан прошлась по комнате, приказав себе молчать, а затем вдруг сжала руки в кулаки в карманах.

— Доступ, номер 38537/ BAKER. Введи код доступа пять. Серия ARSS28. — Джиллиан выдавала варианты серий, словно выкрикивала непристойности. — И если ты не настолько упрям, чтобы попробовать, это должно сработать. Ну а если нет, поменяй первый ряд цифр со вторым.

Трейс поднял чашку с кофе, радуясь, что она не налила туда сливки, и удивляясь, что кофе приготовлен очень неплохо.

— А почему ты так уверена, что можешь вычислить код доступа к одной из наиболее сложных компьютерных систем в мире?

— Потому что я наблюдаю за тобой уже целый час и к тому же хакерство — мое небольшое хобби.

— Хакерство? — Он отпил еще глоток. — Взламываешь счета в швейцарском банке?

Она медленно прошлась по комнате, словно гангстер, приближающийся к финальной схватке, не без восхищения подумал Трейс.

— Надеюсь, ты не забыл, что речь идет о моей семье? Плюс к этому я плачу тебе за работу, поэтому самое меньшее, что ты можешь сейчас сделать, — попытаться выполнить то, что я прошу.

— Отлично. — Желая сбить с нее спесь, Трейс ввел в компьютер продиктованный ряд цифр.

«ДОСТУП ЗАПРЕЩЕН».

Ухмыльнувшись, он указал на экран.

— Хорошо, а теперь замени цифры.

Она в нетерпении подскочила к нему и принялась сама нажимать на клавиши. В это мгновение Трейс успел почувствовать, что на ее волосах его шампунь пахнет совершенно иначе.

«ФАЙЛ ЗАПРОСА ОТПРАВКИ».

— Вот оно. — Невероятно довольная собой, Джиллиан склонилась над экраном. — Это похоже на разработку системы для игры в блекджек. В последнем семестре мы этим забавлялись вместе с профессором.

— Напомни мне взять тебя с собой, когда я в следующий раз отправлюсь в Монте-Карло.

Они стали ближе. Ближе еще на шаг. Улыбаясь, она обернулась к нему:

— И что теперь?

В ее глазах не было ни капли серого или желтого оттенка. Сейчас они были сияющими, ярко-зелеными. И даже когда он смотрел в них, они менялись, поочередно наполняясь любопытством, пониманием, воспоминаниями.

— Ты говоришь о компьютере?

Ком подкатил к ее горлу.

— Конечно.

— Просто кое-что проверим. — Трейс снова отвернулся. Они оба вздохнули с облегчением. Он принялся печатать, и вскоре на экране высветилась информация.

Он переходил от экрана к экрану. Ведь, в конце концов, он уже знал достаточно о «Хаммере». Он был тщательно проинструктирован, прежде чем приступить к секретной работе, и узнал еще больше, для виду работая разносчиком. Во время выполнения задания он успешно передавал имена, места и даты в МБС, и его собирались перевести на основную базу, но пуля противника все перевернула вверх дном.

Нахмурившись перед экраном, он потер шрам.

Долгие дни он лежал неподвижно, балансируя между жизнью и смертью. Трейс два месяца провел в больнице. Его проинструктировали о неразглашении секретной информации, операцию свернули и отправили его в длительный и, как предполагалось, спокойный отпуск.

Многое могло измениться за какие-то два-три месяца. И Чарли, верный самому себе, собрал необходимую информацию.

Ему необходимо найти основную информацию. «Хаммер» возник на Ближнем Востоке в начале семидесятых. Удача в сочетании с деньгами, а также полное отсутствие страха за собственную жизнь помогали им совершать дерзкие террористические налеты и захватывать заложников. Последнее нападение, организованное «Хаммером», закончилось тем, что кто-то из террористов нажал на детонатор и отправил в небытие восемьдесят пять невинных людей и шесть террористов в придачу.

Это их стиль, подумал Трейс. В одном выиграешь, в другом проиграешь.

— Хусад, — сказала Джиллиан, обратив внимание на имя человека, в то время как Трейс бегло просматривал информацию. — Разве не он их лидер?

— Это человек с большими деньгами. Джамар Хусад, политический изгой, самопровозглашенный генерал армии и полный фанатик. Ну, давай, Чарли, — пробормотал он. — Покажи мне еще что-нибудь.

— Но ты почти не читаешь, — начала Джиллиан.

— Все это я уже знаю.

— Откуда?

— Я полгода работал на них, — сказал он, наполовину обращаясь к себе.

— Ты *что?* — Она шагнула назад.

Трейс поднял голову, и в его глазах мелькнуло раздражение.

— Расслабься, милая, все это делалось ради блага. Меня внедрили в организацию.

— Но если ты там был, тогда должен знать, где держат Флинна и Кейтлин. Зачем мы возимся с этим компьютером, когда...

— Потому что они поменяли штаб-квартиру. Они как раз собирались это сделать, когда меня вывели из игры.

— Вывели из игры? — Удивление сменилось ужасом. — Тебя ранили?

— Это издержки моей работы.

— Тебя едва не убили, такой ужасный шрам... — Она умолкла и положила руку ему на плечо. — Те люди едва тебя не убили, но ты все равно помогаешь мне.

Он стряхнул ее руку. Он просто не мог позволить, чтобы она испытывала к нему нежность. Ведь тогда и он сможет ощутить нежность к ней.

— В данном случае меня привлекают исключительно деньги. Всему виной сто тысяч — мой билет в рай.

Ее рука сжалась в кулак.

— Неужели ты думаешь, что я поверю, будто ты делаешь это только ради денег?

— Верь во что хочешь, но лучше оставь свои мысли при себе. Никогда не встречал человека, который задает так много вопросов. Я пытаюсь сосредоточиться. Да, да, — бормотал он. — Я знаю, что они были в Каире, это уже старье... Отлично. Я знал, что могу положиться на Чарли. — Трейс откинулся на стуле. — Их новая база теперь в Марокко.

— Марокко? Неужели они так далеко увезли Флинна и Кейтлин?

— Им нужна была полная безопасность. В Марокко у «Хаммера» союзники прямо под боком. — Он продолжил просматривать страницы, пока не дошел до конца документа. — И все же о твоем брате здесь ни слова. — Трейс распечатал заинтересовавшие его страницы, а затем обернулся к Джиллиан. — Достаточно одного звонка, и этим делом займется МСБ. Я хочу, чтобы ты подумала над этим.

Она уже размышляла над этим, и эти мысли не давали ей покоя.

— Почему мистер Форрестер не сделал этого?

— У меня есть кое-какие соображения.

— Но мне ты о них не расскажешь.

— Пока нет. Но, как ты уже сказала, это твоя семья, тебе и делать выбор.

Джиллиан отошла в сторону. Гораздо логичнее позвонить в МСБ. Это организация, обладающая сложным оборудованием, квалифицированными кадрами и политическим влиянием. И все же... Интуиция подсказывала ей идти с этим человеком, которого Чарльз Форрестер назвал бунтарем. Скрестив ладони, Джиллиан обернулась к нему. Он по-прежнему не походил на героя. Но она по-прежнему повиновалась голосу интуиции.

— Сто тысяч, мистер О'Харли, — и я пройду с вами весь путь до конца.

— Я же сказал, что работаю один.

— Возможно, ты еще не видел меня на высоте, но я очень сильная и выносливая женщина. И если придется, я одна отправлюсь в Марокко.

— Ты и дня там не протянешь.

— Может, и нет. Ищейки «Хаммера» повсюду разыскивают меня. И если они найдут меня, то сразу отправят к брату. Так, по крайней мере, я узнаю, что с ним и моей племянницей все в порядке. Хотя я бы предпочла, чтобы это произошло по-другому.

Трейс поднялся со стула и принялся расхаживать по комнате. Она немного мешала ему, но не то чтобы очень сильно. И если она останется с ним, он сумеет присмотреть за ней. Он не мог отрицать, что в Мексике она держалась молодцом. И если придется снова сыграть в подобную игру, он сможет прибегнуть к помощи Джиллиан.

— Если мы едем вместе, это не означает, что мы партнеры, а только то, что ты во всем слушаешься меня.

Джиллиан склонила голову набок, но промолчала.

— Когда для меня придет время действовать, ты отойдешь в сторону и не будешь мешать. Ведь тогда я не смогу о тебе побеспокоиться.

— Тебе не придется обо мне беспокоиться. — Она глубоко вздохнула. — И что мы теперь будем делать?

— Для начала я свяжусь с Рори. — Трейс направился к телефону. — Но у меня такое чувство, что нам необходимо захватить самолет.

Глава 4

Касабланка. Богарт и Бергман. Пираты, тайные козни и интриги. Окутанные туманом аэропорты и залитые солнцем пляжи. Город, название которого будит мысли об опасности и романтике. Джиллиан твердо решила принять первое и изо всех сил стараться избегать второго.

Трейс забронировал смежные номера в одном из роскошнейших отелей недалеко от площади ООН. Джиллиан молчала, пока он разговаривал с портье на беглом французском, представившись месье Кабо.

Андре Кабо — имя в паспорте, которым Трейс воспользовался в этот раз. Он облачился в традиционный костюм-тройку и начищенные до блеска туфли. Его темно-русые волосы слегка растрепались после путешествия, но он был гладко выбрит. И держался он теперь по-другому, заметила Джиллиан. Прямой и подтянутый, словно выпускник военной академии. Даже его характер изменился, подумала она, стоя в стороне, пока он занимался вопросом размещения в отеле. Он безо всяких усилий вжился в роль бесцеремонного, слегка нетерпеливого французского бизнесмена, и она почти поверила, что потеряла Трейса О'Харли где-то по пути сюда, а вместо него встретила другого мужчину.

Уже второй раз Джиллиан посетило чувство, что она доверяет свою жизнь совершенно незнакомому человеку.

Но его глаза остались прежними. Изумление пронзило ее, когда он вдруг обернулся и взглянул на нее с уже знакомой ей мрачной силой, к которой она еще не успела привыкнуть.

Джиллиан не проронила ни слова, когда Трейс взял ее под руку и повел к лифтам. Ее волосы по-прежнему скрывал парик, но очки она сняла, а блеклое платье сменил элегантный шелковый наряд, соответствующий облику подруги Кабо. Они вышли на двадцатом этаже и прошествовали в номер, а он все так же молчал. Трейс передал чаевые коридорному в медленной, методичной манере, что указывало на то, что он человек, который привык считать свои деньги.

Она ожидала, что Кабо исчезнет в тот момент, когда захлопнется дверь, но вместо этого он заговорил с ней на английском с легким акцентом.

— За такую цену простыни в этих номерах должны быть вышиты золотом.

— Что...

— Посмотри, что там у нас есть в баре, шери. — Он обходил комнату, проверяя лампы, снимая картины со стен. К ней он обернулся только один раз, бросив предупреждающий взгляд. — Мне хочется выпить бокал вермута, прежде чем я смогу насладиться твоим чудесным телом. — Он снял телефонную трубку, развинтил ее, а затем, быстро осмотрев внутренности, снова собрал ее.

— Правда? — Она поняла, что Трейс останется в образе, пока не убедится, что в комнатах нет подслушивающих устройств. И хотя это было нелегко, она приняла правила игры. Ее смущало, что он выбрал для них обоих роли любовников. Но, решив, что вдвоем у них все получится, Джиллиан направилась к небольшому бару и распахнула дверцу.

— Я с удовольствием налью тебе выпить, милый. — Джиллиан заметила, что он в ответ удивленно вскинул бровь, проверяя спинку кровати и матрас. — Но что до остального, я немного устала после перелета.

— Тогда посмотрим, что можно сделать, чтобы восстановить твои силы. — Не обнаружив в первой комнате подслушивающих устройств и довольный результатом, Трейс приблизился к ней. Он некоторое время молчал, прежде чем взять бокал из ее рук. — Перейдем в другую комнату, — пробормотал он и первым направился к двери. — Возможно, ты не настолько устала, как тебе кажется.

Трейс принялся прочесывать вторую комнату, а Джиллиан расположилась на кровати.

— Это был долгий перелет.

— Тогда тебе следует отдохнуть. Позволь мне помочь тебе. — Он приподнял картину с изображением базилики Сакре-Кёр. Его длинные и уверенные пальцы придирчиво ощупывали раму. — Тебе лучше как следует отдохнуть.

Джиллиан скинула туфли, чтобы помассировать ступни.

— Похоже, у тебя только одно на уме.

— Надо быть полным дураком, чтобы иметь на уме что-то другое наедине с такой женщиной, как ты.

Джиллиан вдруг подумала, что, возможно, ей мог бы понравиться этот Андре Кабо.

— Правда? — Она взяла бокал, который он отставил в сторону, и отпила из него. — Почему?

Трейс подошел, чтобы проверить спинку кровати. Остановившись рядом, он взглянул на нее. На ее лице сияла улыбка, которая ясно говорила: «Ну, попробуй, осмелься». Но ей следовало хорошенько подумать, прежде чем это делать.

— Потому что твоя кожа подобна лепесткам белой розы, которые становятся еще теплее и нежнее, стоит мне коснуться тебя. — Его ладонь слегка коснулась ее бедра, и Джиллиан вздрогнула. Трейс продолжал осматривать матрас, но не сводил с нее пристального взгляда. — Потому что твои волосы подобны огненному шелку, и когда я целую тебя... Когда я целую тебя, ma belle, твои губы такие же горячие и нежные.

У нее перехватило дыхание, когда он обвил ее рукой за шею. Его лицо было теперь так близко, что их дыхание смешалось.

— Потому что, касаясь тебя, я чувствую, как сильно ты меня желаешь. Потому что, когда я смотрю на тебя, я вижу, что ты боишься.

Она не могла отвести взгляд. Она не могла пошевелиться.

— Я не боюсь тебя. — Но она была зачарована. Кем бы ни был этот мужчина, он завораживал.

— Нет? А следует.

Джиллиан не заметила, что его голос изменился, снова став прежним, потому что его губы коснулись ее губ. Это был тот же жар, та же сила. Неужели она испытывала это лишь однажды, мелькнула у нее мысль, и она бессильно скользнула на кровать, растворяясь под настойчивой тяжестью его тела. Забыв о доводах разума, не думая о последствиях, она обвила его руками.

И почему это оказалось так просто? Его губы были горячи и тверды, его прикосновения лишены нежности. И все же ей с ним было невероятно легко, невероятно просто. Как с близким человеком. Его вкус был уже знаком ей, она неоднократно пробуждалась от него. Если она проведет руками по его спине, то точно знает, какие у него мускулы. Если она вдохнет воздух, и его аромат заполнит все у нее внутри, в этом не будет ничего удивительного.

Возможно, они знакомы всего несколько дней. Но было здесь что-то еще, что, как ей казалось, она знала всю свою жизнь.

Должно быть, он сходит с ума. Ему казалось, словно она всегда была рядом с ним. Всегда. Ощущение ее тела под ним не напоминало ему ничего из того, что происходило с другими женщинами. Это было ощущение единственной женщины. Каким-то образом он точно знал, как прозвучит ее восторженный вздох, точно помнил прикосновения ее рук.

Он ощутил, как ускоряется его пульс, усиливаясь в сотни раз и гулким эхом отдаваясь в каждом уголке тела. Он слышал, как, обезумев, бормочет ее имя, когда его губы отрывались от ее губ и принимались осыпать отчаянными поцелуями лицо и шею. И желание, захлестывавшее его, подобно безумному гневу, нисколько не было похоже на желание к другой женщине.

Он жаждал ее всю — ее ум, тело, душу. Он желал ее сейчас. Он желал ее на всю жизнь.

Именно эта мысль привела его в чувство. Не существовало никакого гарантированного срока у его жизни, особенно в игре, которую он для себя выбрал. Он научился жить сегодняшним днем. А будущее доступно всем желающим.

Что бы она там с ним ни делала, это необходимо прекратить, если он хочет получить свои сто тысяч.

Желание причиняло мучительную боль. Он мог бы возненавидеть ее за это, но лишь перекатился на бок с беспечным видом, от которого Джиллиан лишилась дара речи.

— Все чисто. — Он взял бокал и допил остатки вермута, жалея, что это не виски.

Джиллиан тяжело дышала, ноги подгибались. И она ничего не могла с этим поделать, как и с неутоленным желанием, переполнявшим все ее естество. Но она могла возненавидеть его. Возненавидеть всем сердцем и душой.

— Негодяй.

— Ты ведь сама просила, милая. — Он вытянул сигарету из пачки и сосредоточился на том, что предстояло сделать, а не на том, что только что произошло между ними. — У меня есть кое-какие дела. Почему бы тебе не вздремнуть?

Она медленно поднялась с кровати, и в ее глазах он заметил уже знакомое выражение. Ему пришло в голову, что, к счастью для них обоих, его оружие находится вне ее досягаемости.

Случалось, ее унижали раньше. Когда-то ее отвергали. Но она больше никогда не собиралась оказываться в его объятиях.

— Не смей больше ко мне прикасаться. Я готова смириться с твоими грубостями, потому что у меня нет выбора, но никогда больше не дотрагивайся до меня.

Он и сам не понял, зачем сделал это. Гнев часто подталкивает человека к неправильным и безрассудным поступкам. Он рванул ее к себе, наслаждаясь ее беспорядочным и яростным сопротивлением, и снова жадно приник к ее губам. Теперь она была подобна пожару — горячая, неуловимая и опасная. Он явственно представил, как увлекает ее в постель, где в жаркой плотской схватке насилие питает насилие. Но на этот раз он сумел вовремя остановиться и отпустил ее.

— Я не подчиняюсь приказам, Джиллиан. Запомни это.

Ее руки сжались в кулаки. И только понимание того, что силы не равны, заставило ее остановиться и не нанести ему удар.

— Придет время, и ты за это заплатишь.

— Возможно. Ну а пока мне надо идти. А ты жди меня здесь.

Когда дверь за ним закрылась, она нашла утешение, ругая его на чем свет стоит.

* * *

Он отсутствовал всего час. Касабланка осталась почти такой, как он ее запомнил. Маленькие магазинчики вдоль бульвара Хансали по-прежнему торговали сувенирами. На причале в порту стояли европейские суда. Он прошел через арабский квартал, который по-прежнему окружали старые крепостные стены. Но его интересовал вовсе не осмотр достопримечательностей. Его осведомитель из трущоб недалеко от оживленного торгового района был рад снова встретиться и после вознаграждения в несколько дирхамов любезно согласился распустить слух о похищении груза с американским оружием.

Трейс вернулся в отель, довольный проделанной работой и готовясь к следующим шагам. В комнатах никого не оказалось. Поначалу он был абсолютно спокоен. Его навыки стали естественным продолжением его воли, подобно тому, как рука была естественным продолжением его тела.

Отстегнув револьвер, он принялся осматривать обе комнаты и ванные. Балконные двери оказались заперты изнутри, хотя шторы были раздвинуты. Джиллиан достала свои вещи из чемодана. Трейс обнаружил их аккуратно разложенными в шкафах и комодах. Косметику, приобретенную взамен старой, она аккуратно расставила на полочке в ванной. Здесь были также соль для ванны цвета морской пены и короткий халатик темного цвета, висевший на двери.

Ее сумочка исчезла, а вместе с ней и записи. Пульс, поначалу медленный и спокойный, начинал понемногу ускоряться.

Он не видел следов борьбы. Он не мог представить, что такая женщина, как Джиллиан, сдастся без боя. И еще он не мог поверить в то, что их могли так быстро выследить.

Тогда где же она, черт подери, думал Трейс, ощутив легкую панику. Он провел рукой по волосам, пытаясь успокоиться. Если они схватили ее... Если они ее схватили, тогда ему необходимо...

Он не мог сосредоточиться и спокойно подумать, что делать дальше, вспоминая, как Абдул тащил ее за волосы. Он не мог ни о чем думать спокойно, вспоминая ее кровь на своих руках.

Услышав звук поворачивающегося в замке ключа, он резко обернулся. Потребовалась минута, чтобы самообладание вернулось. Прежде чем дверная ручка повернулась, он подскочил к двери, подняв пистолет, и весь напрягся. Дверь открылась, и он резко схватил Джиллиан за руку и втащил в комнату. Оба испытали одинаковое изумление, когда он заключил ее в объятия.

— Черт возьми, где тебя носило? С тобой все в порядке?

Она набрала полные легкие воздуха, чтобы закричать, но столкновение с Трейсом снова лишило ее воздуха. Она осторожно кивнула, а затем, чувствуя, как напряжено его тело, машинально погладила его, пытаясь успокоить.

— Со мной все в порядке. — Она ласково провела рукой по его спине. — Что-нибудь произошло? Я вышла всего на несколько минут.

И в эти несколько минут его воображение работало на полную мощность. Трейс обругал себя, потом ее.

— Я ведь сказал тебе никуда не выходить. Что, черт возьми, с тобой такое? — Разозлившись на самого себя, он оттолкнул ее. — У меня нет времени нянчиться с тобой. Когда я отдаю приказ, ты должна выполнять его.

А она возомнила, что это забота, подумала Джиллиан, ругая себя на чем свет стоит. Она даже ощутила нежность к этому человеку, решив, что он беспокоится о ней. Оба чувства мгновенно испарились.

— Я наняла тебя, чтобы найти моего брата, а не для того, чтобы ты орал на меня при первом удобном случае.

— Если ты проявишь хоть каплю благоразумия, мне не придется на тебя орать. Однажды тебя уже ранили, милая. — Он мог только надеяться, что воспоминание об этом потрясет ее так же сильно, как и его. — Продолжай в том же духе, но в следующий раз меня может не оказаться рядом, чтобы помочь тебе.

— Ты не мой телохранитель. И в любом случае это ты ушел, не сказав, куда идешь и когда вернешься.

Ему было наплевать, что ему напоминают, почему он так внезапно ушел.

— Послушай, сестричка, ты здесь вместе со мной лишь потому, что я могу использовать тебя в поисках твоего брата. От тебя было бы мало толку, если бы они схватили тебя сейчас.

— Никто не схватил меня. — Она отшатнулась от него, бросая сумочку на кровать. — Я ведь здесь, не так ли?

Он не мог спорить с логикой.

— Я сказал тебе не выходить из номера. Если ты не способна выполнять то, что тебе говорят, то я отправлю тебя первым же самолетом обратно в Нью-Йорк.

— Я хожу куда хочу и когда хочу. — Она упрямо расставила ноги и почти надеялась, что он снова дотронется до нее. — Но, к твоему сведению, я оставалась в отеле.

— Странно. Готов поклясться, что несколько минут назад втащил тебя в комнату.

— Точно, и едва не вывихнул мне плечо. — Она вытряхнула из сумочки маленькую бутылочку. — Аспирин, О'Харли. В вестибюле есть магазинчик, а у меня разболелась голова. А теперь, с твоего позволения, я собираюсь выпить всю упаковку. — Она быстро прошла по комнате и с размаху захлопнула за собой дверь ванной.

Женщины, подумал Трейс, направляясь в смежную комнату. Он редко думал, что от них больше неприятностей, чем пользы, но в случае с Джиллиан ему пришлось сделать исключение.

После почти двенадцати лет секретной работы он все-таки остался жив. Именно поэтому он все чаще задумывался об уходе на пенсию. Закон средних величин играл против него. Он верил в судьбу и столь же горячо верил в удачу. Рано или поздно удача отвернется от него. Именно так и произошло с Чарли.

Закурив, он подошел к окну и задумчиво окинул взглядом раскинувшуюся внизу Касабланку. В свой последний приезд сюда он занимался делом, связанным с контрабандой. Ему едва не перерезали горло, и все же удача в очередной раз оказалась на его стороне. Тогда он тоже играл роль месье Кабо, французского бизнесмена, который не погнушается темными делишками ради выгоды.

Его маскировка всегда оставалась на высоком уровне. В МСБ все продумали со свойственной им щепетильностью. Его выдержка тоже не даст осечки до тех пор, пока он будет помнить, что женщина в соседней комнате — всего лишь средство для достижения цели и не более того.

Он услышал, как льется вода в ванной Джиллиан, и взглянул на часы. Он даст ей час на отдых. А потом им необходимо заняться делами.

Джиллиан не относилась к людям, которые быстро вспыхивали, но мгновенно забывали о своем гневе. Она знала, как сдерживать гнев и как поддерживать его в себе, когда это необходимо. Сейчас она получала огромное удовольствие, балансируя на грани бешеной ярости. Это придавало ей сил и притупляло страх.

Переодеваясь в простую блузку и юбку, она твердо сказала себе, что ее ни капли не интересует, что происходит в соседней комнате.

Возможно, он намеревался запереть ее в этой комнате и время от времени кормить заказанными в номер блюдами. Она опоясалась широким кожаным ремнем с таким решительным видом, будто это была кобура. Она ни за что не станет отсиживаться здесь, словно мышь в норе. Она пока еще не знала, чем может помочь Флинну и Кейтлин, но должен же найтись какой-то способ. И Трейсу О'Харли придется смириться с мыслью, что она непременно станет участвовать в спасении своих близких. Начиная с этого момента.

Она направилась к двери, разделявшей комнаты, и едва не столкнулась с Трейсом.

— Я зашел узнать, перестала ли ты дуться.

Джиллиан вскинула голову.

— Я никогда не дуюсь.

— Вряд ли, но поскольку ты, судя по всему, покончила с этим занятием, мы можем идти.

Она открыла рот, затем снова закрыла его. Он сказал *мы*.

— Куда?

— Повидать моего приятеля. — Прищурившись, он отступил назад и окинул ее взглядом. — Ты собираешься выйти в этом?

Она машинально опустила глаза, разглядывая широкую расклешенную юбку и блузку.

— А что не так?

— Ничего, если ты собираешься выпить чаю в доме пастора.

Джиллиан в ответ сердито шикнула на него и хлопнула по руке, а Трейс воспользовался моментом и расстегнул две дополнительные пуговицы на ее блузке. Он отступил назад и, нахмурившись, нехотя кивнул.

— Так немного лучше.

— У меня нет желания оголяться перед тобой.

— Лично мне будет все равно, даже если ты нацепишь на себя картонную коробку, но тебе предназначена определенная роль. У тебя нет каких-нибудь кричащих, ярких серег?

— Нет.

— Тогда придется купить. И темную помаду, — пробормотал он, снова отступая назад. — Ты можешь что-нибудь сделать с глазами?

— С глазами? А что с ними не так? — В ней взыграло природное женское тщеславие.

Трейс же, не обращая на нее внимания, решительно направился в ванную.

— Женщина Кабо далеко не монахиня, понимаешь, о чем я?

Когда он принялся рыться в ее косметичке, Джиллиан оттолкнула его.

— Нет. Что ты имеешь в виду?

— Тебе надо поярче накрасить глаза, нам необходимо побольше пудры и поменьше хороших манер. — Он выбрал темно-зеленые тени, внимательно осмотрел и протянул ей. — Вот, попробуй накраситься как потаскушка, ладно?

— Потаскушка? — Она произнесла это слово с великолепным ирландским негодованием. — Потаскушка, так ведь? Неужели ты думаешь, что я накрашусь так, чтобы ты мог выставлять меня как... как...

— Тупую красотку. Яркую, пустоголовую красотку. — Он взял ее духи и нажал на распылитель. На ее коже этот запах наверняка будет нежнее, подумал он, но тут же остановил себя. — Это больше подходит для светских салонов. У тебя нет других духов?

Она разжала зубы, потому что уже не могла сжимать их с такой силой.

— Только эти.

— Тогда придется воспользоваться ими, — решил он и принялся разбрызгивать на нее ароматную жидкость. — Волосы, док.

Она коснулась парика, словно пытаясь защититься.

— А здесь-то что не так?

— Спутай волосы. Парень, с которым я собираюсь встретиться, думает, что я путешествую с хорошенькой, пустоголовой и очень сексуальной женщиной. Это в стиле Кабо.

На этот раз она прищурилась.

— О, так вот в чем дело.

— Именно. И ты должна соответствовать образу. У тебя нет ничего облегающего?

— Нет у меня ничего облегающего. — Обернувшись к зеркалу, она обиженно надула губки. — Я не собиралась выходить в общество.

— Первый раз вижу женщину, у которой нет ничего облегающего.

Если бы взгляды могли убивать, то он уже упал бы замертво.

— Просто ты не знал меня.

Шагнув к ней, Трейс снова потянулся к ее блузке.

— Что ж, возможно, если расстегнуть еще одну пуговицу...

— Нет. — Она запахнула блузку. — Я не стану разгуливать по улицам полуголая, чтобы соответствовать твоему образу. — Скрипнув зубами, она выхватила у него тени. — Убирайся. Я не хочу, чтобы ты следил за мной.

— У тебя есть пять минут, — предупредил ее Трейс и, засунув руки в карманы, неторопливо вышел из ванной.

Ей потребовались все десять минут, но он решил не придираться. Гнев добавил румянца к искусственно нанесенной на лицо краске. Она щедро использовала тени и подводку, так что ее глаза стали огромными, как блюдца, и приобрели томный постельный вид.

Он хотел яркости, и ей удалось выполнить его пожелание. Но Трейс никак не мог понять, почему это вдруг так его взбесило.

— Достаточно легкомысленно для вас, месье Кабо?

— Сойдет, — буркнул он, стоя в дверях. — Пошли.

Джиллиан чувствовала себя полной идиоткой, но вполне соответствовала своему образу. Ей помогла лишь мысль, что ее хотя бы не оставили одну беспокоиться и умирать от страха, пока Трейс один разыскивает Флинна. Глубоко вздохнув, Джиллиан сказала себе, что если ей необходимо сыграть роль, то она сыграет ее достойно.

Когда они вышли из отеля, Джиллиан взяла его под руку и прильнула к нему. Он бросил на нее подозрительный взгляд, но в ответ она лишь улыбнулась:

— Разве я не должна быть от тебя без ума?

— Без ума от моих денег.

— О, а ты богат?

— Еще как.

Садясь в такси, она бросила взгляд через плечо.

— Тогда где же мои драгоценности?

Нахалка, подумал он и пожалел, что она не стала ему нравиться меньше. Тяжелая рука легла на ее спину.

— Ты еще их не заработала, милая.

Густой макияж не смог скрыть бешеный огонь и вызов, вспыхнувшие в ее глазах. Поскольку последнее слово оставалось за ним, он почувствовал себя гораздо увереннее, усаживаясь в такси рядом с ней. Он назвал водителю адрес, затем обернулся к ней:

— Ты говоришь по-французски?

— Достаточно, чтобы отличить в меню телячьи мозги от цыпленка.

— Прекрасно. Держи рот на замке и не встревай в разговор. В любом случае ты и не должна блистать умом.

Он слишком часто требовал от нее держать рот на замке.

— Я уже догадалась, что тебе нравятся женщины, мелькающие на страницах мужских журналов. Глянцевых и поверхностных.

— До тех пор, пока они не начинают дерзить. Если тебе надо что-то сказать, постарайся скрыть ирландский акцент. Ты достаточно прожила в Нью-Йорке, чтобы научиться копировать речь его жителей.

Они выезжали из района, окруженного отелями и огромными современными магазинами. В стороне от порта находилась старая «медина» — арабский квартал, окруженный стенами и запутанным лабиринтом узких улочек. При других обстоятельствах она была бы очарована окрестностями. Ей захотелось бы выйти и осмотреться, вдохнуть незнакомые запахи, прикоснуться к иной жизни. Но теперь это было всего лишь место, где они могли отыскать ключ к своим поискам.

Трейс или Кабо, как Джиллиан пыталась себя заставить о нем думать, заплатил таксисту. Ей бросилась в глаза яркая мешанина лавочек и множество туристов, толпящихся вокруг.

В этом было свое очарование — эпоха, арабские ароматы, яркие цвета, открытые базары, мужчины в длинных одеяниях. Улочка была слабо освещена, окна магазинчиков заставлены сувенирами, шелками и изделиями местных ремесленников. Женщины, попадавшиеся ей на глаза, по большей части из Европы, с непокрытыми головами и в брюках. Ласковый и теплый ветерок приносил ароматы океана, специй и лежалого мусора.

— Здесь все выглядит совершенно иначе. — Она снова взяла Трейса под руку, и они направились вперед по улице. — Можно многое прочитать, но это ничто в сравнении с увиденным. Это так... необычно.

Трейс подумал о поселении, которое посетил сегодня утром, о покосившихся лачугах, грязи и нищете всего в нескольких шагах от аккуратных улиц и роскошных магазинов. Трущобы есть трущобы, вне зависимости от языка или страны.

— Нам сюда. — Трейс остановился около ювелирной лавки с разложенными в витрине золотыми и серебряными украшениями и ярко сверкающими драгоценными камнями. — Улыбайся и постарайся вести себя глупо.

Джиллиан вскинула бровь.

— Я не уверена, что настолько талантлива, но постараюсь.

Трейс распахнул дверь, и магазинчик наполнился мелодичным звоном колокольчиков. За прилавком расположился человек с лицом, похожим на жареный миндаль, и с седыми клочками волос на голове. Он поднял голову, и по его взгляду стало понятно, что он узнал Трейса, но он с невозмутимым видом вернулся к покупателям, заинтересовавшимся золотым браслетом. Трейс просто сцепил пальцы за спиной и принялся разглядывать украшения на витринах.

Магазинчик был совсем крошечный, с задней комнаткой, скрытой от посторонних глаз шторой из бисера. Негромкая музыка, мелодия, исполняемая флейтой и свирелью, напомнила Джиллиан о пастухах, наигрывающих нехитрый мотив перед своими стадами. Воздух наполнял острый запах специй — гвоздики и имбиря, а под потолком неторопливо крутил лопасти вентилятор, лениво разгоняя застоявшийся воздух.

Деревянный пол покрывали царапины. И хотя драгоценности сверкали, многие камни, выставленные в витринах, были тусклыми и местами поцарапанными. Помня о своей роли, Джиллиан перебирала ожерелья из голубых и красных бусин. Она вздохнула, подумав, как обрадовалась бы маленькая Кейтлин, получив в подарок такие бусы.

— Добрый вечер. — Закончив с покупателями, владелец магазина приблизился к ним, сложив руки на животе. — Сколько времени прошло, старый друг, — продолжил он по-французски. — Не ожидал снова увидеть тебя в своем магазине.

— Как я мог, приехав в Касабланку, не навестить старого и дорогого друга, аль-Азиз.

Торговец склонил голову, уже прикидывая, можно ли извлечь выгоду из этой встречи.

— Ты приехал по делам?

— Так, ничего особенного... — Затем махнул рукой в сторону Джиллиан. — Небольшое приятное приключение.

— Твой вкус, как всегда, безупречен.

— Она хорошенькая, — небрежно произнес Трейс. — И не слишком умна, чтобы задавать лишние вопросы.

— Купишь ей безделушку?

— Возможно. У меня есть товар на продажу.

Джиллиан раздражало, что она не может принять участие в разговоре. Она подошла к Трейсу и обняла его за шею, надеясь, что со стороны это выглядит достаточно сексуально. Она пыталась имитировать резкий нью-йоркский акцент своего помощника из института.

— Если бы я знала, что вы всю дорогу будете болтать по-французски, то лучше осталась бы в отеле.

— Тысяча извинений, мадемуазель, — произнес аль-Азиз на безупречном английском.

— Не стоит извиняться, — откликнулся Трейс, небрежно потрепав Джиллиан по щеке. Она не смогла полностью справиться с ирландским акцентом, но он сомневался, что человек, не слышавший его раньше, смог бы обратить на это внимание. — Ну а ты, шери, выбери себе что-нибудь симпатичное.

Джиллиан ужасно хотелось плюнуть ему в глаза, но вместо этого она радостно захлопала ресницами.

— О, Андре, все, что я захочу?

— Ну конечно, все, что пожелаешь.

Уж с этим она справится на славу, решила Джиллиан, склонившись над витриной с видом ребенка, оказавшегося в лавке с мороженым. Это будет отличный и дорогой выбор.

— Мы можем говорить без помех, мон ами, — продолжил Трейс. Он тоже прислонился к прилавку, но его руки двигались быстро, со знанием дела, а затем он скрестил их на стеклянной поверхности. — Моя спутница не понимает по-французски. Я вижу, ты по-прежнему... имеешь большие связи.

— Я — удачливый человек.

— Ты помнишь, несколько лет назад мы заключили сделку, которая принесла выгоду нам обоим. Я приехал, чтобы предложить другую такую сделку.

— Я всегда рад обсудить дела.

— У меня та же самая партия товара. Кое-что, позаимствованное у наших друзей-капиталистов. На мой взгляд, этот товар слишком изменчив, чтобы долго храниться. Мои источники свидетельствуют, что одна организация перебазировалась в Марокко. И эта организация может заинтересоваться товаром, который я предлагаю, само собой, по текущей рыночной цене.

— Конечно. А ты знаешь, что организация, о которой ты говоришь, так же неуловима, как и товар, который ты предлагаешь?

— Для меня это не имеет значения, если возможно договориться о размере прибыли. Ты заинтересован, чтобы посодействовать в переговорах?

— За свои обычные десять процентов комиссионных?

— Естественно.

— Возможно, я смогу помочь тебе. Дай мне два дня. Где я могу найти тебя?

— Я сам тебя найду, аль-Азиз. — Он улыбнулся и провел кончиком пальца по щеке. Этот жест был характерной чертой Кабо. — До меня дошел любопытный слух. Один ученый, если можно так выразиться, был нанят этой организацией. Если я разузнаю о нем как можно больше, твоя прибыль может значительно вырасти, вполне вероятно, до двадцати процентов.

Лицо аль-Азиза не изменилось, оставаясь таким же безмятежным, как и его голос.

— Нельзя полагаться на слухи.

— Однако им легко найти подтверждение. — Трейс вытащил деньги и отсчитал несколько купюр. Словно по мановению волшебной палочки, они растворились в складках одеяния аль-Азиза.

— Нет ничего невозможного, когда дело касается подобных вещей.

— О, дорогой, ты можешь мне купить это? — Джиллиан схватила Трейса за руку и потащила его к витрине, где поблескивала пара длинных золотых серег, украшенных красными камнями. — Рубины, — сладострастно выдохнула она, при этом прекрасно понимая, что это всего лишь цветные стекляшки. — Дома все просто лопнут от зависти. Пожалуйста, дорогой, ты можешь мне их купить?

— Тысяча восемьсот дирхамов, — произнес торговец с любезной улыбкой. — Для вас и леди — тысяча шестьсот дирхамов.

— Пожалуйста, милый. Я без ума от них.

Попавшись в собственные сети, Трейс кивнул аль-Азизу. Но он ухитрился сильно ущипнуть Джиллиан, пока торговец доставал серьги из витрины.

— О, я сразу надену их. — Джиллиан нацепила серьги, в то время как Трейс доставал деньги, чтобы расплатиться с хозяином.

— Два дня, — добавил он по-французски. — И я вернусь.

— И приводи свою леди. — На лице торговца заиграла улыбка. — Так у меня дела пойдут скорее.

Трейс вытолкал ее на улицу.

— Ты могла бы выбрать стеклянные бусы.

Джиллиан слегка щелкнула по сережке, раскрутив ее.

— Такая женщина, как я, никогда не станет довольствоваться стеклянными бусами, но наверняка позволит одурачить себя, приняв стразы за рубины. Я хотела с блеском сыграть свою роль.

— Да. — Серьги смотрелись на ней гораздо элегантнее, чем в витрине. — Ты все сделала на отлично.

Джиллиан едва не споткнулась, услышав эти слова.

— Подожди немного. У меня прямо дыхание перехватило от твоего комплимента.

— Продолжай в том же духе.

— Что ж, так-то лучше. Ну а теперь не расскажешь, для чего все это понадобилось?

— Давай прогуляемся.

Глава 5

По крайней мере, ей не пришлось торчать в гостиничном номере. Джиллиан пыталась утешить себя этой мыслью, сидя в шумном клубе в сигаретном дыме и грохоте второсортной музыки. Сжимая в ладонях бокал с вином, она наблюдала за происходящим вокруг. Среди посетителей было опять-таки много молодых женщин из Европы. Хотя работа не позволяла Джиллиан часто путешествовать, она считала, что подобные места можно найти и в Лондоне, и в Париже.

Она подумала, что за последние две недели она повидала больше, чем за всю свою жизнь. В другой ситуации она, возможно, наслаждалась бы шумом и бесшабашным весельем, удалой атмосферой вечеринки. Но вместо этого она прильнула к Трейсу.

— Ты должен рассказать мне, о чем вы говорили и что ты собираешься предпринять дальше.

Он выбрал этот клуб, потому что здесь было шумно и посетители сосредоточены исключительно на себе. О чем бы они ни говорили, это не выйдет за пределы их столика. Трейс сделал свой выбор по этим причинам еще и потому, что не торопился возвращаться в отель, где ему придется остаться с ней наедине.

— Аль-Азиз — бизнесмен. Как и Кабо. — Трейс откусил кусочек черствой хлебной палочки. — Я сделал ему деловое предложение.

— И как это связано с Флинном?

— Я заинтриговал аль-Азиза. Если повезет, ему удастся заинтересовать людей из «Хаммера». Мы назначим встречу, и я смогу узнать гораздо больше, чем нам известно сейчас.

— Ты собираешься встретиться с теми людьми? — Внезапно при одной этой мысли у нее мороз пробежал по коже. Это из-за него, подумала Джиллиан. Она испугалась за него. — Но ведь они знают, кто ты.

Трейс отхлебнул виски и подумал о том, когда он в последний раз пил качественный напиток.

— Абдул знает, кто я. Бандиты его профиля не принимают участия в сделках с оружием.

— Да, но... оружие? — Ее голос снизился до горячего шепота. — Ты собираешься продавать им оружие?

— Будет лучше, если они в это поверят.

— Это безумие — заключать деловые сделки, притворяясь, что станешь продавать оружие террористам. Наверняка есть другой способ решить проблему.

— Несомненно. Я могу встретиться с аль-Азизом и рассказать ему, что ты доктор Джиллиан Фитцпатрик и твоего брата похитили люди из «Хаммера». Я могу воззвать к его состраданию. И не успеет взойти солнце, как ты окажешься в том же положении, что и твой брат. А я уже буду мертв.

Джиллиан нахмурилась, глядя в бокал с вином.

— Это похоже на обходной путь для достижения цели.

— Ты придерживаешься своих расчетов, док, а я — своих. Через пару дней я буду вести переговоры с самим генералом. У меня такое чувство, что мы совсем близко подобрались к твоему брату.

— Ты действительно думаешь, что Флинна прячут где-то поблизости? — Она придвинулась ближе и крепко сжала его ладонь. — Как бы мне хотелось верить в это! Жаль, что я ничего не чувствую.

— Судя по информации из компьютера Чарли, организация теперь базируется в Марокко. Рори подтвердил, что самолет отправился в Касабланку. Так что сейчас он где-то неподалеку. Поэтому мы здесь.

Он выглядел таким уверенным, нисколько не сомневаясь в своем плане. И она больше всего на свете желала верить ему и в успех их общего дела.

— Ты ведь раньше уже встречался с аль-Азизом, правда? Похоже, он тебя знает.

Трейс почувствовал зуд между лопатками. Он предпочитал сидеть, прислонившись спиной к стене.

— Мы уже работали вместе.

— Раньше ты тоже использовал его для продажи оружия?

— Его использовали люди из МСБ, — ответил Трейс. Он разломил пополам еще одну хлебную палочку. — Несколько лет назад намечался государственный переворот, который в МСБ собирались поддержать. Тайно. Кабо получил хорошую прибыль, аль-Азиз — свои комиссионные, а демократия сделала огромный скачок вперед.

Джиллиан знала, что подобные вещи случаются. Она выросла в стране, разобщенной войной. Она жила в стране, где моральные устои были искажены секретными сделками и политическими махинациями. Но это было неправильно.

— Это неправильно.

— Это реальный мир, — парировал он. — И большинство в нем неправильно.

— И поэтому ты так поступаешь? — Она отодвинулась от него, с трудом противясь желанию снова прильнуть к нему. — Чтобы все исправить?

Когда-то было время, — казалось, что с тех пор прошла целая вечность, — когда он верил в то, что мир можно изменить в лучшую сторону. Трейс не мог сказать, когда и как он потерял эту убежденность идеалиста. И просто перестал вспоминать об этом.

— Я просто выполняю свою работу, Джиллиан. Не пытайся сделать из меня героя.

— Я и не думала. — Она произнесла это довольно сухо, и в ответ его губы скривились в усмешке. — Я просто думаю, что нам будет легче, если я смогу понять тебя.

— Просто пойми, что я собираюсь вызволить твоего брата и его дочь.

— А потом? — Она попыталась расслабиться. Сейчас она ничего не может сделать, кроме как ждать. Ждать и пытаться разгадать душу человека, от которого сейчас полностью зависит ее жизнь. — Отойдешь от дел?

— Это отличная идея, милая.

Вокруг клубился дым дорогих сигар — французских, турецких. Музыка звучала чересчур громко, спиртное оказалось вполне сносным. Он удивился, когда его вдруг обожгла мысль, что он слишком много времени проводит в подобных местах. Он едва не расхохотался во все горло. Несмотря на все свои намерения и цели, он словно был рожден в подобном месте. Порой он начинал осознавать, что хотел вырваться из этой жизни, как двенадцать лет назад хотел вырваться из-под отцовской опеки. Только теперь он уже не мог просто выйти на шоссе и остановить попутку.

— Трейс?

— Что?

Она не знала, о чем он так глубоко задумался, но понимала, что сейчас не время спрашивать.

— А чем ты займешься... когда отойдешь от дел?

— Есть такое место на Канарских островах, где можно рвать фрукты с деревьев и спать в гамаке в объятиях знойной женщины. Вода там прозрачная, как стекло, и рыба прыгает прямо тебе в руки. — Он отпил еще глоток виски. — Со ста тысячами в кармане я мог бы жить в таком месте по-королевски.

— Если бы не умер от скуки.

— У меня было достаточно волнений, так что на ближайшие тридцать—сорок лет вполне хватит. Женщины с медовой кожей и бессолевая диета. — Он коснулся своим стаканом ее бокала. — Я собираюсь наслаждаться жизнью.

— Андре!

Трейс обернулся, и в этот момент его наградили долгим, горячим поцелуем. Спустя некоторое время озарение снизошло на него. Он помнил только одну женщину, которая благоухала, как оранжерея, и целовалась, как вампир.

— Дезире! — Трейс ласково погладил ее обнаженную руку, когда она уселась к нему на колени. — По-прежнему в Касабланке?

— Конечно. — Она рассмеялась низким, грудным смехом, откинув назад копну длинных черных, как ночь, волос. — Я теперь совладелица клуба.

— А ты преуспела в жизни.

— Представь себе. — Ее кожа была подобна лепесткам магнолии, а сердце до краев наполнено ядом. Но, несмотря на это, Трейс испытывал к ней легкую симпатию. — Я вышла за Амира. Он нас не видит, а не то запросто перерезал тебе горло за то, что ты посмел дотронуться до меня.

— Я вижу, здесь все как и прежде.

— Вовсе нет. — Не обращая внимания на Джиллиан, Дезире кончиками пальцев погладила Трейса по щеке. — О, Андре, сколько недель я ждала, когда ты вернешься!

— Несколько часов в любом случае.

— Ты надолго сюда?

— На несколько дней. Показываю подруге прелести Северной Африки.

Дезире обернулась, с ног до головы окинула Джиллиан испепеляющим взглядом, а затем снова забыла о ней.

— Когда-то тебе было достаточно моих прелестей.

— Твоих прелестей было достаточно для целой армии. — Трейс поднял бокал, не сводя глаз с двери в дальнюю комнату. Он знал, что Дезире не преувеличивает насчет Амира. — У меня здесь кое-какое дело, ma belle[1]. Ты по-прежнему хорошо подслушиваешь в замочную скважину?

---

[1] Моя красавица (*ит.*).

— Только для тебя и за определенную плату.

— Флинн Фитцпатрик. Ученый. Ирландец, с маленькой дочерью. Сколько мне будет стоить узнать, в Касабланке ли они?

— Для такого старого, дорогого друга... пять тысяч франков.

Трейс ссадил ее с колен, а затем вытащил деньги.

— Здесь половина. Это задаток.

Она наклонилась и спрятала деньги в туфлю.

— Мне всегда так приятно встречаться с тобой, Андре.

— И мне, шери. — Он встал и коснулся губами ее руки. — Только не передавай Амиру привет от меня.

Расхохотавшись, Дезире удалилась в толпу, покачивая бедрами.

— У тебя потрясающие друзья, — заметила Джиллиан.

— Да. Я подумываю о том, чтобы как-нибудь собрать их всех вместе. Пошли.

Джиллиан торопливо выбралась из дымного клуба на свежий ночной воздух.

— О чем вы говорили?

— Просто вспоминали старые добрые времена.

Она вскинула бровь.

— Не сомневаюсь, это были потрясающие времена.

Трейс не выдержал и улыбнулся. У Дезире каменное сердце, но какое у нее воображение!

— Да, есть что вспомнить.

Джиллиан немного помолчала, борясь сама с собой. Но наконец она все-таки не выдержала.

— Эта женщина как раз в твоем вкусе? С формами?

Трейс знал о женщинах достаточно, чтобы понять, когда смех может оказаться опасным. Вместо этого он кашлянул:

— Скажем так, она *моего типа*.

— Не сомневаюсь, но думаю, если смыть с нее три слоя макияжа, она окажется не столь уж и привлекательной.

— Не стоит ревновать, милая. Мы просто старые знакомые.

— Ревновать? — Она постаралась изобразить, что это шутка, презирая себя за то, что пытается обмануть саму себя. — Едва ли я стану ревновать к каждой женщине, с которой ты... ты...

— Ну, давай, произнеси это.

Она стряхнула его руку, которой он по-дружески обнял ее за плечи.

— Забудь. За что ты ей заплатил?

— Она должна добыть для меня информацию.

— И как подобная женщина может добыть хоть какую-то информацию?

Трейс взглянул на нее, понял, что она говорит абсолютно серьезно, и только покачал головой.

— Дипломатия, — сказал он.

Джиллиан не могла уснуть. Силы, которых ей так не хватало всего несколько дней назад, теперь переполняли ее. Она оказалась в Африке, на континенте, о котором когда-то читала в книгах. К югу от них раскинулась пустыня Сахара. Она находилась на побережье Атлантики, но с этой стороны земного шара это был абсолютно другой океан. Здесь даже звезды, казалось, сияли по-другому.

Ее привлекала эта необычность. Еще в детстве она частенько мечтала о путешествиях в дальние страны, но все ограничивалось исключительно чтением. Ее решение переехать в Америку стало результатом желания увидеть и узнать что-то новое, стать другой женщиной, живущей собственной жизнью, какой она никогда бы не стала, если бы осталась в Ирландии вместе с отцом. И вот она отправилась в Америку, чтобы добиться своих целей, жить своей собственной жизнью. И вот теперь ее отец болен, а брат пропал.

Джиллиан накинула халат и открыла двери на балкон. Сколько раз она задавала себе вопрос, сложилось бы все иначе, если бы она осталась с отцом. Глупо и даже эгоистично думать так. И все же ноющее беспокойство не отпускало ее.

И вот теперь она в Африке с человеком, который в мгновение ока меняет свой образ. Все зависит от ее и его решимости снова все исправить.

Исправить. Джиллиан со вздохом оперлась на перила и окинула взглядом огни Касабланки. Он сказал, что не думает о том, чтобы все исправить, а лишь о своей работе. Но почему она в это не верила? Это так соответствовало стилю поведения этого человека. Но вот ее чувства к нему оказались абсолютно недоступны ее пониманию.

С момента их знакомства он притягивал и одновременно отталкивал ее. В его глазах порой возникало нечто такое, что наводило Джиллиан на мысль, что он способен проявлять доброту и сострадание. Именно так он смотрел на нее, именно таким казался ей на вершине Пирамиды магов. Мечтатель уживался в его душе с холодным реалистом. Казалось, невозможно соединить такие прямо противоположные стороны.

Все, что он делал, как себя вел, вызывало у нее чувство неловкости и тревогу. Она привыкла верить в правильно и неправильно, в добро и зло. И до того, как она повстречала этого человека, Джиллиан не задумывалась, что между этими двумя полюсами может скрываться множество разнообразных оттенков. И уж точно она и представить не могла, что ее может привлекать человек, живущий среди этих теней.

Но это был факт, не теория и не гипотеза, а именно факт, ее влекло к нему, она действительно доверяла ему. Джиллиан не могла отнести свои чувства в лабораторию, вскрыть их и провести анализ. Возможно, впервые в жизни она столкнулась с проблемой, которую нельзя было решить при помощи логики или экспериментов. И имя этой проблемы — Трейс О'Харли.

Она ревновала, и ревновала яростно, когда та женщина в клубе обнимала Трейса. Когда та что-то тихо и соблазнительно бормотала ему по-французски и касалась его своими руками, Джиллиан ужасно хотелось схватить ее за волосы и вырвать несколько покрытых лаком прядей. Это было так на нее не похоже. Или же она просто и не подозревала об этом.

Время от времени она ревновала Флинна, но как могла ревновать сестра брата, которого любили больше. И ее любовь к нему всегда была сильнее, чем зависть. В университете она чувствовала уколы зависти к девушкам с прямыми светлыми волосами и голубыми глазами. Но это было поверхностное чувство, лишенное страсти и глубины.

Ревность, которую она ощутила сегодня вечером, была сильной, и ее оказалось сложно контролировать. И это тоже было ей незнакомо. Она ревновала не к женщине с яркой внешностью и великолепным гибким телом, а к тому, как она обнимала Трейса и целовала его так, словно хотела съесть живьем.

И ему, похоже, это нравилось.

Джиллиан скрестила руки на груди и взглянула на редкие огни, все еще освещавшие город. Но еще сильнее ревности ее тревожило душевное смятение. И очевидно, и здесь всему виной Трейс О'Харли.

Она вздрогнула, услышав резкий скребущий звук спички о коробок, раздавшийся с соседнего балкона.

Он скрывался в тени. Похоже, темнота подходила ему наилучшим образом. Джиллиан подумала, как давно он стоит здесь, безмолвно наблюдая за ней.

— Я не знала, что ты здесь. — И не узнала бы, вдруг пришло ей в голову, не позволь он ей. — Я не могла заснуть. — Когда он не ответил, Джиллиан, нервно теребя пояс от халата, откашлялась. — Я думала, ты лег спать.

— Всему виной перемена часовых поясов.

— Думаю, да. — Она снова вцепилась в балконные перила, жалея, что все не так просто. —

За последние несколько дней мы сменили несколько часовых поясов. Но мне казалось, ты уже привык к этому.

— Я люблю ночь. — И это было правдой, но все же Трейс вышел на балкон, потому что мысли о ней не давали ему сомкнуть глаз.

— Иногда я поднимаюсь на крышу своего дома, ведь только так в Нью-Йорке можно увидеть звезды. — Она взглянула на небо. — А в Ирландии надо всего лишь выйти на улицу. — Покачав головой, Джиллиан снова окинула взглядом ночной город. — Ты когда-нибудь скучаешь по дому?

Он затянулся сигаретой, и на мгновение его лицо осветил крошечный красный огонек.

— Я же сказал, что у меня нет дома.

Она подошла поближе к его стороне балкона.

— Только Канарские острова? И сколько человек способен продержаться на фруктах и рыбе?

— Довольно долго.

Несмотря на прохладу ночи, на нем были только шорты. Джиллиан ясно помнила ощущение дикого восторга, когда он прижимал ее к своему телу. И странную пустоту, когда он резко отталкивал ее от себя. Нет, эмоции совершенно невозможно проанализировать, но зато можно попытаться понять их причину.

— Интересно, от чего ты пытаешься убежать.

— Наоборот, к чему я стремлюсь. — Трейс бросил окурок на улицу под балконом. — К роскошной жизни, милая. Свежее кокосовое молоко и полуобнаженные красавицы.

— Я не думаю, что ты сможешь так жить. Ты слишком много посвятил служению своей стране.

— Это так. — Он машинально потер шрам на груди. — А остаток жизни я хочу посвятить исключительно себе. — Ночной ветерок снова донес до него ее нежный запах.

— Знаешь, мистер Форрестер сказал мне, что если бы ты почаще следовал правилам, то уже давно возглавил бы МСБ. Он невероятно тобой гордился.

— Чарли привлек меня к этой работе. Он всему сам обучил меня. — Трейс беспокойно подвинулся к балконной ограде. — Ему хотелось думать, что он все сделал по высшему разряду.

— Думаю, здесь скрывалось нечто гораздо большее. Любовь и гордость не часто соседствуют друг с другом. — Джиллиан вспомнила о своем отце. — Можешь не сомневаться, что ему нравилось, кем ты был и что из тебя получилось. Я знаю, что ты любил его и что ты все это делаешь ради него, а не только из-за денег. Причины твоего поведения не должны меня интересовать, но это так. Трейс?

Трейс не хотел сейчас смотреть на нее в лунном свете, струящемся с неба, волнуясь от рассеянного в воздухе ее удивительного запаха. Он внимательно разглядывал улицу.

— Да?

— Я знаю, что с Флинном и Кейтлин все будет в порядке. И скоро они окажутся в безопасности, потому что ты здесь. — Джиллиан жалела, что не может протянуть руку и коснуться его. И одновременно радовалась этому. — И когда

135

они вернутся ко мне, я никогда не смогу по-настоящему отблагодарить тебя. И потому я хочу, чтобы ты знал: что бы ни произошло, я благодарна тебе за все.

— Это моя работа, — пробормотал Трейс, стиснув зубы, потому что ее тихий, ласковый голос заставлял его забыть об этом. — Только не надо делать из меня рыцаря на белом коне, Джиллиан.

— Нет, конечно, ты не рыцарь, но мне кажется, что я начинаю тебя понимать, Трейс. — Она направилась в комнату. — Спокойной ночи. — И, не дожидаясь ответа, захлопнула дверь в полной тишине.

— Но как ты можешь требовать, чтобы я слонялась по магазинам и щелкала фотоаппаратом, словно обычная туристка?

Трейс подтащил Джиллиан к еще одной витрине.

— Потому что сегодня ты не более чем простая туристка. Прояви хоть капельку энтузиазма, ладно?

— Мои брат и племянница в заточении. Боюсь, что мне будет трудновато изобразить энтузиазм, разглядывая какие-то глиняные горшки.

— Аутентичное североафриканское искусство, — заметил Трейс.

— Мы лишь попусту теряем время, слоняясь по округе, вместо того чтобы заняться чем-нибудь полезным.

— Твои предложения? — Не повышая голоса, он продолжил двигаться вперед, крепко держа ее за руку. Навесы из полосатой ткани затеняли товар, разложенный на столиках, расставленных на улице. Здесь были изделия из кожи и кое-где поблескивал металл и пахло лошадьми. — Ты хочешь, чтобы я вломился туда, где держат твоего брата, размахивая пистолетами и сжимая в зубах нож?

Он умел выставить ее в нелепом свете. Джиллиан отмахнулась от него.

— По крайней мере, это лучше, чем покупать безделушки и фотографироваться.

— Во-первых, я не знаю, где они держат его. Сложно куда-то вломиться, пока не выяснишь точный адрес. Во-вторых, если я поступлю как персонаж из фильмов про гангстеров, то меня просто убьют, и твоему брату не поздоровится. Давай присядем. — Он облюбовал столик на тенистой террасе уютного маленького кафе. — Почему ты не расскажешь, что тебя беспокоит?

Джиллиан поправила солнечные очки.

— О, не знаю. Наверное, это каким-то образом связано с тем, что Флинна и Кейтлин похитили. Или же я просто встала не с той ноги.

— Сарказм тебе не идет. — Трейс заказал два кофе и вытянул ноги. — Вчера ты неплохо справилась со своей ролью.

Джиллиан уставилась на свои ладони. Солнечные лучи ярким светом вспыхивали на золотом браслете ее часов. В ожидании кофе она любовалась замысловатой игрой света.

— Я не могла уснуть. Я до утра глаз не сомкнула. Меня преследовало странное чувство, от которого было невозможно избавиться. Словно что-то происходило неправильно, непоправимо, и я могла опоздать все исправить. — Она взглянула на него, не сомневаясь, что возненавидит его, если он в ответ рассмеется.

— Ты многое пережила за последние несколько дней. — Его слова прозвучали просто и естественно, без жалости, которая непременно разозлила бы ее, и без грубостей, которые привели бы ее в негодование. — Наоборот, было бы странно, если бы ты спала как убитая.

— Думаю, нет, но, если бы я просто чувствовала, что мы делаем что-то...

— А мы и делаем. — Он взял ее за руки и тут же резко отпустил. — Пей кофе.

Он едва коснулся ее, но тут же сам на себя разозлился. Мысль, пришедшая ей в голову, заставила Джиллиан улыбнуться.

— Ты стесняешься быть добрым.

— Я не добрый. — Трейс прикурил сигарету, понимая, что ему лучше чем-нибудь занять руки.

— Неправда. — Немного расслабившись, Джиллиан взяла свою чашку. — Ты предпочел бы не быть добрым, но сложно изменить свою природу. Ты можешь перевоплощаться в других людей. — Кофе оказался горячим и крепким, то, чего ей как раз недоставало. — Но ты не в силах изменить свою природу. Какое бы имя ты ни использовал, под этой маской все равно скрывается твоя добрая натура.

— Ты меня совсем не знаешь. — Он глубоко затянулся сигаретой. — И о моей жизни.

— Я ученый и неплохо научилась наблюдать, анализировать, классифицировать, строить гипотезы. Хочешь услышать мои гипотезы в отношении тебя?

— Нет.

Напряжение, сковывавшее ее тело ночью, постепенно исчезало.

— Ты человек, который искал приключений и ярких впечатлений и, несомненно, нашел их гораздо больше, чем хотел. Я бы сказала, что ты верил в свободу и права человека, чтобы посвятить большую часть своей жизни борьбе за эти идеалы. А потом ты утратил иллюзии и едва не лишился жизни. И я не знаю, что беспокоит тебя больше. Не думаю, что ты солгал, сказав, что очень устал, Трейс. Но ты лжешь каждый раз, когда изображаешь безразличие.

Она слишком близко подобралась к самой сути вещей, гораздо ближе, чем кто бы то ни было. Он обнаружил, что жизнь оказывается гораздо проще, если соблюдать дистанцию. И он ответил, пытаясь сохранить эту удобную для себя жизненную позицию:

— На самом деле я искусный лжец, вор, обманщик и убийца. И в том, что я делаю, нет ничего замечательного, привлекательного и идеалистичного. Я всего лишь выполняю приказы.

— Думаю, вопрос не в том, что ты делаешь, а зачем. — И в этот момент Джиллиан перестала спрашивать себя, почему ей так важно в это верить, и просто поверила. — Вопросы яснее не стали, и вот ты решил уехать на маленький остров, где тебе не придется над ними размышлять.

Трейс смял сигарету.

— Ты говорила, что ты физик, а не психиатр, не так ли?

— Это всего лишь логические рассуждения. Я очень логичный человек. — Она аккуратно поставила чашку на блюдце. — И вот еще вопрос о твоем поведении в отношении меня. Очевидно, я тебе нравлюсь.

— Неужели?

Джиллиан улыбнулась, чувствуя себя в безопасности, когда обо всем говорилось четко и ясно.

— Мне кажется, глупо отрицать существование физического влечения. Это скорее неоспоримый факт, чем теория. И все же, даже исходя из этого, твое поведение кажется противоречивым. Каждый раз, когда ты действуешь, повинуясь этому влечению, ты тут же предпочитаешь отступить в угоду досаде и неудовлетворенности.

Ему было наплевать, что его физическое или какое-либо еще влечение препарировали, как дохлую лягушку. Трейс дождался, когда официант подольет им кофе, а затем наклонился к Джиллиан.

— Тебе крупно повезло, что я отступил.

Их лица почти соприкасались за маленьким круглым столиком. Ее сердце принялось отбивать барабанную дробь, но она вдруг обнаружила, что это чувство кажется скорее интересным, чем неприятным.

— Потому что ты опасный человек?

— Самый опасный человек, которого ты когда-либо встречала.

Джиллиан не собиралась с этим спорить.

— Я уже объясняла тебе, что вполне могу за себя постоять.

Она потянулась за чашкой, и Трейс накрыл ладонью ее запястье. Его хватка была железной, и ее глаза в ответ сузились.

— Ты и понятия не имеешь, где истоки моего поведения, док. И, черт подери, уж точно не знаешь, где конец. Считай, что тебе в очередной раз повезло.

— Мою семью похитили, я видела, как умер человек, и мне приставили нож к спине. Тебе меня не напугать. — Она отдернула руку и, изображая олимпийское спокойствие, поднесла чашку ко рту.

Сердце билось тяжело и гулко.

— Ты не права. — На этот раз Трейс улыбнулся. — Если я решу заполучить тебя, ты поймешь, как ошибалась.

Она с размаху поставила чашку на блюдце.

— Я готова идти.

— Сядь. — Внезапная перемена в его голосе заставила Джиллиан послушаться. — Пей кофе, — мягко добавил он, хватая фотоаппарат.

— В чем дело?

— У аль-Азиза посетитель.

Этот фотоаппарат был одним из новейших элементов оборудования от МСБ, который так нравился Трейсу. Он нажал на кнопку, и человек, выходящий из черной машины в двухстах ярдах от них, попал в видоискатель. Он узнал лицо, часто мелькавшее на инструктажах агентов, и снова улыбнулся. Кендеса был правой рукой генерала, человек, отличавшийся вкусом и умом, сумевший уравновесить фанатизм генерала.

— Ты знаешь, кто это?

Трейс по привычке сделал два снимка.

— Да. — Он опустил фотоаппарат.

— Что это означает?

— Это означает, что они проглотили наживку.

Джиллиан облизала губы, пытаясь сохранять спокойствие.

— И что мы теперь станем делать?

Трейс прикурил еще одну сигарету.

— Ждать.

Мужчина пробыл в магазине аль-Азиза двадцать минут. Когда он вышел, Трейс стремительно сорвался с места. Когда Кендеса сел в свою машину, Трейс и Джиллиан уже запрыгнули в такси.

— Поезжайте за той машиной, — сказал Трейс водителю, вытаскивая деньги. — Но держитесь на расстоянии.

Водитель припрятал деньги и лишь после этого завел мотор. Джиллиан на ощупь нашла руку Трейса и вцепилась в нее изо всех сил.

— Он ведь знает, где Флинн, правда?

— Он знает.

Она прижала другую руку к губам.

— Что ты собираешься делать?

— Ничего.

— Но если он...

— Мы просто посмотрим, куда он поедет.

Ее рука была холодна как лед, и он сжал ее покрепче. Черная машина остановилась перед одним из самых шикарных отелей в деловом районе. Трейс подождал, пока Кендеса не скрылся в здании.

— Жди здесь.

— Но я хочу...

— Просто жди здесь, — повторил он и вышел из машины.

Время шло, и страх сменился беспокойством. Джиллиан уже взялась за ручку двери, как вдруг Трейс распахнул ее с другой стороны.

— Куда-то собралась? — Он резко захлопнул за собой дверцу.

Откинувшись на сиденье, он назвал водителю их отель.

— Ну?

— Он только утром заселился в отель. Он не назвал им дату отъезда, а это означает, что он собирается оставаться здесь до тех пор, пока не уладит все свои дела.

— И ты не собираешься пойти туда и заставить его сказать, где Флинн?

Трейс искоса взглянул на нее.

— Конечно, я пойду к нему в номер, поколочу его и трех телохранителей и вытяну из них правду. А затем направлюсь прямиком туда, где они прячут твоего брата, и без посторонней помощи освобожу его.

— А разве не за это я тебе плачу?

— Ты платишь мне за то, чтобы я его вытащил целым и невредимым. — Такси остановилось у тротуара. — Так что позволь мне играть по своим правилам.

Чувствуя, что может взорваться в любой момент, Джиллиан молчала, пока они не оказались в своем номере.

— Если у тебя есть план, думаю, настало время посвятить меня в подробности.

Не обращая на нее внимания, Трейс подошел к кровати и принялся возиться с приспособлением, которое Джиллиан приняла за переносной стереомагнитофон.

— Сейчас не время слушать музыку. — Он ничего не ответил, и тогда Джиллиан накинулась на него: — Трейс, я хочу знать, что ты задумал. Я не хочу пребывать в неведении, пока ты тут спокойно слушаешь радио. Я хочу знать...

— Слушай, заткнись, поняла? — Он перемотал пленку, и раздалась едва слышная арабская речь. — Черт. — Он подрегулировал звук и замер.

— Что это?

— Наши друзья мило беседуют, но почти вне досягаемости от жучка, которого я вчера установил.

— Ты... я не видела, как ты его устанавливал.

— И это делает мне честь. — Он перемотал пленку назад.

— Не могу представить, куда ты его спрятал.

— Я оставил его на виду. Люди находят вещи гораздо быстрее, если их прятать. Разве ты не читала Эдгара По? Ну а теперь тихо.

Голоса были едва слышны, но Трейс узнал аль-Азиза. Он мог разобрать формальные приветствия, но с этого момента ему удавалось перевести лишь отдельные обрывки фраз. Он услышал упоминание о Кабо и обсуждение каких-то денежных вопросов.

— И что там? — спросила Джиллиан, когда он снова выключил магнитофон.

— Я не слишком хорошо понимаю по-арабски, чтобы разобраться.

— О. — Она изо всех сил пыталась скрыть разочарование. Потирая лицо руками, она уселась на постель рядом с ним. — Полагаю, ты надеялся, что они станут говорить по-французски или по-английски.

— Это бы нам очень помогло. — Трейс вытащил кассету и убрал в карман. — Теперь нам нужен переводчик.

Джиллиан уронила руки на колени.

— Ты знаешь кого-нибудь, кто нам поможет?

— За деньги кто угодно готов помочь. — Трейс взглянул на часы. — В клубе сейчас должно быть тихо. Думаю, мне надо повидать Дезире.

— Я пойду с тобой.

Он хотел отказаться, но затем передумал.

— Тем лучше. Я могу тебя использовать в качестве прикрытия на случай, если Амир окажется поблизости. Если ты будешь болтаться рядом, ему и в голову не придет, что я пытаюсь пристать к его жене.

— Я так рада, что могу быть полезной.

Они нашли Дезире в квартирке над клубом. Хотя время почти перевалило за полдень, она открыла дверь заспанная, в сексуальной ночной рубашке, вызывающе обнажающей одно плечо. При виде Трейса ее глаза заблестели.

— Андре. Какой приятный сюрприз! — Она уставилась на Джиллиан, надула губки, а затем отступила, пропуская их в комнату. — Раньше ты приходил ко мне один, — сказала она по-французски.

— Ты тогда была не замужем.

Трейс окинул взглядом просторную темную комнату, полную аляповатых узорных подушек и фарфоровых безделушек. Комната была заставлена мебелью, а мебель набита вещами. Дезире всегда любила вещи. Очевидно, она, наконец, получила то, что хотела.

— Ты преуспела в этой жизни, шери.

— У каждого свой путь в жизни. — Она подошла к столу и достала сигарету из стеклянного портсигара. — Если ты пришел за своей информацией, то еще рано, у меня просто не было времени. — Она держала сигарету, дожидаясь, пока Трейс подойдет и даст ей прикурить.

— На самом деле я пришел по другой причине. — Она пахла вчерашними духами, и этот запах, уже не столь сильный, по-прежнему казался всепоглощающим. — Твой муж дома?

Она удивленно вскинула бровь, взглянув на Джиллиан.

— Раньше ты не интересовался групповыми играми.

— Никаких игр. — Он взял у нее сигарету и затянулся. — Амир здесь?

— Он уехал по делам. Он же бизнесмен.

— Твой арабский всегда был идеален, Дезире. — Трейс вытащил кассету из кармана. — Две тысячи франков, если ты переведешь эту пленку и тут же забудешь о том, что слышала.

Дезире взяла кассету и повертела ее в руке.

— Две тысячи за перевод и три — за потерю памяти. — Она улыбнулась. — Женщина должна вертеться, чтобы заработать на жизнь.

Когда-то ему нравилось торговаться с ней. Он подумал о том, что по какой-то причине это время закончилось.

— Заметано.

— Деньги вперед, дорогой. — Она протянула руку. — Сразу.

Когда Трейс протянул ей деньги, она направилась к стереосистеме.

— Амир обожает свои игрушки, — сказала она, вставляя кассету в магнитофон. Включив звук, она подрегулировала громкость. И в этот момент выражение ее лица молниеносно изменилось. Дезире тут же выключила магнитофон. — Кендеса. Ты ничего не сказал о Кендесе.

— А ты не спрашивала. — Трейс сел и сделал знак Джиллиан, чтобы она присоединилась к нему. — Мы заключили сделку, Дезире. Будешь играть по моим правилам — и о твоем участии никто не узнает.

— Ты крутишься в очень плохой компании, Андре. Очень плохой. — Но она по-прежнему сжимала деньги в руке. Немного подумав, она все-таки положила их в карман и снова включила магнитофон. — Кендеса приветствует свинью аль-Азиза. Спрашивает, как идут дела. — Она послушала еще немного, затем снова остановила кассету. — Они говорят о тебе, французе Кабо, у которого есть интересное деловое предложение к организации Кендесы. И аль-Азиз смиренно готов выступить посредником.

Дезире снова включила магнитофон, послушала немного, а затем снова выключила пленку и перевела услышанное:

— Кендеса очень заинтересован в товаре, который ты предлагаешь. Его проинформировали, что ты владеешь партией американского оружия, предназначенного для их союзников с Ближнего Востока. Партия товара такого размера и... — она помолчала, подыскивая слово, — такого качества особенно интересует Кендеса. И ты тоже.

Она снова включила пленку и прикурила сигарету под бормотание двух голосов в динамиках.

— У тебя вполне сносная репутация, но Кендеса осторожничает. Его организацию сейчас больше волнует другой проект, и все же твое предложение очень соблазнительно. Кендеса согласился, чтобы аль-Азиз организовал встречу. Они обсуждают комиссионные. А вот теперь становится интересно. Аль-Азиз спрашивает про этого самого Фитцпатрика. Он говорит, что до него дошли слухи. Кендеса приказывает ему заниматься магазином и попридержать язык.

Дезире вытащила кассету.

— Скажи мне, Андре, тебя интересует оружие или этот ирландец?

— Меня интересует огромная прибыль. — Он встал и забрал у нее пленку. — А как поживает твоя память, Дезире?

Она погладила деньги в кармане.

— Чиста, как у младенца. — Она улыбнулась, игриво коснувшись его груди. — Приходи сегодня вечером выпить. Но только один.

Трейс взял ее за подбородок и поцеловал.

— Амир — сильный, ревнивый мужчина, который искусно владеет ножом. Давай просто ценить наше прошлое.

— Есть что вспомнить. — Она со вздохом смотрела, как он направляется к выходу. — Андре, этот ирландец был в Касабланке.

Трейс замер, схватив Джиллиан за руку, чтобы та не сболтнула лишнего.

— А теперь?

— Его отвезли на восток, в горы. Это все, что я знаю.

— Там был еще ребенок.

— Девочка. Она с ним. Теперь гораздо проще выуживать информацию, когда я знаю, о ком идет речь.

— Ты уже достаточно выяснила. — Он отсчитал деньги и положил их на столике у двери. — Забудь и об этом, Дезире, и наслаждайся своим сильным мужем.

Когда дверь за ними закрылась, Дезире, немного подумав, направилась к телефону.

— Он был здесь! — воскликнула Джиллиан, испытывая облегчение и одновременно ужас. — Они оба были здесь. Надо найти способ выяснить, куда их увезли. О господи, они ведь были совсем близко!

— Не надо пороть горячку. В горах на востоке — не точный адрес.

— Но это еще один ориентир. Что мы будем делать теперь?

— Пока мы перекусим и посмотрим, что предпримет Кендеса.

Глава 6

— Я хочу пойти с тобой.

Трейс поправил узел ненавистного галстука.

— Это не обсуждается.

— Ты не объяснил почему. — Джиллиан стояла у него за спиной, сердито глядя на его отражение. Он выглядел таким холеным, подумала она, нисколько не напоминая того человека, которого она впервые встретила в захудалом мексиканском баре. Она гадала, какой же драматический оборот должна была принять жизнь, чтобы она предпочла грубоватого, небритого и грязного мужчину этому изысканному, благоухающему дорогим одеколоном красавцу.

— Я не обязан отчитываться о причинах, только о результатах.

Но, по крайней мере, он не слишком-то изменился внутренне, сердито подумала она, продолжая стоять на своем.

— Я с самого начала сказала, что пройду этот путь вместе с тобой, от начала до конца.

— Ты можешь сбиться с пути, милая. — Трейс осмотрел простые позолоченные запонки на манжетах. — Оставайся здесь и не выключай свет в комнатах. — Обернувшись, он дружески похлопал ее по щеке.

— Ты выглядишь как биржевой маклер, — пробормотала она.

— Оскорбления совершенно ни к чему. — Трейс взял портфель, набитый бумагами и ведомостями, которые полночи собирал и сопоставлял.

— Ты встречаешься с Кендесой, и мне тоже следует пойти.

— Это деловая встреча, и дело пахнет криминалом. Если я возьму с собой женщину на переговоры о продаже оружия террористам, Кендеса не оставит это без внимания. И потому наверняка начнет наводить о тебе справки. И если копнет поглубже, то узнает, что моя женщина — сестра самого ценного приобретения «Хаммера». — Он помолчал, вытирая туфли. — Это не слишком удачный выбор.

Его доводы оказались слишком разумными, и Джиллиан пришла в ярость от бессилия.

— Я не твоя женщина.

— Но им лучше думать именно так.

— Лучше быть похороненной заживо в горячем песке.

Он взглянул на нее. Вне себя от злости, она стояла у окна, яростно шипя.

— Я это запомню. Почему бы тебе не провести с пользой эти два часа, составляя список своих предпочтений? Возможно, твое настроение улучшится.

Когда он распахнул дверь, Джиллиан приготовилась выкрикнуть ему вслед оскорбление.

— Будь осторожен, — сказала она вместо этого, ненавидя себя за слабость.

Трейс остановился.

— Какая забота. Я тронут.

— Ничего личного. — Но ее ладони вспотели от волнения. — Если с тобой что-нибудь случится, мне придется начинать все заново.

Усмехнувшись, он вышел в коридор.

— Никуда не уходи, док.

Как только дверь закрылась у него за спиной, он позабыл о Трейсе О'Харли. К каждой из своих масок он испытывал определенную симпатию. А иначе ему не удалось бы так убедительно их изображать в течение долгого времени. Андре Кабо был суетлив и частенько напыщен, но при этом отличался безупречным вкусом, и ему невероятно везло с женщинами. Трейс почувствовал, что вошел в образ.

И все же чары Кабо не произвели впечатления на Джиллиан. Значит, ей не нравятся французы, решил Трейс, садясь в такси. Очевидно, она предпочитала занудных американских ученых вроде того Артура Стьюварда, с которым проводила время в Нью-Йорке. Этот человек был на пятнадцать лет старше Джиллиан и больше интересовался белыми мышами, чем любовными отношениями. Трейс заверил себя, что это всего лишь стандартная процедура, чтобы убедиться в собственной правоте. Ничего личного.

Трейс поправил портфель и напомнил себе, что Кабо волновала исключительно личная выгода. Он и не вспомнил бы о женщине вроде Джиллиан, стоило бы ей исчезнуть с горизонта. Но вся беда в том, что сам Трейс О'Харли слишком много о ней думал.

Она по-прежнему оставалась для него загадкой, а он привык разгадывать любую головоломку, любую женщину. Они жили в соседних комнатах, и все же благодаря ей все выглядело невинно и благопристойно. Она была ранима, горяча, напугана и полна решимости. Она обладала сильной логикой и все же не лишена мечтательности, сумев ощутить власть развалин древнего города майя. Она говорила легко, даже равнодушно, о его влечении к ней. Но когда он целовал ее, между ними вспыхивало пламя, горячее и всепоглощающее.

Она была права насчет одного — он невероятно сильно желал ее. Но она не догадывалась, что он не мог признаться даже самому себе в том, что боялся того, что произойдет, если отдастся на волю этого желания.

Когда такси остановилось у тротуара, Трейс откинулся на сиденье. И конечно же он слишком много думает о ней.

Изображая Кабо, он внимательно пересчитал деньги и с явным облегчением дал таксисту минимальные чаевые. Оправив пиджак, он решительно вошел в вестибюль отеля Кендесы.

Трейс заметил одного из телохранителей, но не останавливаясь прошел к лифтам. Он прибыл на место точно в назначенное время. В этом заключалась еще одна особенность Кабо. Лифт доставил его на верхний этаж, в президентский люкс, который часто заказывали высокопоставленные лица и главы иностранных государств.

Он постучал в дверь, которую тут же распахнул дородный телохранитель, который явно чувствовал себя неудобно в темном костюме западного стиля.

— Пожалуйста, ваше оружие, месье, — напыщенно произнес он по-французски.

Трейс извлек из пиджака автоматический пистолет 25-го калибра. Кабо предпочитал носить с собой маленький пистолетик, чтобы не испортить безупречные линии своего пиджака.

Телохранитель спрятал пистолет в карман и взмахом руки пригласил гостя в гостиную. На столе стояла открытая бутылка вина. Рядом в вазе благоухали свежие розы. В комнату абсолютно не проникали шум и жара с улицы. Усаживаясь, Трейс обратил внимание, что двери балкона не только закрыты, но и заперты. Кендеса не заставил себя долго ждать.

Этот человек не производил впечатления яркой, импозантной личности. Какие бы страсти ни бушевали в его душе, это нисколько не отражалось на манере его сдержанного поведения. Он был невысок, его традиционный стиль в одежде поражал своей безупречностью. В отличие от человека, чьи интересы он представлял, Кендеса избегал вычурных драгоценностей и ярких цветов. Его лицо было привлекательным, как у диктора теленовостей, а выправка и движения выдавали в нем бывшего солдата-сверхсрочника.

Этот человек вызывал доверие, источал уверенность и сдержанность, и в последние полтора года он нес ответственность за освобождение трех политических заложников. Он один с трудом сплачивал команду безумных фанатиков «Хаммера».

— Месье Кабо. — Кендеса пожал ему руку. — Я рад встрече.

— Бизнес для меня всегда радость.

Вежливо улыбаясь, Кендеса уселся напротив.

— Наш общий друг сообщил мне, что у вас есть товар, который может меня заинтересовать. Хотите вина? Думаю, мы смогли бы договориться. — Кендеса наполнил два бокала.

Трейс дождался, когда он выпьет первым.

— Недавно я приобрел определенный товар военного качества, которому ваша организация наверняка сможет найти достойное применение. — Трейс отхлебнул вина и оценил его — сухое, легкое. Как раз такое, как нравилось Кабо. Он улыбнулся. Кендеса неплохо подготовился.

— Мне сообщили, что этот товар предназначался для сионистов.

Трейс пожал плечами, радуясь, что деньги, которые он потратил в трущобах, принесли свои плоды.

— Я всего лишь бизнесмен, месье. Меня интересует не политика, а размер прибыли. Товар можно было бы отправить туда, куда хотели американцы, если бы меня устроила цена.

— А вы честны. — Кендеса постукивал пальцем по краю бокала. — США не признались открыто, что этот товар был... конфискован. На самом деле сложно доказать, что он вообще существовал.

— Подобные вещи очень мешают. Лично я предпочитаю, чтобы дело держалось в секрете, пока не будут заключены все соглашения. — Отставив бокал, Трейс поднял портфель. — Здесь список оружия, которое находится у моего компаньона. Могу вас заверить, что это оружие первоклассного качества. Я лично проверял образцы.

Кендеса взял бумаги, но по-прежнему не сводил глаз с Трейса.

— Ваша репутация в таких вопросах абсолютно безупречна.

— Мерси.

Кендеса удивленно приподнял брови, просматривая список. Трейс составил его просто великолепно.

— Вот это тот самый пистолет, TS-35. По моим сведениям, его не должны были выпустить еще в течение нескольких месяцев.

— Он был выпущен и протестирован пять недель назад, — заявил Трейс, понимая, что во времени распространения новостей всегда происходят ошибки. — Это изумительная вещь. Очень легкий и компактный пистолет. В некоторых вопросах американцы знают толк. — Он вытащил еще один листок. — Мы с компаньонами установили цену. И конечно же можем организовать отгрузку.

— Все вместе получается дороговато.

— Дополнительные издержки. Инфляция. — Он с видом истинного француза развел руками. — Ну, вы меня понимаете.

— А я, как вы понимаете, человек осторожный. Прежде чем мы начнем переговоры, необходимо проверить небольшую партию вашего товара.

— Конечно, я могу заняться этим сам, если вам угодно. — Он провел пальцем по щеке. — Мне понадобится несколько дней, чтобы отдать необходимые распоряжения. И я предпочел бы сделать это там, где, по вашему мнению, безопасно. В наше время подобные сделки становятся еще более щекотливыми.

— Генерал сейчас находится на востоке. Такая сделка не может быть заключена без его одобрения.

— Я понял. И хотя я знаю, что покупка и продажа находятся в вашей компетенции, все же предпочел обсудить вопрос с генералом.

— Вы привезете нам образцы через неделю. — За неделю он соберет полную информацию о Кабо и его компании. — Штаб-квартира генерала находится в области к востоку от Сефру, которую он назвал Эль-Хасад. Мы организуем вам встречу в Сефру. Оттуда будет удобно наблюдать за перевозкой.

— Я свяжусь с компаньонами, но, думаю, с этим не возникнет проблем. Значит, через неделю. — Трейс встал.

Кендеса тоже поднялся.

— У меня есть еще один вопрос, месье. Вы интересовались судьбой ученого, который недавно присоединился к нашей организации. Мне хотелось бы знать, каковы причины вашего интереса.

— Прибыль. Несколько сторон интересуются доктором Фитцпатриком и его особенными знаниями. Если завершить проект «Горизонт», это может принести огромный доход.

— Но наша цель — не только деньги.

— Но моя — да, — холодно улыбнувшись, откликнулся Трейс. — Можете представить, какую прибыль принесет этот ученый, если убедить его завершить проект. И оружие, о котором мы с вами договариваемся, покажется детской игрушкой. — Он скрестил руки, и золотые запонки тускло блеснули на его манжетах. — Если ваша организация найдет достойного партнера, вы не только разбогатеете, но и приобретете огромный политический вес, подобно развитой стране.

Он уже заранее обдумал этот разговор, хотя предпочел бы сам сделать первый шаг.

— Ваши взгляды весьма занимательны.

— Пока это всего лишь размышления, месье, если вы не уговорите этого ученого работать на вас.

Кендеса преспокойно пропустил это замечание мимо ушей. Он давно привык к сотрудничеству или покорности.

— Это всего лишь вопрос времени. И я обговорю эту проблему с генералом. Возможно, мы сможем это обсудить вместе. — Кендеса проводил его до двери. — И я хотел бы предупредить вас, месье Кабо, чтобы вы осторожнее выбирали компаньонов.

— Простите?

— Я говорю о француженке Дезире. Она думала выманить большие деньги благодаря шантажу. Но она просчиталась.

Трейс лишь слегка удивленно вскинул бровь, в то время как внутри у него все похолодело.

— Она настолько же жадна, как и красива.

— А теперь она мертва. Удачного дня, месье.

Трейс слегка поклонился, прощаясь. Он продолжал играть Кабо, пока не оказался в своем номере. И только здесь он дал выход своей ярости, с размаху ударив кулаком в стену.

— Чертова женщина! — Разве мало ей было тех легких денег, что она заработала на нем? Она убила себя. Он внушал себе, что она сама убила себя, и все же чувствовал, что повинен в ее смерти.

Трейс на мгновение закрыл глаза и представил свой островок в океане. Ласковый ветерок, сочные фрукты, знойные женщины. Как только он получит деньги, то сразу же выходит из игры.

Трейс схватил бутылку виски, стоявшую на комоде, и налил себе двойную порцию, чтобы избавиться от привкуса вина, которым его угощал Кендеса. Но это не помогло. С размаху поставив стакан на стол, он направился в соседнюю комнату, чтобы сообщить Джиллиан новости о ее брате.

Она сидела на кровати, неестественно распрямив спину и сложив руки на коленях. Она не обернулась, когда он вошел, а продолжала пристально смотреть в окно.

— Все еще дуешься? — Виски не помог, но, возможно, если он найдет выход бушевавшим в душе эмоциям, станет лучше. — Не знаю, что утомительнее, слушать твое нытье или терпеть твое плохое настроение. — Сорвав с себя галстук, он швырнул его в сторону стула. — Заканчивай с этим, док, если, конечно, хочешь узнать, что я выяснил о твоем брате.

Теперь она взглянула на него, но в ее взгляде он не увидел ни гнева, ни недовольства. И нетерпения, которое он ожидал увидеть, тоже не было, а только горе, неприкрытую боль без слез. Он начал снимать пиджак, и когда стянул его, только и смог произнести:

— Что случилось?

— Я позвонила отцу. — Ее голос звучал тихо, но твердо. Услышав этот более похожий на шепот голос, он не стал ругать ее за использование незащищенной телефонной линии. — Я думала, ему следует узнать, что мы вот-вот найдем Флинна. Я хотела утешить его, дать ему надежду. Я знаю, он чувствовал себя абсолютно беспомощным, отправив на поиски меня, вместо того чтобы поехать самому. — Она закрыла глаза, собираясь с силами. — Трубку взяла его сиделка. Она живет в доме и ухаживает за ним. Он умер три дня назад. — Она разжала руки, затем снова сжала их. — Три дня назад. Я не знала.

Меня не оказалось рядом. Его похоронили сегодня утром.

Трейс молча подошел к ней, сел рядом и обнял за плечи. Она лишь на мгновение заколебалась, а затем прижалась к нему. Слезы не приходили. Джиллиан не понимала, почему испытывает ледяное оцепенение, когда горячие, бурные рыдания принесли бы облегчение.

— Он умер в полном одиночестве. Никто не должен умирать в одиночестве, Трейс.

— Ты говорила, он был болен.

— Он умирал. Он знал об этом и не хотел быть таким, каким его сделала болезнь — слабым и немощным. Все его достижения, его гениальный ум не смогли помочь ему. Он хотел лишь одного: чтобы я привезла Флинна домой до того, как он умрет. А теперь слишком поздно.

— Но ты по-прежнему должна все сделать, чтобы вернуть Флинна домой.

— Он так любил Флинна. Я вечно разочаровывала его, а Флинн был его гордостью. Тревоги последних дней только ухудшили его состояние. Я хотела, чтобы он умер легко, Трейс. Даже после всего, что между нами было, я хотела, чтобы он умер легко.

— Ты делала все, что в твоих силах. Ты делаешь то, чего он хотел.

— Я никогда не делала того, чего он хотел. — Теперь по ее пылающим щекам катились слезы, но Джиллиан этого не замечала. — Он так никогда и не простил меня за то, что я уехала в Америку и оставила его. Он никогда не мог понять, что мне нужна была свобода, что я хотела выбрать свой собственный путь в жизни. Он видел

160

лишь то, что я ухожу и отвергаю его и то, что он для меня запланировал. Я любила его. — Ее голос сорвался на рыдание. — Но я никогда не могла раскрыть перед ним душу. И уже никогда не смогу. Господи, я даже попрощаться с ним не смогла. У меня даже этого шанса не осталось.

Джиллиан не сопротивлялась, когда он прижал ее к себе, баюкая, лаская, успокаивая. Он ничего не говорил, лишь крепко держал ее в своих объятиях, когда она наконец разразилась рыданиями, неудержимыми и бурными. Он хорошо понимал ее горе, ярость и боль и знал, что здесь не помогут слова, а лишь время. Обнимая ее, он откинулся на постель, пока она безутешно выплакивала свою боль.

Ему было хорошо знакомо чувство вины. Они с Джиллиан были словно огонь и вода, но у него тоже есть отец, который по-своему представлял жизнь сына, который не понял его и не захотел простить. И он знал, что чувство вины делало горе еще более сильным, чем любовь.

Он ласково коснулся губами ее виска.

Джиллиан лежала тихо, и он продолжил ласково поглаживать ее по голове. Солнечный свет по-прежнему лился сквозь окно, и, решив задвинуть шторы, он принялся вставать. Джиллиан крепко ухватилась за него.

— Не уходи, — пробормотала она. — Я не хочу оставаться одна.

— Я задвину шторы. Возможно, тебе удастся поспать.

— Просто побудь со мной еще немного. — Джиллиан провела рукой по лицу, вытирая слезы. Она всегда отличалась склонностью к эмоциональным всплескам, и этого ее отец никогда не понимал.

— С ним было очень непросто, особенно после смерти мамы. Она умела с ним ладить. Я всегда жалела, что не смогла этому научиться. — Глубоко вздохнув, она снова закрыла глаза. — Теперь у меня остались только Флинн и Кейтлин. Я должна найти их, Трейс. Я должна убедиться, что с ними все в порядке.

— Кажется, я знаю, где они.

Она кивнула. Вся ее вера, все ее надежды теперь были связаны с ним.

— Расскажи мне.

Он вкратце описал ей встречу с Кендесой, но ничего не сказал о Дезире. Ее смерть по-прежнему тяжким грузом лежала на его совести. Она слушала его, не пытаясь отодвинуться. Ее голова лежала у него на плече, а рука касалась его груди. Трейс говорил, и постепенно что-то давно копившееся в его душе раскрывалось и выходило наружу. Он не мог объяснить, почему, обнимая ее, он делался сильнее. Он не мог объяснить, почему, даже зная о том, что им предстоит в ближайшее время, ощущал невероятный покой, лежа в освещенной ярким солнцем комнате, прижавшись щекой к ее волосам.

— Ты думаешь, Флинн и Кейтлин у этого генерала Хусада?

— Я готов поспорить.

— И через неделю ты с ним увидишься.

— Таков план.

— Но он думает, что у тебя есть это оружие. И что произойдет, когда выяснится, что у тебя его нет?

— А кто сказал, что у меня его нет?

Теперь она отодвинулась, медленно приподняв голову, чтобы видеть его лицо. Его глаза были наполовину закрыты, но вокруг его губ залегли зловещие складки.

— Трейс, я ничего не понимаю. Ты сообщил им, что владеешь партией американского оружия. Но это не так. И как же тогда ты сможешь представить им образцы, которых у тебя нет?

— Мне придется приобрести несколько М-16, 40-миллиметровых гранатометов и прочую мелочь.

— Не думаю, что все это можно приобрести в местных универмагах.

— Но на черном рынке можно, и у меня есть связи. — Он немного помолчал. — Джиллиан, пора привлечь в игру МСБ.

— Почему? Почему именно сейчас?

— Потому что я установил контакт под прикрытием. Там, конечно, будут недовольны, но все же они не настолько глупы, чтобы свернуть операцию на этом этапе. Если что-то пойдет не так, им понадобится информация, чтобы завершить ее.

Джиллиан некоторое время молчала.

— Ты хочешь сказать, в том случае, если тебя убьют.

— Если меня выведут из игры, время будет упущено, и твоего брата будет нелегко отыскать. Но, опираясь на помощь МСБ, мы удвоим шансы на успех.

— Но зачем им причинять тебе вред? Ты ведь продаешь им оружие, которое они хотят заполучить.

Он подумал о Дезире.

— Оружие — это одно, а проект «Горизонт» — совсем другое. Эти люди не бизнесмены и не уличная шайка с Манхэттена. Если они решат, что я слишком много знаю или покушаюсь на их территорию, то подумают, что лучший выход — попросту уничтожить меня. Для них это подобно игре в кости. Ты ведь не захочешь рисковать жизнью своего брата, которая будет поставлена на кон в игре в кости.

И его жизнью она тоже не хотела рисковать. Сейчас, когда они лежали рядом, без страсти, без гнева, она вдруг поняла, что беспокоится о нем так же сильно, как и о своей семье. Теперь он не был просто инструментом для освобождения Флинна и Кейтлин, а мужчиной, который привлекал ее, приводил в неистовство, возбуждал ее.

Она опустила глаза и увидела, что ее рука сжалась у него на груди. «Ты цепляешься, — подумала она, — за то, что тебе не принадлежит».

— Возможно, нам следует позволить МСБ принять на себя руководство именно теперь.

— Давай не будем заходить слишком далеко.

— Нет, я серьезно. — Она села на кровати. Она хотела, чтобы он крепко обнимал ее, но не для того, чтобы утешить или ободрить, а сгорая от желания. — Чем больше я об этом думаю, тем безумнее мне кажется мысль, чтобы ты занимался этим один. С Флинном и Кейтлин может произойти все, что угодно... и с тобой тоже.

— Я работал один и раньше и выходил сухим из воды.

— И когда в последний раз столкнулся с ними, едва не погиб.

Ее внезапное волнение заинтриговало его. Трейс сел рядом с ней и обнял за плечи.

— Разве ты не веришь в судьбу, Джиллиан? Мы пытаемся изменить ее, пытаемся защититься от ее происков, но в конечном счете происходит то, что предрешено.

— Еще недавно ты говорил об удаче.

— Да, и я не вижу здесь никаких противоречий. Если удача на моей стороне и судьбе будет угодно, я снова выйду сухим из воды.

— Ты ведь не фаталист.

— Все зависит от настроения. Но я всегда остаюсь реалистом. Эта работа моя, и на то существует множество причин. — И она была не самой последней из них. — Но я достаточно практичен, чтобы понять, когда настало время, чтобы попросить о помощи.

— Я не хочу, чтобы с тобой что-нибудь случилось. — Она поспешно произнесла эти слова, понимая, что это глупо и бесполезно.

Он пристально посмотрел ей в глаза. Джиллиан не успела отвернуться, и он взял ее за подбородок и спросил:

— Почему?

— Потому что... я чувствую ответственность.

В данной ситуации давить на нее было неуместно, но он не всегда умел вести себя мудро.

— А почему еще?

— Потому что я осталась бы совсем одна, а я уже почти привыкла к тебе и... — Она осеклась и вдруг ласково коснулась его щеки. — И еще вот из-за этого, — пробормотала она и прильнула к его губам.

Комнату по-прежнему наполнял яркий свет, но ей вдруг показалось, что в комнате стало темно, цвета смягчились, и все вокруг стало расплываться. Эмоциональный взлет, который она уже испытывала ранее, совершил невероятный скачок, от которого у нее закружилась голова и перехватило дыхание. Она прижалась к нему, ожидая дальнейшего взлета.

Она была сладкой и горячей, словно прекрасная фантазия. Но при этом она была реальной и живой. И он желал ее гораздо сильнее, чем желал свободы, богатства и душевного спокойствия. Он чувствовал, как разум ускользает под натиском бешеного желания, и рванулся назад. Столь сильное желание грозило все поставить под угрозу.

Но ее руки были такими нежными, такими ласковыми. Его руки ласкали ее волосы, прижимая ее к себе, хотя он и пытался убедить себя, что это неправильно и не принесет ничего хорошего им обоим. Ее запах был подобен тихому обещанию, убаюкивая его и заставляя поверить в то, что он может получить и сохранить. Его сводило с ума неистовое желание прикоснуться к ней, ощутить, как ее тело страстно изгибается в его объятиях.

Он пытался напомнить себе, что ни она, ни он не могут дать никакого обещания. Это просто невозможно.

Когда он оттолкнул ее, она снова прильнула к нему. Трейс крепко сжал ее руки и снова отодвинулся от нее.

— Послушай. Все это неправильно. Ты это знаешь, и я тоже.

— Нет, я не знаю.

— Тогда ты полная идиотка.

Она знала, как противостоять его сопротивлению. И встретила его во всеоружии.

— Ты не хочешь меня?

Он выругался:

— Конечно же я хочу тебя. И почему я не должен хотеть тебя? Ты красива. Ты умная смелая женщина. В тебе есть все, чего только можно желать.

— Тогда почему...

Трейс вытащил ее из постели. И не успела она запротестовать, он подтащил ее к зеркалу.

— Посмотри на себя, ты красивая, хорошо воспитанная женщина. Ради бога, ты же физик. Твоя семья принадлежит к элите общества, ты училась в лучших школах и делала все, что тебе говорили. — Разозлившись, она рванулась в сторону, но Трейс снова притянул ее к зеркалу. — А теперь взгляни на меня, Джиллиан. — Он резко встряхнул ее, и Джиллиан, вскинув голову, встретилась с ним взглядом в зеркальном отражении. — Большую часть жизни я кочевал из одного второсортного клуба в другой. В течение года я учился в настоящей школе от силы несколько дней. Я никогда не учился играть по правилам. У меня никогда не было своей машины или другой собственности, и я никогда надолго не оставался рядом с женщиной. Хочешь узнать, сколько людей я убил за эти двенадцать лет? Знаешь, сколько существует способов это сделать?

— Прекрати. — Она вырвалась из его хватки и резко обернулась к нему. — Ты пытаешься запугать меня, но это не сработает.

— Тогда ты *действительно* идиотка.

— Возможно, но, по крайней мере, я честный человек. Почему бы тебе просто не признаться, что ты не хочешь связываться со мной? Ты не желаешь ничего ко мне испытывать.

Трейс вытащил сигарету.

— Это так.

— Но ты уже испытываешь. — Она вскинула голову, чтобы посмотреть, как он осмелится это отрицать. — Тебя влечет ко мне, и тебя это пугает.

Она права, подумал Трейс, выдыхая дым. Но будь он проклят, если признается в этом.

— Давай лучше займемся делом, милая. У меня нет времени на то, чтобы одаривать тебя·сентиментальной чепухой, которая тебе нравится. У нас есть цель, которая находится в горах, к востоку отсюда. Давай сосредоточимся на этом.

— Ты не сможешь всю жизнь прятаться.

— Когда я остановлюсь, ты станешь Бога молить, чтобы я продолжал. А сейчас у меня есть дела. — И он вышел из комнаты.

И Джиллиан сделала то, на что не решалась уже много лет. Она схватила вазу и со всей силы швырнула ее об дверь.

Глава 7

— Я уверен, что после стольких лет на службе, агент О'Харли, вы хорошо знаете о существовании такой вещи, как порядок осуществления действий.

Англичанин, капитан Эддисон, лысеющий агент МСБ, сидел в номере Трейса и с недовольным видом пил кофе. В его обязанности входили контроль и координация операций в этой части земного шара. После почти пятнадцати лет службы в действующей армии он с удовольствием выполнял свои обязанности, сидя за столом. Но в связи с особыми обстоятельствами этого дела ему было приказано лично во всем разобраться. И нарушения в привычном ритме жизни нисколько его не обрадовали.

Он собирался отправиться в Лондон на праздники, и звонок застал его как раз на базе в Мадриде. И вот теперь он в захолустном Марокко, в эпицентре событий, которые, скорее всего, еще долгое время не дадут ему насладиться пирогом с мясом и почками.

— У вас, я полагаю, найдется достойное объяснение?

— Я был в отпуске, капитан. — Трейс с беззаботным видом затянулся сигаретой. Типы вроде Эддисона скорее забавляли, чем раздражали его. Его пугала возможность превратиться в такого же чопорного чурбана, и потому Трейс держался подальше от письменных столов и бумажной волокиты. — Это мое свободное время. И я подумал, что в ИСС, возможно, заинтересуются тем, на что я наткнулся.

— На что я наткнулся, — повторил Эддисон. Он нацепил на нос очки без оправы и смерил Трейса холодным, пронзительным взглядом. — Мы оба знаем, что вы ни на что не натыкались, агент О'Харли. Вы просто действовали на собственное усмотрение, без разрешения МСБ.

— Ко мне пришла женщина. — Трейс нисколько не пытался придать выразительность своим объяснениям. Он слишком хорошо знал, что люди вроде этого Эддисона любят нагонять страх на подчиненных. — Я услышал очень любопытную историю и раскопал не менее интересную информацию. Если вам наплевать, что я обнаружил, меня это не волнует. У меня впереди еще целая неделя отпуска.

— Исходя из общепринятых правил вы должны были сообщить в МСБ, как только доктор Фитцпатрик с вами связалась.

— Это мое решение, капитан. Мое личное решение.

Эддисон скрестил ладони. Хотя он уже пять лет как развелся, но по-прежнему носил золотое обручальное кольцо. Он привык к его тяжести на пальце.

— В вашем личном деле полно упоминаний о многочисленных нарушениях.

— Я уволен?

Дитя порядка, Эддисон рассвирепел от беспечного высокомерия Трейса. Но он был вынужден выполнять распоряжения.

— К счастью или к несчастью, все зависит от личного взгляда на проблему, в вашем личном деле также много упоминаний об удачно выполненных заданиях. Если честно, О'Харли, мне наплевать на подобные вещи, но проект «Горизонт», доктор Фитцпатрик и его дочь гораздо важнее, чем личное отношение к вам.

Трейс понял, что этому делу в МСБ придают серьезное значение. Но ничего другого он и не ожидал.

— Тогда я продолжу, если меня не уволили.

— Вы продолжите действовать под именем Андре Кабо, но начиная с этого момента вы будете действовать в соответствии с правилами. Вы станете поддерживать постоянную связь с базой МСБ в Мадриде и сообщать о состоянии дел. Докладывать вы будете лично мне. — И эта мысль тоже не доставляла ему радости. Сложно держать под контролем такого норовистого агента. — Через четыре дня в Сефру для вас будет доставлен контейнер с американским оружием. Вашим связным здесь будет агент Брейнтс. Как только вы установите местонахождение доктора Фитцпатрика и оцените ситуацию, вам будут даны дальнейшие указания. Командование полагает, что следует честно вести переговоры по оружию. Если вы окажетесь в логове Хусада, это синий шифр.

И это Трейс тоже предугадал. Синий шифр означал, что если его раскроют, то МСБ уничтожит все его файлы, его личность. Словно Трейса О'Харли никогда не существовало.

— В контейнере должен быть TS-35.

— А... — Эддисон аккуратно положил руки на подлокотники кресла. — Вы говорили им о TS-35?

— Русские узнают о нем через неделю, если уже не узнали. А не пройдет и месяца — разнюхают все остальные. Если я продемонстрирую им один такой экземпляр, Хусад может возомнить, что я полезный союзник. Он может расслабиться и не скрывать от меня больше Фитцпатрика, особенно если я наплету им, что мои компаньоны готовы профинансировать проект «Горизонт».

— Возможно, они маньяки, но уж точно не болваны. Если они получат образец, то вскоре смогут создать дубликат.

— Если мы не вытащим Фитцпатрика из их лап и не обезопасим проект «Горизонт», TS-35 покажется детской игрушкой.

Эддисон поднялся и направился к окну. Ему все это не нравилось. Ему не нравился этот Трейс О'Харли. Ему не нравилось, что кто-то вмешивается в его планы. Но он не добьется своего, если не будет знать, где и как себя надо правильно вести.

— Хорошо, я все устрою. Но оружие придется вернуть или уничтожить.

— Понял.

Эддисон кивнул и обернулся к Трейсу.

— А теперь что касается женщины. — Он взглянул на дверь, ведущую в комнату Джиллиан. — Поскольку агент Форрестер рассказал ей о вас и теперь она в курсе всей операции, ее необходимо предупредить о неразглашении секретной информации.

Трейс налил себе кофе.

— Желаю удачи, капитан.

— Ваши насмешки нисколько меня не трогают, О'Харли. Я хотел бы поговорить с ней.

Пожав плечами, Трейс направился к двери в соседний номер. Он распахнул ее и засунул голову в дверной проем. Джиллиан, беспокойно кружившая по комнате, остановилась и взглянула на него.

— Твоя очередь.

Она нервно сглотнула, вытерла ладони о брюки и вышла в соседнюю комнату.

— Доктор Фитцпатрик. — Лицо Эддисона озарила любезная улыбка, и он поспешил пожать ей руку. — Я капитан Эддисон.

— Как поживаете?

— Пожалуйста, присаживайтесь. Не хотите кофе?

— Да, благодарю вас. — Джиллиан села, гордо вскинув голову, в то время как Трейс развалился на стуле рядом.

— Сливки, доктор?

— Нет, пожалуйста, черный.

Эддисон протянул ей чашку, а затем уютно устроился в своем кресле со своей чашкой. Джиллиан вдруг испугалась, что он сейчас начнет говорить о погоде.

— Доктор Фитцпатрик, я должен сообщить вам, что в МСБ сильно озабочены благополучием вашей семьи. Наша организация существует для того, чтобы обеспечивать свободу и права человека по всему миру. Такой человек, как ваш брат, имеет для нас огромное значение.

— Для меня он еще важнее.

— Не сомневаюсь. — Он снова расплылся в слащавой улыбке. — Хотя мы считаем, что вы и агент О'Харли действовали импульсивно, мы думаем, что можно заставить эти импульсы работать на нас.

Джиллиан взглянула на Трейса, но тот лишь лениво пожал плечами, и она поняла, что он ничем тут не сможет ей помочь. Она обернулась к Эддисону.

— Я действовала исключительно в интересах своего брата, капитан. Они — моя единственная забота.

— Конечно, конечно. И я могу вас заверить, что даже теперь МСБ приложит все свои знания и умения, чтобы освободить вашего брата. Мы надеемся, что это произойдет уже в скором времени. А пока я хочу предложить вам поехать вместе со мной в Мадрид, где вы будете под защитой МСБ.

— Нет.

— Простите?

— Я благодарна вам за предложение, капитан, но я остаюсь с агентом О'Харли.

Эддисон обхватил ладонями затылок.

— Доктор Фитцпатрик, ради вашей безопасности и ради удачного завершения нашей операции я настаиваю, чтобы вы находились под защитой МСБ.

— Мой брат и племянница находятся в горах к востоку отсюда. Я не стану просто отсиживаться в Мадриде и ждать. Я уверена, что агент О'Харли сможет защитить меня, если вы считаете, что защита мне необходима. А что касается безопасности операции, то я связана с этим делом гораздо дольше, чем вы или МСБ, капитан. Я уверена, что мой допуск к секретной информации можно продлить, если это необходимо.

— Мне приказано доставить вас в Мадрид.

— Меня не волнует, что вам приказано, капитан. — Это был тот самый тон, который она использовала редко, но всегда эффективно и который помогал ей сохранить свою ведущую позицию в институте. — Я не связана ни с МСБ, ни с кем-либо еще, кроме моей семьи. Я нужна и генералу Хусаду. И пока есть шанс, что этим можно воспользоваться, чтобы вытащить Флинна, я готова рисковать.

— Доктор Фитцпатрик, я понимаю и ценю вашу преданность, но это просто невозможно...

— Это возможно, если, конечно, МСБ не занимается похищением частных лиц.

Эддисон откинулся на спинку стула, пытаясь собраться с мыслями, затем попытался избрать другую тактику.

— Агент О'Харли — мастер своего дела, определенно один из наших лучших людей. — Трейс вскинул бровь, понимая, что сейчас был для Эддисона словно кость в горле. — Но все его силы будут направлены на проведение операции.

— Как и мои, пока я могу быть полезна.

— Агент О'Харли скажет вам, что использовать гражданских лиц — против правил.

— Поезжай в Мадрид, Джиллиан. — Трейс произнес эти слова тихо и твердо и, нарушив данное самому себе обещание, взял ее за руки. И дело тут не в правилах. Он уже давно послал к чертям все правила. Дело в том, что так будет лучше для нее.

— Я иду с тобой. — Она сжала его руки. — Мы так договорились.

— Не будь глупой. Теперь все становится гораздо опаснее.

— Это не важно.

Трейс отпустил ее руки и, поднявшись, направился к окну и прикурил очередную сигарету. Что, черт возьми, он такое сделал, чтобы заслужить такое доверие? Он не знал ответа на этот вопрос и не знал, как заставить ее внять голосу разума.

НОРА РОБЕРТС

— Я уже говорил, что у меня нет времени нянчиться с тобой.

— А я сказала, что могу сама о себе позаботиться. — Она положила руку, еще хранившую тепло его прикосновений, к себе на колени и обернулась к Эддисону: — Я играла роль женщины Кабо. Поэтому ни у кого не возникнет вопросов, если я отправлюсь с ним в Сефру. Если мне придется ждать там, я согласна. Надеюсь, вы не станете силой задерживать меня, в противном случае ваши действия получат огласку. Я поеду с агентом О'Харли.

Эддисон не ожидал такого упорного сопротивления. В сведениях о Джиллиан говорилось, что она — вдохновенный ученый, законопослушная и тихая женщина.

— Я вовсе не собираюсь применять к вам силу, доктор Фитцпатрик, но позвольте спросить, что произойдет, если ваш обман раскроют и отправят вас к Хусаду?

— Тогда я найду способ убить его. — Она произнесла эти слова совершенно бесстрастно. Это решение она приняла на рассвете, всю ночь напролет пытаясь разобраться в себе. И именно ее невозмутимость и простота заставили Трейса обернуться и во все глаза уставиться на нее. — Я никогда не позволю ему воспользоваться моими знаниями и умениями, над которыми я работала всю жизнь, не позволю ему обернуть их против других людей. Проект «Горизонт» разрабатывался не для таких, как он. Один из нас умрет, прежде чем он получит результаты.

Эддисон стянул с носа очки и принялся протирать их белоснежным носовым платком.

— Я восхищаюсь вашей преданностью, доктор, и уважаю ваши чувства. Однако у агента О'Харли скоро будет дел невпроворот.

— Она не уступит, — откликнулся Трейс.

Эддисон снова нацепил очки.

— Она — гражданское лицо и их цель.

— Она не уступит, — повторил Трейс, и их с Джиллиан взгляды встретились. — Я могу использовать ее. Кабо путешествует с женщиной. Как обычно.

— В таком случае мы привлечем еще одного агента.

— Джиллиан уже видели со мной. И она пойдет, даже если МСБ не даст разрешения, так что лучше нам использовать ее желание себе во благо.

Дело было не в численном превосходстве. Эддисон и раньше оказывался в ситуации, когда оппонентов было больше. Здесь существовала опасность провала операции, если хоть немного изменить уже существующую картину. Джиллиан Фитцпатрик не принадлежала к числу его людей, но, если она настаивала на том, чтобы рисковать своей жизнью, МСБ использует ее.

— Отлично. Я не могу остановить вас, но и не одобряю ваше решение. Надеюсь, вы не пожалеете об этом, доктор.

— Не пожалею.

— А теперь о ваших записях. Поскольку вы отказываетесь вернуться со мной в Мадрид, я должен настоять, чтобы вы передали мне записи результатов по проекту «Горизонт», чтобы я смог сохранить их.

— Конечно. Я написала их...

— Она записала их техническими символами, — прервал ее Трейс. Он метнул на нее холодный, пронзительный взгляд, заставив умолкнуть. — Скорее всего, вы ничего не сможете понять.

— Не сомневаюсь, что наши ученые смогут их расшифровать. Вы отдадите мне их?

— Конечно.

— Теперь вы несете за нее ответственность, — вполголоса произнес Эддисон, когда Джиллиан вышла из комнаты. — Мне не нужны потери среди гражданского населения.

— Я позабочусь о ней.

— Посмотрим, что у вас получится. — Эддисон встал и пригладил ладонью остатки волос. — По крайней мере, без этих записей она не сможет все испортить окончательно.

Джиллиан вернулась в комнату с аккуратно сложенными бумагами.

— Это все записи по моим разработкам.

— Благодарю вас. — Эддисон взял бумаги и засунул в свой портфель. Он щелкнул кодовым замком и выпрямился. — Если передумаете, просто попросите О'Харли связаться с нами.

— Я не передумаю.

— Тогда прощайте, доктор. — Он покачал головой. — Надеюсь, когда все это закончится, вы спокойно сможете работать вместе с братом над проектом «Горизонт». — Он коротко кивнул Трейсу: — Связывайтесь со мной через каждые шесть часов.

Джиллиан дождалась, когда за ним закроется дверь, а затем уселась на край кровати.

— Совершенно неподходящий начальник. Ты часто имеешь с ним дело?

— К счастью, нет. — Он отхлебнул из своей чашки, но кофе уже остыл. — Не все начальство в МСБ похоже на него.

— Это хорошая новость для свободного мира. — Она подождала, пока он два раза обошел комнату, и заговорила снова: — У меня есть вопросы.

— Я должен удивиться?

— Не мог бы ты сесть? — Она указала на стул, то ли взволнованно, то ли весело. — Вон туда. На таком расстоянии ты не сможешь случайно до меня дотронуться.

Трейс смерил ее пристальным взглядом.

— Я не дотрагиваюсь случайно.

— Что ж, тогда все понятно. — Джиллиан помолчала. Сгорая от нетерпения, он сел на стул. — Почему ты передумал?

— Насчет чего?

— Насчет меня.

— Просто не мог согласиться с Эддисоном. Джиллиан скрестила руки и проговорила с терпением учительницы из воскресной школы:

— Думаю, я имею право на искренний ответ.

— Я говорю искренне. — Он прикурил сигарету. — И я именно это и имел в виду. Думаю, ты неплохо справишься.

— Твоя лесть лишает меня дара речи.

— Послушай, я считаю, что ты больше других поставила на карту. Возможно, ты заслужила право участвовать в операции. — Он наблюдал ее сквозь клубы сигаретного дыма. — Вот, пожалуй, и все.

Или все, что ей положено знать, подумала Джиллиан. И пока решила с этим смириться.

— Хорошо. А теперь объясни, почему ты не хочешь, чтобы Эддисон узнал о том, что я немного изменила записи.

— Потому что настоящие результаты хранятся в твоей памяти. И, думаю, там они и должны оставаться.

— Он твой начальник. Разве ты не обязан быть с ним честным?

— Прежде всего — смелость, потом уже правила.

Джиллиан немного помолчала. Она с уважением отнеслась к его словам, восхищаясь им, потому что он действительно сказал правду. Разве не поэтому она доверилась ему?

— Ты как-то раз обмолвилась, что, кажется, поняла, почему мистер Форрестер не связался сразу же с МСБ. Думаю, пришло время рассказать мне.

Трейс стряхнул сигаретный пепел. Солнце клонилось к закату. Сгущались сумерки. Он вспомнил, как любовался другим закатом перед тем, как впервые встретил ее. Наверное, он был обречен думать о ней, едва ночь спускалась на землю.

— Почему ты не хочешь, чтобы «Хаммер» получил формулу?

— Это просто нелепо. «Хаммер» — компания фанатиков, во главе с безумцем. Если они завладеют сывороткой, ядерную войну можно считать неизбежной. — Джиллиан умолкла, в то время как он просто сидел и смотрел на нее. — Ты ведь не сравниваешь МСБ с одной из наиболее радикально настроенных организаций мира? МСБ поддерживает международный закон и порядок, спасает жизни, защищает демократию. — Настала ее очередь возбужденно мерить шагами комнату. — Да мне и не надо перечислять тебе всего, чем они занимаются. Ты — один из них.

— Да, я один из них. Но разве не ты говорила, что в этой организации есть не только хорошие, но и плохие люди?

— Да. — Джиллиан не могла понять, почему у нее вдруг начали сдавать нервы. В комнате стало темнее, свет был неярким и теплым. — И все же я по-прежнему считаю, что если бы я обратилась к ним в самом начале, то проект вышел бы на первое место, а мои брат и племянница оказались бы на втором. И встреча с капитаном Эддисоном лишь еще больше меня в этом убедила. Проект проводился под их покровительством, и после завершения результаты должны были оказаться в руках власти. Мой отец верил в систему.

Трейс затянулся в последний раз.

— А ты?

— Моя семья для меня важнее всего на свете. Когда мы освободим их, сразу же уедем отсюда.

— Для того чтобы закончить работу над проектом и передать его МСБ?

— Да, конечно. — Джиллиан обернулась к нему, и Трейс увидел, что она слегка побледнела. — Именно к этому стремился мой отец. Что ты хочешь сказать, Трейс?

— Только то, что намерения МСБ — это одно, а полученные результаты — совсем другое. Подумай, Джиллиан, эта сыворотка защищает человека от негативных последствий ядерного взрыва. Это чудо, волшебный щит, невероятное научное достижение, называй как хочешь. И как только оно пройдет испытание, возможно, для кого-то будет намного проще принять решение и нажать на красную кнопку.

— Нет. — Она обхватила себя руками и снова отвернулась от него. — «Горизонт» — это всего лишь средство защиты, которое способно спасти миллионы жизней. Мой отец, никто из тех, кто работал над проектом, и не представлял, что его можно использовать во вред людям.

— А как ты думаешь, те ученые из Манхэттенского проекта представляли себе взрывы в Хиросиме? Или, возможно, предполагали нечто подобное. Они должны были знать, что создают бомбу во имя невероятного научного достижения.

— Но мы создаем средство защиты, а не оружие.

— Да, средство защиты. А некие немецкие физики просто валяли дурака со своими экспериментами полвека назад. Интересно, продолжали бы они эти эксперименты, если бы знали, что создают основу для оружия, которое способно полностью уничтожить жизнь на планете.

— Но оружие создавалось всегда, Трейс. Мы не можем вернуться в прошлое и все изменить. — Джиллиан обернулась к нему. Последние блики солнца, падавшие в окно у нее за спиной, окрасились в ярко-розовый цвет. — «Горизонт» должен привести к равновесию, дать людям надежду, что жизнь продолжится, даже если кто-то нажмет на красную кнопку. «Горизонт» — это обещание жизни, а не угроза.

— Кто решает, кому давать сыворотку, Джиллиан?

Она облизала пересохшие губы.

— Я не понимаю, о чем ты.

— Вы планируете делать прививки всем жителям планеты? Это непрактично, да и вообще невыполнимо. Возможно, стоит ограничиться странами, входящими в ООН. А еще лучше теми странами, чьи политические взгляды совпадают с нашими. Станем мы давать лекарство старым и неизлечимо больным людям? Наверняка это будет стоить огромных денег. И кто будет платить? Налогоплательщики? Захотят ли налогоплательщики оплатить вакцинацию преступников? Станем ли мы прививать всех убийц или только некоторых из них?

— Все должно быть совсем не так.

— Не должно, но обычно так всегда и происходит, не так ли? Мир несовершенен, док. И никогда таковым не станет.

Джиллиан хотелось верить в обратное, но она уже сама давно билась над этими вопросами, пытаясь справиться с сомнениями.

— Мой отец большую часть жизни посвятил «Горизонту», а брат может лишиться жизни из-за этого проекта. И о чем ты меня просишь?

— Я ни о чем тебя не прошу, я просто рассуждаю.

Джиллиан направилась к нему, понимая, что он попытается отдалиться, как бы она ни старалась сократить расстояние между ними.

— Что тебя так разочаровало, Трейс? Что заставило тебя перестать верить в то, что твое дело действительно приносит пользу людям?

— Потому что так и есть. Возможно, когда-то, где-то, но на самом деле моя работа ничего не стоит. — Он потянулся за новой сигаретой, но подумал и отложил пачку. — Я не стыжусь своих поступков, но и не горжусь ими. Я просто устал.

Джиллиан села напротив, ощущая, как вдруг нахлынули сомнения в ценности ее собственных взглядов и достижений.

— Я ученый, Трейс, а не политик. Что касается проекта «Горизонт», то я мало что знала. Отец не привык делиться со мной своими надеждами и планами. Но я точно знаю, что он верил в то, что его работа принесет людям настоящую пользу. Возможно, даст им мир и покой, о котором мы так много говорим, но ничего не делаем, чтобы сохранить его.

— Эта сыворотка не принесет вам покой, док.

— Да, возможно, это так. Некоторые из вопросов, которые мучили тебя, я тоже себе задавала, но не слишком преуспела в ответах. Возможно, в моей жизни не происходило ничего такого, что заставило бы меня разочароваться во всем. — Джиллиан закрыла глаза, потому что теперь ей все казалось неясным и запутанным, особенно ее собственная жизнь. — Я мало знаю о том, что происходило с тобой, чтобы суметь понять. Я вынуждена принимать на веру все, что ты говоришь. И я надеюсь, что в будущем ты сумеешь взглянуть на вещи иначе. Если ты устал, если ты недоволен своей жизнью, то, возможно, все дело в том, что живущий в твоей душе мечтатель гораздо сильнее, чем ты готов признать. Ты не можешь изменить мир, да и никто не может, но мы можем сделать его хоть чуточку лучше.

Ей хотелось протянуть ему руку, но она сдержалась, понимая, что небольшое отступление даст ей закончить этот разговор как надо.

— Последние несколько дней вместе с тобой имели для меня большое значение.

Трейсу хотелось верить ей. Но он слишком хорошо знал, что желание приносит боль.

— Ты снова идеализируешь, док.

— Нет, я честна, насколько умею. И стараюсь следовать логике, насколько позволяет ситуация. Ты изменил мой привычный образ мыслей, мои чувства, мое привычное поведение. — Джиллиан сжала губы. Догадывался ли он, насколько сложно ей было сейчас изливать перед ним душу? Она откашлялась, убеждая себя, что это и не важно. Она собиралась дойти до конца. — Раньше я никогда не вешалась на мужчину.

— А ты именно это и делаешь? — Трейс достал сигарету, но лишь покрутил ее между пальцами. Он хотел вести себя легко и непринужденно, забавляясь этим разговором, но тело сжала странная боль.

— Это очевидно всем, кроме тебя. — Ей пришлось встать и снова начать беспорядочное движение по комнате. Почему ей всегда приходится вымаливать любовь, вступать в переговоры о чувствах? — Я не требовала от тебя обязательств. — Хотя ей этого хотелось. — Я не просила о залоге любви и верности. — Но если бы он попросил ее об этом, она с радостью бы согласилась. — Я лишь просила быть честным, чтобы...

— Переспать с тобой? — Сигарета сломалась в его руке, и Трейс нервно швырнул обломки в пепельницу. — Я уже объяснил, почему это невозможно.

— Ты наговорил кучу глупостей о том, какие мы разные. Я не хочу, чтобы ты был моим двойником. — Она торопливо перевела дух, пытаясь успокоиться. — Я хочу, чтобы ты стал моим любовником.

Желание, охватившее его, стало таким сильным, что ему пришлось сделать над собой усилие, чтобы с притворно равнодушным видом неторопливо приблизиться к ней. Он все сделал бы быстро, пообещал себе Трейс, он все сделал бы жестко и спас бы их обоих.

— Быстрая, горячая схватка в постели без каких-либо условий? Приятный секс без красивых слов?

Джиллиан покраснела, но спокойно выдержала его взгляд.

— Я и не ожидала от тебя красивых слов.

— Отлично, потому что у меня их нет. — Он запустил пальцы в вырез ее блузки и притянул ее к себе. Джиллиан дрожала. Прекрасно. Ее страх сильно упростит дело. — Что-то ты не в ладах с собой, док. Одноразовое ночное приключение вовсе не в твоем стиле.

Джиллиан изо всех сил сдерживалась, чтобы не отшатнуться от него.

— А какая разница? Ты говорил, что хочешь меня.

— Да, и, возможно, я бы воспользовался ситуацией и показал бы тебе небо в алмазах. Но, милая, ты же сущее дитя. Если я когда-нибудь задумаюсь о милом домике в сельской местности, то обязательно тебе позвоню. А пока ты просто не в моем вкусе.

Как он и ожидал, это была увесистая пощечина. Джиллиан отшатнулась и стремительно направилась в свою комнату. Взявшись за дверную ручку, она услышала, как он наполняет стакан.

Всю свою жизнь, думала Джиллиан, охваченная внезапной яростью, она безропотно принимала подобную незатейливую критику. Постепенно она просто привыкла к ней. Но теперь она стала взрослой женщиной. Джиллиан распрямила плечи. «Я сама себе хозяйка», — зло подумала она и снова направилась к двери. Настало время перестать тушеваться или убегать и рискнуть, чтобы добиться своего.

Трейс отхлебнул теплое виски и приготовился к очередному спору. Он предпочел, чтобы Джиллиан, хлопнув дверью, удалилась в свою комнату, но, похоже, она сдаваться не собиралась. Но если ей так надо, он разрешит ей выпустить пар. Трейс поднял стакан и едва не подавился виски.

— Что, черт подери, ты делаешь?

Джиллиан спокойно расстегивала блузку.

— Доказываю, что ты не прав.

— Прекрати.

Блузка соскользнула на пол, и Джиллиан медленно потянулась к застежке на брюках.

— Черт возьми, Джиллиан, надень рубашку и убирайся отсюда.

Она переступила через брюки.

— Волнуешься?

На ней оказалась короткая ночная сорочка, без кружева и оборок. Длинные стройные ноги отливали молочной белизной. Несмотря на виски, у него вдруг ужасно пересохло в горле.

— Я не в настроении терпеть твои фокусы. — Он дрожащими руками потянулся за сигаретой.

— Ты определенно волнуешься. — Джиллиан откинула назад густую копну волос. Бретелька сорочки лениво соскользнула с ее плеча, когда она медленно двинулась к нему.

— Ты совершаешь ошибку.

— Скорее всего. — Она встала прямо перед ним, и последний луч дневного света озарил ее волосы и лицо. — Но это будет моя ошибка, не так ли?

Он никогда не видел в своей жизни что-то более прекрасное. Он никого и ничего не желал так неистово. И он был уверен, что ничего так сильно не боялся, как этой хрупкой восхитительной полуобнаженной женщины с глазами цвета нефрита и волосами, подобными бушующему пламени.

— Я не собираюсь к тебе прикасаться. — Он осушил свой стакан.

Его рука дрожала. И это утвердило ее в своих силах.

— Хорошо, тогда я прикоснусь к тебе.

У нее не было инструкции или стандартной формулы, которую она уже опробовала. Конечно, у нее был опыт общения с мужчинами, но работа, отнимающая много времени и сил, а также строгое воспитание этому общению не благоприятствовали. Но сейчас она вдруг почувствовала, что в этой ситуации ей не помог бы опыт предыдущих встреч с мужчинами. Сейчас все было по-другому. И вот, полагаясь на интуицию и собственное желание, она подошла ближе.

Ее прикосновения казались более уверенными и спокойными, чем у него, когда она провела кончиками пальцев по его груди. Глядя прямо ему в глаза, она наслаждалась ощущением его твердых мускулов, лаская его плечи. Ей пришлось привстать на цыпочки, чтобы дотянуться до его губ. Ее нежные губы, словно уговаривая, осторожно прижались к его губам. Прильнув к нему, она ощутила, как сильно бьется его сердце.

Все его тело подобралось, словно в ожидании удара. Он потянулся к ней, но огромным усилием воли заставил себя остановиться и вместо этого ухватился за комод, стоявший у него за спиной. Он думал, что изучил ее достаточно хорошо и, проявляя невнимание, оскорбит ее и заставит отказаться от своей затеи. Таким образом он обезопасит ее от себя. Но он не учел того, что она понимала его гораздо лучше, чем он ее.

Нежно касаясь губами его губ, она осторожно расстегивала его рубашку, чтобы свободно касаться его тела. Ее сердце бешено колотилось, глаза застилал туман, и с губ слетали нежные слова ободрения. Опытная соблазнительница не могла бы поступить лучше.

— Я хочу тебя, Трейс. — Ее губы осторожно скользнули по его щеке вниз, к шее. — Я желала тебя с первой нашей встречи. Я пыталась справиться с собой. — Она прерывисто вздохнула, обняв его за талию, а затем провела кончиками пальцев по его спине. — Займись со мной любовью.

Он положил руки ей на плечи, прежде чем она успела снова поцеловать его. Он понимал, что если сейчас прильнет к ее губам, то обратного пути уже не будет.

— Это не игра, в которой ты можешь победить. — Его голос звучал хрипло. — Отступи, Джиллиан, пока еще не слишком поздно.

В комнате было темно. Луна еще не взошла. Он видел лишь ее сверкающие от страсти глаза.

— Ты сказал, что веришь в судьбу. Разве ты не узнаешь меня, Трейс? Я твоя.

Вероятно, именно этого он больше всего и боялся. Она была неотвратима, как сама судьба, неуловима, словно мечта. И сейчас она обволакивала его, словно обещание.

— Тогда я твой. Да поможет тебе Бог.

И он приник к ее губам, отпустив на волю так долго сдерживаемый, неутоленный, неистовый огонь страсти. Он хотел спасти ее и себя. Но теперь он полностью отдался во власть судьбы и удачи. Он разом забыл обо всех обещаниях, которыми пытался связать себя. Он коснется ее, он насладится ею. И ночь возьмет свое.

Он позволил себе лихорадочно ласкать ее тело. Тонкая ткань ее сорочки скользила под его жадными прикосновениями. Еще больший соблазн. Сорочка медленно ползла вверх, постепенно обнажая ее бедро под его пытливыми руками, и это возбуждало их обоих. Ее кожа была подобна сливкам, прохладная, белоснежная, мягкая. Очарованный, он опустил руку под сорочку и ощутил жар ее тела. Откликаясь на его движения, она вцепилась пальцами в его спину. Прижимая ее к себе, он ласкал ее, пока у нее не начали подгибаться колени, и тогда он подхватил ее на руки.

— Это только начало, — произнес он, укладывая ее на кровать. — Сегодня я собираюсь воплотить все, что я представлял, когда впервые увидел тебя. — Ее волосы огненным веером раскинулись по белоснежному покрывалу. В комнату проникли первые бледные лучи лунного света и легкий ночной ветерок, принесший с собой легкий аромат моря.

— Я могу показать тебе места, где ты никогда не бывала раньше. И если ты не побываешь там, то потом непременно станешь жалеть.

Она верила ему. Возбужденная, испуганная, она протянула к нему руки.

— Покажи мне.

Ее никто и никогда так не целовал. Он уже продемонстрировал ей свою страстность, волю, сдержанность. Но теперь сдержанность исчезла, уступив место поразительному искусству поцелуев. Его язык дразнил и мучил, легкие покусывания возбуждали и провоцировали. Сама того не осознавая, она самозабвенно отвечала на его ласки. Сходя с ума от неведомого по своей силе желания, она все тянула и тянула его к себе.

И тогда он принялся гладить ее.

У него были руки музыканта, и он прекрасно знал, как затронуть самые сокровенные струны женщины. Кончики пальцев слегка касались, надавливали, замирали, пока она не начала задыхаться. Ее шепот был тихим, затем зазвучал настойчивее, а под конец сделался неистовым. Она тянулась к нему, обнимала его, требовала с силой, рожденной моментом удовольствия. Она теребила застежку его брюк, готовая принять его в себя, поделиться наслаждением, которое, как ей казалось, уже не может стать сильнее. И вот его пальцы нащупали новый секрет. Ее тело напряглось, задрожало, а затем расслабилось.

Да, раньше она никогда не бывала в этом месте. Здесь было темно, а воздух казался плотным и сладким. Ее руки налились тяжестью, а голова кружилась. Она ощутила, как его губы, медленно покрывая поцелуями шею, переместились туда, где ткань сорочки прикрывала грудь. Его язык проскользнул под ткань и нашел ее сосок. Она только застонала в ответ.

Он ухватил зубами бретельку сорочки и медленно потянул вниз, в то время как его руки продолжали творить волшебство. Так он желал ее, ослабевшую от удовольствия, обезумевшую от желания. Он мог попробовать ее на вкус везде, где только захотел бы. Эта невероятная сладкая нежность манила его. И хотя ее влажное от пота тело пылало, он ощущал сладость. Он мог бы долгие дни впитывать ее в себя.

Лунный свет сиял ярче, а страсть пылала темным огнем.

Он все ниже и ниже стягивал тонкую ткань, покрывая поцелуями ее кожу. Он мог заставить ее дрожать. И у него это получалось. Он мог заставить ее стонать. И она стонала. Он заставлял ее вздыхать в тихом восторге, бормотать слова одобрения, а затем моментально возвращал к отчаянию, граничащему с безумством.

Джиллиан протянула к нему руки. Они слились в объятиях, охваченные желанием, которое вот-вот должно было получить удовлетворение. Она снова пыталась раздеть его, и на этот раз он не стал сопротивляться. Она двигалась с лихорадочной быстротой. А когда они оба окончательно избавились от одежды, его движения стали еще стремительнее.

Когда он вошел в нее, она издала сдавленный крик. Обезумев, она схватила его за волосы и, притянув к себе его голову, впилась жадным поцелуем в его губы. Его движения были жесткими и быстрыми, но она без труда смогла подстроиться под его ритм. И ей казалось, что даже их сердца стали биться в унисон. Она почувствовала, как, целуя ее, он шепчет ее имя, ощутила, как сбилось его дыхание, когда глубокое чувство слилось воедино со страстью. Она широко раскрыла глаза и увидела перед собой его сверкающий от неистового желания взгляд.

А затем он зарылся лицом в ее волосы, и они растворились друг в друге.

Глава 8

Несомненно, он совершил ошибку, оставшись с ней. Спал вместе с ней в одной постели. Проснулся рядом с ней утром. Еще ночью, когда они лежали, обнявшись, Трейс знал, что ему придется за это заплатить. Человек всегда расплачивается за свои ошибки.

Но все дело в том, что это было потрясающе хорошо.

Во сне она была такой же теплой, мягкой и податливой, как и в страсти. Ее голова уютно примостилась на его плече, словно всегда там и лежала. Ее рука, упавшая ему на грудь, покоилась на его сердце, словно она заявляла, что теперь он принадлежит ей. И в этот ранний утренний час ему хотелось, чтобы это оказалось правдой, хотя он и понимал, что ни к чему хорошему это не приведет.

Но самым странным оказалось то, что желание не исчезло. Он по-прежнему хотел, жаждал ее, так же остро, как и в прошлый вечер, когда она впервые коснулась его.

Ему хотелось обнять ее, разбудить неторопливыми ласками и вернуть их обоих в тот мир, полный наслаждений, в котором они пребывали, пока сон не овладел ими. Ему хотелось ласково поглаживать ее волосы и растворяться в тихом удовольствии утренней дремы рядом с ней.

Но он не мог себе этого позволить. И хотя Трейс никогда не считал себя благородным, он думал о ней. Он всегда выполнял свою работу и делал то, что считал нужным. Он жил так же напряженно, как и работал, и ни к кому не был привязан. В Джиллиан он увидел женщину, для которой на первом месте стояли домашний очаг и семья. Он не сомневался, что она профессионал в своем деле, что она обожает свою работу, но глубоко в ее душе скрывались аккуратные белые заборчики, лужайки и цветники. Человек, никогда не имевший дома и не собиравшийся его заводить, мог лишь осложнить жизнь женщины, которая скоро захочет свить собственное гнездышко.

Но она так уютно прикорнула рядом с ним.

Он отстранился более резко, чем хотел. Джиллиан заворочалась и что-то пробормотала, а он встал и натянул свои широкие шорты. Трейс не обернулся, зная, что Джиллиан проснулась и наблюдает за ним.

— Поспи еще немного, — сказал он. — А у меня есть кое-какие дела.

Усевшись на постели, Джиллиан завернулась в простыню. Она была почти полностью обнажена, по крайней мере, ей так казалось. Возможно, ей приснилось, что он ласкал ее волосы.

— Я пойду с тобой.

— Благовоспитанным леди не место там, куда я собираюсь.

Странно, как быстро возвращается отчуждение. Она лежала в постели, полусонная, в тепле и безопасности. А теперь ей снова холодно и одиноко. Ее пальцы сжали простыню, но голос прозвучал на удивление спокойно:

— Мне казалось, мы собирались работать вместе.

— Когда необходимо, милая.

Она скомкала простыню в кулаке.

— Кому необходимо?

— Мне. — Он вытащил сигарету, а затем обернулся к ней. Все оказалось точно так, как он и предполагал. Сейчас она была еще прекраснее, чем прежде, со своей мраморной кожей, копной спутанных волос и потемневшими после сна глазами. — Ты бы мне помешала.

— Очевидно, это уже произошло.

Она поборола чувство неловкости и, откинув простыню, принялась собирать разбросанную по комнате одежду. Держа ее перед собой, Джиллиан замерла, глядя ему в глаза. Она непременно выскажет все, что должна сказать, решила она. В прошлом она слишком часто принимала унижения, опустив голову. Больше это не повторится.

— Я не знаю, чего ты еще боишься, О'Харли, кроме самого себя и своих чувств, но не стоит так себя вести.

— Я веду себя вполне естественно. — Он затянулся сигаретой. Дым оказался горьким, как и его мысли. — Слушай, если ты собираешься заказывать завтрак, закажи для меня кофе. Я пока пойду приму душ.

— Хорошо, ты можешь жалеть о том, что произошло. Это твое право. — Она не заплачет. Она пообещала себе. — Но нет ничего хорошего в твоем жестоком поведении. Неужели ты думал, что я жду от тебя заверений в вечной любви? Неужели вообразил, что я жду, когда ты упадешь на колени и признаешься, что я изменила твою жизнь? Я вовсе не дура, какой ты меня считаешь.

— Я никогда не считал тебя дурой.

— Отлично, потому что это не так. — Джиллиан обнаружила, что давать сдачи невероятно приятно. — Я не ожидала от тебя ничего подобного. Но я и не ожидала, что ты станешь относиться ко мне так, будто купил меня и имеешь право выбросить утром, как ненужную вещь. Этого я от тебя не ожидала, Трейс. Хотя, видимо, следовало.

Джиллиан быстро вошла в свою комнату, отшвырнула в сторону смятую одежду и направилась в душ. Она не станет рыдать из-за него. Нет, он не достоин ни одной ее слезинки. Включив горячую воду, она встала под душ. Сейчас она лишь хотела снова согреться, смыть с себя его запах, избавиться от его вкуса на своих губах. И тогда она почувствует себя значительно лучше.

«Я вовсе не дура», — сказала себе Джиллиан. Она всего лишь женщина, которая допустила ошибку и теперь вынуждена за нее расплачиваться. Она взрослый человек, который сам принимает решения и полностью отвечает за их последствия.

И все-таки она полная дура. Джиллиан закрыла лицо ладонями, подставив голову под струи обжигающей воды. Черт бы побрал их обоих. Только полная дура могла влюбиться в человека, который никогда не ответит ей взаимностью.

Шторка резко раскрылась, и Джиллиан вскинула голову. Она повернулась и смерила Трейса холодным, безразличным взглядом. Ее обида его не касается, решила она. И она ни за что не покажет, что ей больно.

— Я сейчас занята.

— Давай кое-что проясним. Если утром я не распинался перед тобой, как последний идиот, не означает, что я отношусь к тебе, как к уличной девке.

Джиллиан схватила мыло и принялась намыливать плечо. Итак, он разозлился. Злость и обида слышались в его голосе и омрачали взгляд. И это было приятно.

— Мне кажется, что лучше вообще не обращать внимания на то, что ты там думаешь. Меня не интересуют твои жалкие отговорки, О'Харли, и ты разливаешь воду по полу. — Она резко задернула шторку. Но не успела она опомниться, как он рванул шторку обратно.

И хотя его глаза сверкали от гнева, голос прозвучал ласково и спокойно:

— Не смей закрывать передо мной дверь.

Она пыталась понять, почему ей ужасно хотелось сейчас расхохотаться.

— Я закрываю не дверь, а шторку в душе. Конечно, я предпочла бы закрыть дверь, но придется ограничиться тем, что есть. — И она снова задернула шторку.

Трейс одним сердитым рывком сорвал ее с петель. Джиллиан отбросила назад мокрые волосы.

— Ну что ж, это был впечатляющий жест. Если ты закончил срывать свою злобу на неодушевленных предметах, то можешь идти.

Трейс отшвырнул шторку.

— Какого черта тебе надо?

— В данный момент я хочу спокойно вымыть волосы. — Она специально подставила голову под струю воды.

Но, несмотря на свою решимость, она не сдержалась и завизжала, когда он оттолкнул ее в сторону. Теперь он стоял под душем рядом с ней, мокрые шорты прилипли к его ногам. Потоки воды лились на них и хлестали на кафельный пол.

— У меня нет времени на оправдания. У меня есть работа, поэтому мы все должны прояснить, чтобы я мог сосредоточиться на делах.

— Прекрасно. Внесем ясность. — Она запихнула мыло в мыльницу. — Ты хочешь оправдания? Считай, что ты его получил.

— Мне не в чем себя винить. — Он приблизился к ней, и струи воды забарабанили по его груди. — Ты сама на меня накинулась.

Джиллиан отбросила волосы с лица. Горячий, влажный пар постепенно заполнял комнату.

— Да, я это сделала. Ты дрался, как тигр, но я победила. — Она уперлась рукой ему в грудь. — Лучше выметайся отсюда, О'Харли, пока я снова на тебя не набросилась.

— Ты хитрая, маленькая... — Он начал наступление, как вдруг задохнулся от удара, который она нанесла ему со всей силы в живот.

Вода по-прежнему лилась на них горячими потоками, а они уставились друг на друга в одинаковом изумлении. Неожиданно Джиллиан громко расхохоталась и закрыла рот ладонью.

— Что здесь смешного?

— Ничего. — Она с трудом сдерживала смех. — Ничего, если не считать, что ты выглядишь сущим болваном, а я чувствую себя точно так же. — Она со смехом подставила лицо под струи воды. — Лучше убирайся, О'Харли, пока я не разозлилась по-настоящему.

Трейс приложил ладонь к животу, удивляясь, как умудрился пропустить удар. Он слишком отвлекся. И затем, поскольку гнев исчез, он снова положил ей ладонь на плечо.

— А ты крута, док.

Возможно, всему виной было ее воображение или желание услышать похвалу, но ей вдруг показалось, что он говорит не только о ее ударе.

— Спасибо.

— Ты включила слишком горячую воду.

— Мне хотелось чего-нибудь погорячее.

— Угу. — Он коснулся ее щеки, проведя пальцем по легкой россыпи веснушек. Она подумала, догадался ли он сам, что сейчас извиняется перед ней.

— Может, я потру тебе спинку?

— Нет.

Он обнял ее.

— Тогда ты потри мою.

— Трейс. — Она подняла ладони вверх, словно защищаясь. — Это не ответ.

— Мне больше ничего не пришло в голову. — Он наклонил голову и ласково коснулся губами ее губ. — Я хочу тебя. Разве не это ты хотела услышать?

Если бы все было так просто. Если бы только она так не переживала. Джиллиан вздохнула и прижалась к его щеке.

— Прошлая ночь была особенной. Я могу понять, что это ничего не значило для тебя, но я не могу заходить дальше, потому что для меня это многое значило.

Он немного помолчал, понимая, что для них обоих будет гораздо лучше, если он обойдется без слов, хотя и знал, что эти слова необходимо произнести.

— Для меня эта ночь тоже много значила, Джиллиан. — Он обхватил ее лицо ладонями и посмотрел ей прямо в глаза. — Слишком много.

Ее сердце замерло.

— И это все осложняет для тебя.

— Осложняет для меня, а для тебя вообще делает невозможным. — Он собрался опустить руки, но она удержала его. — Я не нужен тебе.

— Вовсе нет. — Она улыбнулась, пристраивая его руки у себя на талии. — Шоколадный торт мне тоже не нужен, но я никогда не в силах перед ним устоять.

Трейс не был уверен, правильно ли поступил, взяв с собой Джиллиан в трущобы, но сумел убедить себя, что это необходимо. Будет лучше, если она собственными глазами увидит, как низко ему приходится опускаться в своей работе и с какими людьми часто приходится иметь дело. То, что произошло между ними сегодня утром, не изменило его мнения насчет бессмысленности их отношений, но заставило осознать, что между ними установилась тесная связь, нравится ему это или нет. Поэтому теперь он должен сделать все от него зависящее, чтобы Джиллиан ясно поняла, во что ввязывается.

И вот он повел ее окольными путями, пока от них не отстали шпионы Кендесы и агент, которого Эддисон приставил к нему. Появления шпионов он не только ожидал, но и смирился с их появлением, как с непременными правилами игры. А исчезновение агента МСБ наталкивало на мысль, что, возможно, МСБ или же сам Эддисон решили предоставить ему полную свободу действий. И он должен был ее принять.

Убедившись, что сумел обставить противников, Трейс на всякий случай сделал дополнительный круг, а затем устремился в грязные лабиринты лачуг, заполонивших трущобы.

Трейс собирался идти пешком и потому спрятал один пистолет под пиджак, а другой пристегнул к ноге вместе со складным ножом. И хотя он недолго задерживался здесь, Трейс отлично знал дорогу, так же как и дорогу через многие другие трущобы и гетто.

По узким улочкам и переулкам без дела слонялось множество народу. Но к ним никто не приближался. Трейс не был похож на туриста, который заблудился, или на искателя приключений, который забрел сюда, чтобы сфотографировать другую жизнь Касабланки.

Здесь стояло зловоние. Джиллиан не произнесла ни слова, следуя за Трейсом. Она пыталась понять, ощущает ли он этот ужасный запах. И это был не просто запах пота, животных и гнили. Над всем здесь витал тяжелый дух злобы и ненависти. Она видела нищету в Ирландии, сталкивалась с бездомными и бедняками в Нью-Йорке, но никогда ей не приходилось встречать такое запустение, грязь и нужду.

Здесь бросались в глаза следы свежей крови. Здесь болезни терпеливо дожидались момента, чтобы схватить за горло свою жертву. И здесь повсюду была смерть, которую гораздо легче постигнуть, чем жизнь. Она видела, как мужчины провожают ее жестокими черными глазами. Женщины не снимали с головы платков.

Трейс приблизился к одной из лачуг. Другое слово здесь и подобрать было нельзя, хотя в домике были окна и даже небольшое подобие дворика. Костлявый пес оскалил зубы, но отступил, когда Трейс, не удостоив его взглядом, продолжил двигаться вперед. Во дворе на куче земли виднелись овощные грядки. Кто-то пропалывал их, и ряды выглядели ровными и аккуратными.

Трейс постучал в дверь, а затем окинул пристальным взглядом улицу. За ними по-прежнему следили, этого и стоило ожидать, но то, что происходило в трущобах, там же и оставалось. Кендеса никогда не узнает о визите Трейса, пока Трейс сам все не подстроит.

Дверь открыла маленькая женщина в черном платье и платке. В ее глазах мелькнул страх, когда она взглянула на Трейса.

— Доброе утро. Я пришел поговорить с вашим мужем. — Его арабский оказался вполне сносным.

Джиллиан увидела, как забегали глаза женщины, прежде чем та наконец решилась распахнуть дверь.

— Будьте любезны, присядьте.

Какое бы запустение и грязь ни царили снаружи, внутри лачуга блестела чистотой. Полы и стены были чисто вымыты и еще хранили запах мыла. На немногочисленной мебели — ни пылинки. В центре комнаты на полу сидел маленький мальчик в подгузнике из пеленки. Он улыбнулся Трейсу и Джиллиан и принялся колотить по полу деревянной ложкой.

— Я позову мужа. — Женщина подхватила ребенка и поспешно вышла через заднюю дверь.

Джиллиан подняла с пола деревянную ложку.

— Почему она боится тебя?

— Потому что она умнее тебя. Присаживайтесь, док, и напустите на себя скучающий вид. Это не займет много времени.

Держа в руке ложку, Джиллиан уселась на шаткий стул.

— Почему мы здесь? Зачем пришли в это место?

— Потому что у Бакира кое-что есть для меня. И я пришел забрать это у него. — Трейс опустил руку в карман, когда дверь приоткрылась. Он вытащил руку, увидев, что человек пришел один.

Бакир своим стройным телосложением и пронырливым выражением узкого лица напоминал ласку. У него были маленькие черные глазки. Улыбаясь, он обнажал белоснежные острые зубы. Он был одет в серый халат, который когда-то, вероятно, был таким же незапятнанным, как и эта комната. Теперь его края почернели. На рукаве красовались два свежих пятна от жира. Джиллиан ощутила внезапное и неконтролируемое отвращение.

— А, старый друг. Я не ждал тебя сегодня.

— Иногда неожиданность предпочтительнее.

И хотя они говорили по-английски и Трейс не изображал акцент, Джиллиан промолчала. Она сильно жалела, что пришла сюда. С появлением Бакира эта лачуга уже не казалась ей чистым и безопасным местом.

— Ты торопишься завершить нашу сделку?

— Товар у тебя, Бакир? У меня еще полно дел.

— Конечно, конечно, ты ведь занятой человек. — Он бросил взгляд на Джиллиан и, улыбнувшись, сказал что-то по-арабски.

Взгляд Трейса сделался холодным и жестким. Он что-то пробормотал в ответ, но этого оказалось достаточно, чтобы Бакир побледнел и отвесил почтительный поклон. Он отодвинул стол, под которым скрывался широкий люк.

— Помоги мне, пожалуйста.

Трейс склонился над люком. Вдвоем с Бакиром они вытащили длинный деревянный ящик. В полной тишине Бакир достал лом и сорвал крышку с ящика. Джиллиан застыла, когда Трейс вытащил первую винтовку.

Черная винтовка блестела от масла. По той непринужденной легкости, с которой он осматривал оружие, Джиллиан поняла, что Трейс не в первый раз пользуется им. Он открыл магазин и с видом человека, разбирающегося в оружии, внимательно осмотрел его.

— Почти как новая, — заметил Бакир.

Пропустив мимо ушей его замечание, Трейс положил винтовку обратно и вытащил другую. Он внимательно осмотрел этот экземпляр, а затем и все остальное содержимое ящика. Каждый раз, когда он доставал новый образец, у Джиллиан замирало сердце.

Он так естественно выглядел с оружием в руках! Это все те же руки, что обнимали, ласкали и возбуждали ее еще совсем недавно. Перед ней был все тот же человек. И все же, глядя на него сейчас, она не могла понять, как он мог так измениться в этой лачуге, склонившись над ящиком с оружием.

Убедившись, что оружие и боеприпасы в полном порядке, Трейс кивнул.

— Этот товар надо переправить в Сефру. Вот по этому адресу. — Он передал Бакиру листок бумаги. — Завтра.

Трейс вытащил из кармана пухлый конверт с деньгами от МСБ. Он представил, что сказал бы Эддисон, узнав, как Трейс распорядился этими средствами. Конверт исчез в складках халата Бакира.

— Как тебе будет угодно. Думаю, тебе будет интересно, что кое-кто предложил хорошую награду за информацию об Иль Гатто.

— Организуй отправку товара, Бакир, и не забывай о том, что может произойти с тем, кто имеет дело с Иль Гатто.

Бакир улыбнулся в ответ:

— У меня отличная память.

— Я ничего не понимаю. — Джиллиан старалась держаться рядом с ним, когда они двинулись обратно по узкой улочке. — Откуда у тебя эти деньги?

— От налогоплательщиков. — Он внимательно поглядывал по сторонам. — Теперь эту операцию финансирует МСБ.

— Но ведь ты заплатил ему за это оружие. Я думала, капитан Эддисон организует поставку другого оружия.

— Так и есть. — Трейс схватил ее за руку, увлекая за угол.

— Ну, так если Эддисон пришлет другую партию оружия, которое ты продемонстрируешь Хусаду, зачем ты купил оружие у этого человека?

— В запас. Если все пойдет не так, как задумал Эддисон, я не смогу вытащить твоего брата при помощи одного пистолета и очаровательной улыбки.

Джиллиан почувствовала, как у нее все сжалось внутри от волнения.

— Понимаю. Тогда это все для тебя.

— Правильно, милая. Не останавливайся, — произнес он, когда она заколебалась. — Здесь не место для разглядывания витрин.

— Трейс, но чем тебе поможет это оружие, ты ведь совсем один?

— Но разве ты не для этого наняла меня?

— Да. — Она поджала губы, пытаясь подстроиться под его шаг. — Да, но...

— Какие-то задние мысли?

Ее мучило нечто большее, чем задние мысли. Но как она могла объяснить ему, что последние несколько дней все изменили? Как она могла объяснить ему, что теперь он был для нее так же важен, как мужчина и девочка, которых она так отчаянно хотела спасти? Он бы только посмеялся над ее беспокойством, а возможно, что еще хуже, разозлился бы на нее.

— Я уже и не знаю, о чем думать, — пробормотала она. — Чем дальше, тем нереальнее становится эта история. Когда все только начиналось, мне казалось, я точно знаю, что необходимо сделать. А теперь я ни в чем не уверена.

— Тогда позволь мне самому все обдумать.

Перед ними, нетвердо стоя на ногах, возник мужчина в грязном белом халате. Он указал на Джиллиан и что-то неразборчиво пробормотал пьяным голосом, и Трейс неожиданно выхватил складной нож. Джиллиан увидела, как блеснуло лезвие ножа в ярких солнечных лучах, а Трейс тихо произнес угрозу. Все еще улыбаясь, мужчина поднял руки и заковылял прочь.

— Не оглядывайся, — приказал Трейс, подталкивая Джиллиан вперед.

— Он хотел денег?

Он не мог поверить, что она была настолько наивна. «Она слишком хороша для меня», — подумал Трейс.

— Для начала, — просто сказал он.

— Это ужасное место.

— Есть гораздо хуже.

Джиллиан снова взглянула на него, чувствуя, что понемногу начинает успокаиваться.

— Ты знаешь, как вести себя здесь, как разговаривать, но это не делает тебя похожим на человека из той лачуги.

— Мы оба зарабатываем на жизнь.

Они обошли стены и углубились в район дорогих магазинов.

— Знаешь, мне кажется, ты хотел бы, чтобы я поверила, будто вы с ним похожи. Так было бы удобнее для тебя.

— Возможно. Мы выпьем кофе и погуляем здесь, чтобы нас снова выследили наши друзья.

— Трейс... — Хотя ей было стыдно, но вдали от грязных и опасных трущоб Джиллиан почувствовала себя в безопасности. — Все дело во мне или ты бросаешься на каждого, кто подходит слишком близко?

Он не знал, что ответить. А что еще хуже, он сомневался, что сможет позволить копаться в своей душе в поисках ответа.

— Мне кажется, прошлой ночью мы были очень близки.

Джиллиан спокойно выдержала его взгляд, ее глаза были чисты и безмятежны.

— Да, а ты до сих пор не вспоминал об этом.

— У меня слишком много всего на уме, док. — Он вошел в маленькое кафе и устроился в кресле. После недолгого колебания Джиллиан присоединилась к нему.

— Как и у меня. Гораздо больше, чем я предполагала. — Трейс заказал кофе, а Джиллиан, наблюдая за ним, надеялась, что скоро она сможет вернуться в свой номер, задвинуть шторы, закрыть глаза и хоть ненадолго забыть об утренних событиях. — У меня есть вопрос.

— Милая, я в этом не сомневался.

Джиллиан накрыла его руку своей ладонью, не дав ему прикурить сигарету.

— Тот человек, Бакир, он ведь не знал тебя как Кабо.

— Нет, я использовал его в одной операции несколько лет назад.

— Он агент?

Трейс расхохотался, а потом дождался, когда подадут кофе, прежде чем продолжить рассказ.

— Нет, док, он змеюка подколодная. Но рептилии тоже приносят пользу.

— Он знает, кто ты. Так почему он собирается отправить товар, вместо того чтобы припрятать деньги и просто сообщить Хусаду, кто ты и где тебя найти?

— Потому что прекрасно понимает, что, если Хусаду не удастся меня убить, я вернусь и перережу ему глотку. — Трейс взял свою чашку. Краем глаза он заметил, что шпики Кендесы снова сели им на хвост. — Издержки опасного бизнеса.

Джиллиан взглянула на свой кофе. Он был черный и густой. Она знала, что он поможет ей согреться, но не спешила брать чашку.

— Меня учили уважать жизнь, — тихо сказала она. — Любую жизнь. Я посвятила свою работу тому, чтобы жизнь стала лучше, легче. Я не стану отрицать, что зачастую наука несет с собой разрушение, но все-таки ее основная цель представляет собой защиту людей и жизненного прогресса. Я никогда в своей жизни никому намеренно не причинила вред. И это не потому, что я святая, но я надеюсь, что мне никогда не придется делать подобный выбор.

Джиллиан обхватила ладонями свою чашку, не сводя глаз с Трейса.

— Когда капитан Эддисон спросил меня, что я сделаю, если люди Хусада схватят меня, я сказала правду. В глубине души я знаю, что смогла бы убить. И это меня пугает.

— Но ты ведь не собираешься оказываться в ситуации, где появится возможность это проверить. — Трейс коснулся ее руки, потому что, как бы он ни старался, не мог удержаться от утешений.

— Надеюсь, что нет, потому что я знаю, что потом мне всю жизнь придется с этим жить. Думаю, я пытаюсь сказать, что не такие уж мы с тобой и разные.

Трейс отвел взгляд, потому что желание поверить в ее правоту оказалось слишком сильным.

— Не будь столь уверена.

— Я уже в этом не сомневаюсь, — пробормотала она и выпила свой кофе.

Глава 9

Джиллиан убедила себя, что поездка в Сефру еще на шаг приближала ее к Флинну. Теперь он был совсем близко. Она смотрела на незнакомые улицы и горы и почти ощущала его присутствие.

Теперь она почти не оставалась наедине с самой собой, когда могла бы подумать о том, что произошло, о том, что могло бы произойти с ее братом и племянницей. Она боялась опоздать, и этот страх мрачной тайной скрывался в глубине ее души.

Она не плакала по ночам. Ее слезы не помогли бы Флинну. Почти каждую ночь ее мучили кошмары, ужасные, полные ярости и насилия сны. До сих пор ей удавалось просыпаться, не причинив беспокойства Трейсу. И она была рада и этому. Она не хотела, чтобы он узнал о ее слабости, о том, что ее до смерти пугают эти кошмары. Пусть считает ее сильной и смелой, а иначе он может запретить ей участвовать в освобождении Флинна.

Странно, но она очень хорошо научилась понимать его. В тишине гостиничного номера Джиллиан наблюдала, как небольшая спортивная машина промчалась по улице. Это был один из редких моментов, когда она осталась одна и изо всех сил пыталась сосредоточиться на деталях освобождения Флинна. Когда у нее ничего не вышло, Джиллиан принялась размышлять о Трейсе. Что такого особенного в этом человеке, какие секреты таятся в его душе?

Она научилась понимать его, хотя он мало рассказывал о себе. Она много раз представляла, как они встречаются в Нью-Йорке, в обычных обстоятельствах. В ресторане, на концерте, на коктейле. Она знала, что, где бы они ни познакомились, непременно стали бы любовниками, но в других обстоятельствах это произошло бы не так быстро и с большими предосторожностями.

Судьба. До встречи с Трейсом она никогда не задумывалась о своей судьбе. А теперь, подобно ему, она верила, что некоторые вещи предопределены. Они были предназначены друг другу. Она гадала, сколько еще он будет бороться со своими чувствами, которые прорывались наружу, стоило ему лишь коснуться ее. Мужчине, который сознательно закрыл свое сердце на замок, нелегко произнести слова любви. Джиллиан не сомневалась, что причина кроется в его семье.

Джиллиан хорошо знала, что такое скрытные мужчины. Она будет терпеливо ждать, пока он сам не решит раскрыть перед ней душу. А в том, что это произойдет, она не сомневалась.

Она сильно полюбила его. Джиллиан со вздохом облокотилась о подоконник. Всю свою жизнь она мечтала об этом чувстве, от которого бешено колотится сердце, и кружится голова, и мир вокруг наполняется яркими красками. Если честно, она не представляла, что любовь накроет ее во время самого большого испытания в ее жизни. Но как бы там ни было, любовь пришла, большая, смелая и прекрасная.

Джиллиан знала, что придется терпеливо дожидаться того часа, когда она сможет разделить с ним свою любовь. Настанет время, когда она сможет свободно говорить о своих чувствах, смеяться и купаться в счастье разделенной любви. Она не затем всю жизнь ждала любви, чтобы теперь скрывать ее. Но она может подождать.

Однажды, когда Флинн и Кейтлин окажутся в безопасности, когда жестокость, страх, злые козни останутся лишь воспоминанием, они с Трейсом будут вместе. На всю жизнь. Она просто не могла в этом сомневаться. Все произошедшее с ними за последние несколько недель научило ее тому, что за счастье надо бороться, ценить его и беречь.

Да, она согласна подождать и принять свою судьбу.

Но как же она хотела, чтобы он поскорее вернулся! Она терпеть не могла оставаться одна.

Джиллиан понимала, что он занят своей работой. Ни подруга Кабо, ни доктор Джиллиан Фитцпатрик не должны были присутствовать на утренней встрече между Флинном и агентом из МСБ в Восточном Марокко. Агент МСБ увидит, что Андре Кабо получил свою партию оружия, так же как Бакир увидит, что Иль Гатто получил свое оружие.

Ей оставалось лишь ждать, пока ее любимый мужчина, вооружившись до зубов, проникает в гнездо врага.

Волнение нарастало, и Джиллиан пыталась чем-нибудь себя занять. Она уже три раза распаковывала и перекладывала свои вещи. Чемодан Трейса был открыт, но одежда валялась в беспорядке. Он вытащил только то, что ему понадобилось утром. Чтобы хоть как-то убить время, Джиллиан принялась вытряхивать, расправлять и аккуратно складывать обратно его одежду.

Ей неожиданно понравилось это нехитрое занятие. Джиллиан одну за другой расправляла рубашки, пытаясь угадать, где он купил их и как выглядит в каждой из них. Она чувствовала едва уловимый запах его кожи, исходивший от одежды. Его вкус в одежде отличался разнообразием. Здесь было все — от джинсовых вещей до шелка, от дешевой одежды до элегантной одежды английского покроя.

Сколько же мужских образов вмещал в себя этот чемодан, подумала она, аккуратно складывая изношенную тенниску, которая почти до дыр протерлась на плечах. Интересно, останавливался ли он когда-нибудь, чтобы задуматься, кто он такой на самом деле.

А затем под сшитой на заказ рубашкой из шелка она обнаружила флейту, аккуратно завернутую в войлок. Она была отполирована до блеска и производила впечатление старинного инструмента. Джиллиан поднесла ее к губам и подула. Нота вышла чистая и очаровательная, и Джиллиан улыбнулась.

Он родом из семьи, где зарабатывали на жизнь музыкой. И он не смог забыть об этом, как бы ни старался. Джиллиан представила, как он играет на флейте, оказавшись в одиночестве в какой-нибудь незнакомой стране. Возможно, это напоминало о доме, от которого он отказался, и о семье, которую по своей воле не видел уже много лет.

Она прижала пальцы к дырочкам в флейте, затем подняла два пальца вверх, наслаждаясь звуком, который издавала флейта, когда она дула в наконечник. Джиллиан всегда любила музыку, хотя отец считал изучение химии куда более полезным занятием, чем уроки фортепиано, о которых она когда-то мечтала. Она подумала, сможет ли Трейс когда-нибудь научить ее исполнять настоящую мелодию, что-нибудь сентиментальное, напоминающее о ее родной стране.

Джиллиан положила флейту на кровать, но не стала заворачивать ее. В чемодане оказались также книги — Йетс[1], Шоу и Уайльд. Джиллиан взяла один томик и принялась перелистывать знакомые отрывки. Человек, пытавшийся казаться жестким и грубым, вместе с оружием носил томик Йетса. Это противоречие бросилось ей в глаза задолго до того, как она нашла тому подтверждение. И несомненно, она влюбилась в тайну, имя которой — Трейс О'Харли.

Забыв о волнении и страхах, Джиллиан положила книги на тумбочку рядом с кроватью. Она напевала себе под нос, складывая в чемодан последние рубашки. Собравшись застегнуть молнию, она вдруг заметила записную книжку, торчавшую из бокового кармана. Не раздумывая, Джиллиан достала ее и положила на край комода. Спрятав чемодан в шкаф, она осмотрела брюки, чтобы убедиться, что они аккуратно выглажены, а затем направилась к окну. Проходя мимо комода, она задела записную книжку и уронила ее на пол. Слова и ноты привлекли ее внимание, когда Джиллиан наклонилась поднять блокнот.

---

[1] Й е т с Уильям Батлер (1865—1939) — ирландский поэт, драматург.

Солнце восходит, и снова заходит, но я все жду свою мечту.

Ночи слишком долги для одиночества.

Дни мелькают без радости в потоках солнечного света.

А ночи слишком темны, когда ты так далеко от дома.

Она, словно заколдованная, опустилась на кровать и принялась читать. Ее рука коснулась флейты и так на ней и осталась.

Прошло несколько лет с тех пор, как Трейс в последний раз работал с Брейнтцем. Они провернули одно удачное дельце в Шри-Ланке пять-шесть лет назад, а затем, как часто случается с людьми подобной профессии, потеряли друг друга из виду. Внешне Брейнтц сильно изменился: волосы поредели, лицо расширилось, под глазами залегли мешки, которые придавали ему вид ленивого бассета. Он вставил в ухо серьгу с сапфиром и носил халат бедуина.

Они целый час обсуждали ситуацию, и Трейс наконец успокоился. Как бы сильно ни изменился Брейнтц внешне, внутри он по-прежнему оставался тем же хитроумным агентом, с которым они когда-то вместе работали.

— В организации решили не использовать обычный маршрут для перевозки груза. — В резковатом английском Брейнтца чувствовалась сдержанная музыкальность, которая всегда казалась Трейсу забавной. — Груз может выследить другая террористическая группировка, да и особо рьяные таможенные инспекторы могут навредить. Я задействовал свои каналы. Груз доставят на частном самолете на полевой аэродром в нескольких милях к востоку отсюда. Всем, кому надо, уже заплачено.

Трейс кивнул. В полутемном кабинете полупустого ресторана он наслаждался турецкой сигарой Брейнтца. Сквозь ароматный дым сигары до него долетал аромат жареного мяса.

— И как только груз прибудет, я буду действовать согласно инструкциям. Все должно завершиться в течение недели.

— С божью помощью.

— Ты все так же суеверен?

Губы Брейнтца скривились в снисходительной усмешке.

— Все мы держимся за то, что действует. — Брейнтц выпустил три колечка дыма, лениво наблюдая, как они постепенно растворяются в полумраке ресторана. — Лично я не верю в рекомендации и советы, но верю в информацию. Понимаешь?

— Да.

— Тогда я перейду прямо к информации, хотя ты наверняка уже в курсе. Я уже четвертый год связан с террористической организацией в этой маленькой, осажденной врагами части света. Некоторые из этих ребят — религиозные фанатики, другие отягощены непомерными политическими амбициями, а есть такие, кто просто ослеплен гневом. Подобные вещи в сочетании с пренебрежением к человеческой жизни весьма опасны и, в чем мы часто убеждаемся, не поддаются контролю. Именно поэтому, старина, никто из наиболее авторитетных революционных организаций не признают «Хаммер». Религия, политика и гнев не красят даже радикалов, когда они начинают действовать неадекватно. Хусад — безумец, умный и притягательный человек, но тем не менее безумец. Если он раскроет твой обман, то способен уничтожить самым изощренным способом. Но даже если он ничего не заподозрит, он все равно тебя убьет.

Трейс снова затянулся сигарой.

— Ты прав, я уже в курсе. Я собираюсь вытащить ученого и его дочь. А затем я намерен убить Хусада.

— К нашему общему разочарованию, все попытки убрать его провалились.

— Эта не провалится.

Брейнтц развел руками:

— Я полностью в твоем распоряжении.

Трейс кивнул в ответ и встал:

— Я буду на связи.

Трейс понимал, что в ближайшее время все разрешится. И он был этому рад. С самого первого задания в МСБ он смирился с тем, что любая работа на организацию могла стать для него последней. И дело не в том, что ему было наплевать, умрет он или будет жить. Трейс ценил свою жизнь. Он просто хорошо осознавал степень риска и стремился получить за это достойную плату. Но за последние несколько дней жизнь приобрела для него дополнительную ценность.

Трейс не изменил своего мнения насчет своих отношений с Джиллиан, но был вынужден признаться самому себе, что хотел бы проводить с ней больше времени. Он хотел слышать, как она смеется, что случалось очень редко с тех пор, как они познакомились. Он хотел видеть ее спокойной и расслабленной, что происходило лишь изредка. Он хотел, пока еще не желая себе в этом признаваться, чтобы она волновалась о нем и относилась к нему с той же преданностью, как и к своей семье.

Это было глупо. И конечно же неправильно для нее. Но именно этого он хотел.

Он непременно вернет ей брата и девочку, которых она иногда звала во сне. Он сделает то, за чем приехал в Марокко, а затем проведет с ней волшебную ночь. Одну ночь без напряжения, страха, сомнений, которые окружали ее сейчас. Она думала, что он этого не чувствует, но она ошиблась. Трейс хотел, чтобы она обрела покой.

Джиллиан не хотела его жалости, поэтому он скрывал свои чувства. Их страсть ни к чему не обязывала, но для него она была подобно сладкой боли, которую он никогда прежде не испытывал. Эта боль оказалась сродни желанию дать больше, чем его просили, и взять больше, чем ему предлагали. Желание давать обещания и принимать их.

Он не мог этого сделать, но мог подарить ей одну незабываемую ночь, когда ее семья окажется в полной безопасности. И эту ночь она запомнит навсегда.

И ради этой ночи, ради огромного счастья и радости обладания ею, он непременно должен остаться в живых.

Шпионы Кендесы следовали за ним до вестибюля отеля. Но Трейс не беспокоился, понимая, что Кендеса просто соблюдает меры предосторожности. И он прекрасно знал, что о его сегодняшней встрече с Брейнтцем тоже будет доложено Кендесе. Но у Брейнтца на редкость хорошее прикрытие. Трейс стремительно направился в свой номер, предвкушая избавление от удушающего костюма и галстука.

Открыв дверь, он сначала застыл от удивления, а затем пришел в ярость.

Джиллиан взглянула на него мокрыми от слез глазами и радостно улыбнулась:

— Трейс, я так рада, что ты вернулся! Это замечательные песни. Я два раза перечитала их и так и не решила, какая мне понравилась больше всего. Ты должен сыграть их для меня, чтобы я смогла...

— Какого черта ты роешься в моих вещах?

Его тон застал Джиллиан врасплох, и, умолкнув, она смотрела на него, держа открытый блокнот на коленях. Когда он подошел к ней и резко схватил блокнот, Джиллиан в полной мере ощутила силу его гнева. Но она не съежилась и не попыталась скрыться в своей комнате. Просто сидела тихо.

— Не думал я, что ты возомнишь, будто имеешь право копаться в моих личных вещах только потому, что я на тебя работаю и мы вместе спим. Я не разрешал тебе вторгаться в *мое личное пространство*.

Джиллиан сильно побледнела от волнения.

— Прости, — сумела она произнести подчеркнуто спокойным тоном. — Тебя так долго не было, и мне просто надо было себя чем-нибудь занять, поэтому я решила сложить твои вещи. Я уже заканчивала и вдруг случайно наткнулась на флейту и записную книжку.

— И тебе даже в голову не пришло, что в этом блокноте может оказаться что-нибудь личное? —

Он стоял, держа блокнот в руке, чувствуя ужасную неловкость. Эти строки пришли из самой глубины души, и он не собирался ни с кем делиться самым сокровенным.

— Прошу прощения. — На этот раз ее голос прозвучал сухо и натянуто. Она не стала рассказывать ему, как случайно уронила блокнот и увидела стихи, поскольку его интересовал только конечный результат. — Конечно, ты прав. Я не имела права копаться в твоих вещах.

Трейс рассчитывал на спор. Хороший словесный поединок помог бы ему побороть неловкость и справиться со смущением. А ее тихое и спокойное извинение лишь еще больше смутило его, и Трейс почувствовал себя полным болваном. Открыв комод, он швырнул туда блокнот, а затем с силой задвинул ящик.

— В следующий раз, когда станет скучно, лучше почитай книгу.

Чувствуя, как все внутри закипает от гнева, Джиллиан резко встала. Она испытала такое невинное, чистое удовольствие, читая написанные им романтические строки. А теперь ее наказывали за то, что она выведала его самую сокровенную тайну. Но ведь это его тайна, напомнила она себе, прежде чем успела обрушить на него свой гнев. Это его душа, а она вторглась куда не следовало.

— Я еще раз повторяю, что мне очень жаль, я не права и обещаю, что подобное больше не повторится.

Нет, она не собиралась с ним спорить, понял Трейс, аккуратно заворачивая флейту в войлок. В ее глазах застыли обида и боль, обида на его незаслуженную жесткость из-за ее невинного поступка.

— Забудь об этом. — Он положил флейту в ящик рядом с блокнотом и закрыл его. — Встреча с Брейнтцем прошла по плану. Оружие уже здесь. Думаю, Кендеса свяжется со мной уже завтра или на худой конец послезавтра.

— Понятно. — Она огляделась, желая хоть как-то отвлечься, не зная, чем занять руки. Наконец она просто сжала их. — Тогда все скоро должно закончиться.

— Очень скоро. — По какой-то непонятной причине ему хотелось извиниться, обнять ее и сказать, что он сожалеет о своем идиотском поведении. Трейс засунул руки в карманы. — Мы можем сходить на ланч. Здесь нечего смотреть, но ты могла бы хоть немного прогуляться.

— На самом деле я хотела прилечь, особенно теперь, когда ты вернулся и все в порядке. Я устала и совсем не голодна. — И хотя она думала, что этого больше не повторится, Джиллиан вдруг снова захотела остаться одна.

— Хорошо. Я тебе что-нибудь принесу.

— Может быть, немного фруктов. — Они оба держались на расстоянии, потому что ни у того ни у другого не хватало смелости сделать первый шаг навстречу. — Во время путешествий у меня почти не бывает аппетита.

Трейс вспомнил самую первую ночь, когда она заснула, не поужинав, вспомнил, какой бледной и измученной она казалась, когда он отнес ее на кровать. Сейчас она тоже была бледна. Ему ужасно хотелось, чтобы румянец снова заиграл на ее щеках.

— Я недолго.

— Не торопись.

Джиллиан дождалась, когда за ним закроется дверь, и прилегла на кровать. Когда ей бывало тяжело, она всегда сворачивалась калачиком, и это немного помогало. Это помогало скрутить боль в плотный клубок и загнать ее глубоко в себя, чтобы суметь с ней справиться. Она не заплакала. Джиллиан закрыла глаза и попыталась ни о чем не думать. Она не позволит эмоциям разбушеваться, как происходило во времена ее юности и неприятно удивляло ее отца.

Она убиралась в его кабинете, стирала пыль с мебели и стекла. Он тогда тоже злился. Джиллиан вздохнула и попыталась отогнать воспоминание. Отца злило, что она вторгается в его личное пространство, прикасается к его вещам. Она могла случайно что-нибудь разбить или поставить не на свое место. И его не волновало, что она ни разу не ошиблась.

Син Брэди Фитцпатрик был непростым человеком, и любовь к нему стала одним долгим упражнением в разочарованиях и обидах. Джиллиан снова вздохнула. Очевидно, она неспособная ученица.

Трейс ничего не съел. Не допил он и свой виски. Ему не доводилось встречать женщину, которая способна выставить мужчину полным идиотом, хотя сама виновата в том, что произошло. Эти песни не предназначались никому, кроме него самого. Трейс не стыдился их, он просто наслаждался ими наедине с собой, ему просто доставляло удовольствие их сочинять. Это были его глубинные мысли, чувства, мечты, в которых он признавался крайне редко. Ему не хотелось, чтобы Джиллиан узнала о том, что творится в его душе, о чем он порой тоскует долгими одинокими ночами. Эти песни могли стереть различия между ними, хотел он того или нет.

Ему не следовало на нее набрасываться. Только глупый или бессердечный человек способен обидеть беззащитного. Он ощутил противный привкус во рту, понимая, что поступил отвратительно. Ему хотелось обвинить и ее, но теперь, когда гнев прошел, Трейс сумел взглянуть на вещи в ином свете.

Он положил розу на маленькую корзинку с фруктами и распахнул дверь.

Джиллиан спала. Трейс надеялся, что к его приходу она проснется, чтобы жест примирения был быстрым и безболезненным. Он рос среди женщин и усвоил на всю жизнь, что они легко прощают, порой даже незаметно для себя, словно глупое мужское поведение предусмотрено самой природой. Пилюля была горькой, но, по крайней мере, совсем небольшой.

Трейс поставил корзину на комод и направился к Джиллиан. Она сжалась в комочек, словно пытаясь защититься от очередного удара. Это был еще один камень в его огород. Тихо ругнувшись, он накрыл ее покрывалом. Она не задвинула шторы. Трейс подошел к окну, чтобы задвинуть их, как вдруг Джиллиан что-то пробормотала во сне:

— Кейтлин.

Хотя она еле слышно произнесла имя девочки, Трейс все же уловил страх в ее слабом голосе. Не зная, что делать, он присел на край кровати и принялся гладить ее волосы.

— Все будет в порядке, Джиллиан. Осталось несколько дней.

Но его прикосновения и слова ободрения повлекли за собой совершенно неожиданную реакцию. Трейс почувствовал, что она начала дрожать. И хотя он нежно гладил ее волосы, пот холодными капельками выступал на ее коже. Трейс увидел, что она изо всех сил пытается проснуться и избавиться от кошмара. Ее лицо смертельно побледнело, когда он обнял ее за плечи и притянул к себе.

— Джиллиан, проснись. — Он сжал ее так, что она приглушенно вскрикнула. — Давай, док, просыпайся. — Она внезапно открыла глаза, и Трейс увидел в них неподдельный ужас. Он продолжал крепко держать ее, пока ее глаза не приобрели осмысленное выражение. — Ты в порядке?

— Да, да, в порядке. — Но она продолжала дрожать. А ведь раньше ей всегда удавалось справиться с этой дрожью. — Прости.

— Тебе незачем извиняться за кошмар.

— Тогда за то, что вела себя как последняя идиотка. — Она чуть-чуть отодвинулась от него, но этого оказалось достаточно, чтобы у него упало сердце.

— Хочешь воды?

— Да. Я налью себе.

— Сядь, черт подери. Я сам принесу. — Он чувствовал себя неуклюжим болваном. Включив воду, он до краев наполнил стакан тепловатой водой. Джиллиан сидела на постели, пытаясь справиться с подступающими слезами, которые наверняка положили бы конец ее унижению, и старалась не обращать внимания на подступающую тошноту. — Выпей немного и расслабься.

Но у нее так сильно дрожали руки, что Джиллиан лишь разлила воду.

— Я...

— Если ты еще раз извинишься, клянусь, я поколочу тебя. — Он взял стакан и отставил его, а затем, ощущая странную неловкость, какой никогда не испытывал прежде ни с одной женщиной, обнял ее. — Просто расслабься. Почему бы тебе не рассказать мне свой сон? Обычно это помогает.

Она хотела склонить голову ему на плечо. Она хотела, чтобы он обнял ее, бормоча что-нибудь ласковое и дурашливое, пока не отступит ужас. «Я хочу чуда», — сказала она себе. Но, как ученый, Джиллиан понимала, что, к сожалению, в жизни не все так просто.

— Это сон, неприятный сон и только. Такой же, как и остальные.

— Остальные? — Он обхватил ладонью ее лицо и развернул к себе. — Тебе все это время снятся кошмары?

— Ничего удивительного. Бессознательные фантазии и страхи...

Он выругался и крепче сжал ее руку. Он не мог забыть, как она дрожала, как ее кожа покрывалась капельками ледяного пота, а в глазах застыл дикий ужас.

— Почему ты мне ничего не сказала?

— Я не видела смысла.

И тогда он медленно отпустил ее и встал. Если она хотела нанести ему удар прямо в сердце, ей это удалось. Трейс коротко и зло рассмеялся:

— Что ж, полагаю, настало время все объяснить, не так ли?

Джиллиан ощутила новую волну нарастающего страха, и ей вдруг показалось, что, возможно, она неожиданно и сильно заболела. Она была так напугана, что не держалась на ногах, но и лежать без движения тоже не могла.

— Ты бы просто разволновался, как сейчас, а я почувствовала бы себя неловко. — Джиллиан прижала руку к животу, пытаясь унять подкатывающую тошноту.

— Похоже, ты меня пригвоздила, — пробормотал он. Трейс хотел было сказать что-то еще, но вдруг с удивлением заметил, что Джиллиан побледнела еще сильнее. Он быстро подтащил ее к краю кровати и опустил ее голову между колен. — Дыши глубоко. Это сейчас пройдет. Давай, любимая, дыши глубоко.

И хотя головокружение быстро отступило, на ее глазах заблестели слезы.

— Просто оставь меня в покое, ладно? Просто уйди и оставь меня в покое.

Когда-то он был бы счастлив услышать от нее такое. Но теперь он просто гладил ее по спине, ласково бормоча утешительные слова, пока ее дыхание не успокоилось.

— Думаю, мы оба слишком долго искали легкие пути. — Трейс крепко обнял ее и устроился рядом на постели. Джиллиан удивилась, но не стала сопротивляться, и Трейс решил, что вполне заслужил это. — Ты должна знать, что я не думал, будто ты суперженщина. Я понимаю, что тебе приходится терпеть, и знаю, что даже такой сильной женщине, как ты, нужна поддержка. Позволь мне помочь.

Джиллиан крепко обняла его. И хотя слезы тихо струились из ее глаз, она почувствовала облегчение.

— Ты нужен мне.

Ее тело впитывало его тепло, и напряжение отступало.

— Я изо всех сил старалась не бояться и верить, что все закончится хорошо. Но потом начались эти сны... Они всех вас убивают. И я не могу их остановить.

— В следующий раз, когда тебе приснится кошмар, вспомни, что я рядом. Я не позволю этому случиться.

Она почти поверила в чудеса, когда он ласково провел рукой по ее волосам и нежно поцеловал в висок.

— Я тоже не хочу тебя терять. — Она склонила голову, надеясь увидеть в его глазах долгожданное признание.

— Я бывал в переделках и похуже. — Он коснулся губами ее лба, вдруг ощутив, как приятно дарить утешение. — Кроме того, моя пенсия существенно возрастет, когда все закончится.

Ее губы слегка скривились.

— Канарские острова.

— Да. — Странно, но больше он почему-то не мог представить пальмы и чистый океан. — Я не собираюсь разочаровывать тебя, Джиллиан.

Она коснулась его лица.

— Когда все закончится, если ты не сочтешь это вторжением, я приехала бы к тебе туда на несколько дней.

— Я бы не отказался от общения. От приятного общения.

Джиллиан снова примостила голову у него на плече. Внезапно стакан, стоявший на тумбочке, задрожал, и вода перелилась через край. Кровать под ними зашаталась.

— Что...

— Землетрясение. — Трейс крепче обнял ее. — Но не сильное. В Марокко часто бывают землетрясения.

— Закончилось? — Когда тряска прекратилась, Джиллиан с облегчением перевела дух. — Я могла бы предоставить тебе научную информацию о землетрясениях, о трещинах в земной коре и прочих проблемах. — Она свободно вздохнула, убедившись, что ее слова прозвучали спокойно. — Но я не могу похвастаться тем, что лично пережила хоть одно землетрясение.

— Это потрясающее зрелище.

— Которое я предпочла бы не видеть.

— Джиллиан...

— Да?

— Я о том... о том, что произошло раньше... Думаю, мне не надо было на тебя набрасываться.

— Я действовала не подумав. Так обычно и совершают ошибки.

— Не всегда. Но в любом случае я слишком остро отреагировал из-за какой-то ерунды.

— Твои песни вовсе не ерунда. — Ей нравилось, как он ласково гладил ее шею под волосами. Он так крепко прижимал ее к себе, когда раз-

разилось землетрясение. У него была потребность защищать и оберегать. Интересно, сколько времени потребуется, прежде чем он это поймет. — Я знаю, тебе не понравилось, что я их читала, но я не хочу об этом жалеть. Они прекрасны.

— Они только... Правда?

Его вопрос тронул ее до глубины души, и Джиллиан снова взглянула ему в лицо. Как приятно было обнаружить, что он тоже способен сомневаться в себе, и, как обычному человеку, ему необходимы поддержка и одобрение.

— Время от времени я убеждалась, что ты по-настоящему тонкий и чувствительный человек. У тебя дар по-особому видеть и чувствовать этот мир. И такой человек мне очень нравится. А прочитав его стихи, я почувствовала, что этот человек стал мне еще ближе.

Он неловко пожал плечами.

— Ты снова пытаешься превратить меня в того, кем я на самом деле не являюсь.

— Вовсе нет. Просто я говорю о том, что в тебе много всего намешано. — Джиллиан нежно поцеловала его, и ласка эта предназначалась для того, кем он был, а не для того, кем хотел казаться.

Она пробуждала в нем сильное и глубокое душевное волнение. Трейс снова оттолкнул ее, хотя понимал, что они уже перешли последнюю границу.

— Я могу разочаровать тебя.

— Как, ведь я готова принять тебя таким, какой ты есть?

— Полагаю, нет смысла напоминать, что ты совершаешь ошибку?

— Нет, — ответила Джиллиан и прильнула к его губам.

Он никогда ее так не целовал, так мягко, спокойно, так будто впереди у них была долгая жизнь вдвоем. Страсть и любовное мастерство, возбуждавшие ее до безумия, отступили на задний план. Вместо этого он одаривал ее нежной любовью, о которой она всегда мечтала, но не ожидала получить. Знал ли он, насколько прекрасен этот дар и как отчаянно он ей необходим? По комнате разнесся ее вздох, ставший свидетельством ее признательности.

Он медленно раздел ее, наслаждаясь чувствами, которые наконец обрели свободу. Всепоглощающими, сильными чувствами, наполняющими его мощью и безмятежностью.

Он мог любить и быть любимым, он мог дарить и принимать любовь в дар, пробовать ее на вкус, наслаждаться ею, хранить любовь. В этот день он смог поверить, что она предназначена ему, и он будет заботиться о ней и беречь до самого конца.

Трейс привык почти не отделять будущее от настоящего. Он не позволял себе загадывать на месяцы вперед, не говоря уже о годах. И даже сейчас, обнимая ее горячее и желанное тело, он отказывался думать о завтрашнем дне. Сегодня бесконечно и принадлежит только им, и он будет помнить об этом.

Теперь его руки напоминали руки музыканта. Умелые, но очень чувствительные. Она не представляла, что этот мужчина способен заниматься любовью с такой строгой сдержанностью и одновременно невероятно возбуждать и сводить с ума. Теперь его тело было знакомо ей до мелочей, и, раздевая его, она знала, где едва коснуться, а где помедлить, лаская его. И как невероятно увлекательно было наблюдать, как своими прикосновениями она будоражит его, вызывая возбуждение, от которого напрягалась каждая клеточка его тела. Ее привело в восторг, что, даже сходя с ума от возбуждения, он мог проявлять осторожность.

Сейчас он обнимал ее немного иначе, и, хотя эта разница казалась едва заметной, Джиллиан наслаждалась ею. В сочетании с глубоким чувством желание приобретает невероятные, волшебные оттенки. Его губы нежно скользили по ее коже, и ее имя звучало подобно музыке. И в ответ на ее ласки его одобрительный шепот раздавался в ее ушах, словно тихие обещания.

Он любил ее. Ей хотелось радостно кричать об этом и смеяться, но она понимала, что он сам должен произнести эти слова, но в свое время и по-своему.

Какое невероятное терпение! Она не предполагала, что он способен проявлять столько терпения к женщине. К ней. И потому она раскрывалась в его руках, подобно бутону цветка. Все, что она имела, все, что чувствовала, все, что надеялась испытать, Джиллиан бросила бы к его ногам по одной его просьбе.

Какая невероятная щедрость! Он не знал человека столь щедрого. Он не представлял, что кто-нибудь может так легко и бескорыстно подарить ему себя. И все, что он мог дать ей, все, что происходило в его душе, — все это для нее. И только для нее.

И вот теперь они оба наконец осознали, что чудеса возможны в этой жизни.

* * *

Солнечный свет пытался проникнуть сквозь щели в шторах, но не мог разогнать полумрак, воцарившийся в комнате. Еще никогда и ни с кем ему не было так легко. Они немного поспали, но этого оказалось достаточно, чтобы Трейс почувствовал себя отдохнувшим и полным сил. Он перекатился на живот, обняв ее одной рукой, и подумал, что лучшим применением для новых сил, переполнявших его, станет занятие любовью с Джиллиан.

— Помнишь, как мы на днях принимали душ, когда ты была не в духе?

Она лениво раскинулась на кровати, положив голову ему на спину.

— Что-то я не припомню, чтобы была не в духе. Я помню, что вполне справедливо обиделась.

— Какая разница, главное, что результат один и тот же. — Трейс со вздохом закрыл глаза, когда Джиллиан принялась массировать его шею. — Я просто представляю, как замечательно ты себя чувствовала, разгоряченная и влажная, особенно когда обезумела настолько, что собиралась плюнуть мне в лицо.

— Ты снова хочешь свести меня с ума?

— Почему бы и нет? Немного ниже, док. Да. — Он вздохнул, когда ее пальцы заскользили по его спине. — Да, вот здесь.

— Возможно, тебе удалось бы убедить меня принять душ. — Она прижалась губами к его лопатке, а затем принялась покрывать поцелуями его спину, опускаясь все ниже и ниже.

— Не думаю, что это займет много времени.

— Неужели? — Она уставилась ему в затылок. — Ты хочешь сказать, что я такая доступная, О'Харли?

— Нет. — Он улыбнулся сам себе. — Просто я невероятно хорош. — Он слегка вздрогнул, когда Джиллиан ущипнула его.

— Такое высокомерие обычно приводит к полному провалу. Возможно, мне стоит... — Она осеклась, обнаружив нечто совершенно неожиданное. — Трейс, зачем ты сделал себе татуировку жука?

Он приоткрыл один глаз.

— Скорпион.

— Извини?

— Это скорпион.

Желая поверить ему на слово, Джиллиан склонилась над татуировкой.

— Конечно, здесь мало света, но... Нет, это определенно самый настоящий жук. К тому же раздавленный жук. — Она поцеловала татуировку. — Поверь мне, я же ученый.

— Это скорпион. Он символизирует стремительное нападение.

Джиллиан прижала руку ко рту, чтобы подавить смех.

— Я вижу. Очень подходящий символ. Однако, поскольку я вижу эту татуировку лучше, чем ты, могу сказать, что твои привлекательные ягодицы украшает раздавленный жук.

— Просто изображение немного размыто, — сказал Трейс, не желая обижаться, потому что ее руки творили чудеса с его телом. — Тот мастер был пьян.

Джиллиан села на кровати, положив руку ему на бедро.

— Ты хочешь сказать, что согласился предоставить такую чувствительную часть тела пьяному мастеру тату?

Трейс перевернулся на спину. Одно стремительное движение — и вот она уже лежит в его объятиях.

— Я тоже был пьян. Неужели ты думаешь, что позволил бы кому-то приблизиться ко мне с иголкой, если был бы трезв?

— Ты сумасшедший.

— Да. И тогда мне было двадцать два. — Трейс с удовольствием вдыхал запах ее кожи. — Я пытался унять боль от сердечной раны и вывихнутого плеча.

— Тебе разбили сердце? — Джиллиан с любопытством взглянула на него. — Она была красива?

— Великолепна, — мгновенно откликнулся он, хотя на самом деле не мог вспомнить. — Ее тело было так же прекрасно, как и ее воображение. — Он продолжал ласково смотреть на нее, но ее глаза сузились.

— Это правда?

— Не знаю, наверное. Но в любом случае у меня было вывихнуто плечо.

— Ай. — Джиллиан коснулась его плеча. — Хочешь, я вывихну тебе другое?

— Угрозы? — Трейс восторженно улыбнулся. — Знаешь, док, ты сейчас подозрительно напоминаешь мне женщину, которая ревнует.

В ее глазах вспыхнул огонь.

— Я понятия не имею, о чем ты. Такие, как ты, не достойны ни капли ревности.

— Ты снова справедливо обижаешься?

— А что в этом такого, если я лежу в постели с мужчиной, а он вдруг начинает восторгаться другой женщиной?

— Прекрасно.

Трейс соскользнул с постели. А затем, не обращая внимания на ее протесты, перекинул Джиллиан через плечо.

— Что ты делаешь?

— Теперь, когда ты разозлилась, думаю, настало время принять душ.

Джиллиан изо всех сил ущипнула татуировку жука.

— Сукин сын.

— Обожаю, когда ты выражаешься.

И он понес хохочущую Джиллиан в ванную.

Глава 10

Когда был назначен день встречи с людьми Хусада и ему предстояло отправиться вместе с ними в горы, Джиллиан разрывалась между двумя желаниями. Она очень хотела, чтобы Трейс добрался до Флинна, увидел его и вернулся обратно, чтобы рассказать ей о том, что с братом и племянницей все в порядке. С другой стороны, она предпочла бы, чтобы Трейс нашел простой и безопасный способ сразу освободить их.

И поскольку она понимала, что не существует простого и безопасного способа, Джиллиан хотела попросить его не ездить туда, где его могли убить или захватить в плен. Она знала, что, если бы не вмешалась в его жизнь, эти недели Трейс провел бы под жарким мексиканским солнцем.

И все, что с ним теперь происходило, полностью на ее совести. Но когда она попыталась все это объяснить ему, Трейс только отмахнулся.

— За меня никто и никогда не нес ответственность, милая. Поэтому глупо начинать сейчас.

И Джиллиан умолчала о своих страхах, понимая, что они мало что ей дадут, а Трейсу и подавно.

Они занимались любовью неистово, с отчаянием, которое говорило яснее любых слов. Возможно, они вместе в последний раз. Она хотела умолять его дать ей обещания, но промолчала, согласившись на порывистые ласки в свете луны. Он хотел, чтобы она призналась ему в своих чувствах, но довольствовался ее теплом и щедростью. Она могла не представлять, какие опасности подстерегают его в пещере льва, куда он собирается войти, вооруженный одной лишь ложью. Хотя он-то хорошо знал, что ложь может быть очень грозным оружием, Трейс все-таки предпочел бы холодную невозмутимость своего пистолета.

Изображая Кабо, он ничего не добьется от Хусада при помощи пистолета или ножа. А как Иль Гатто... Но Иль Гатто придется подождать. Он отправится в горные апартаменты Хусада и вернется вместе с Флинном и Кейтлин Фитцпатрик. Или же не вернется вовсе.

Ворочаясь, Трейс прислушивался к спокойному дыханию Джиллиан. Никаких кошмаров, с облегчением подумал он. Через день, возможно, два все будет кончено. И тогда она сможет вернуться к прежней жизни в Нью-Йорке, в свой институт, к своим опытам и экспериментам.

И кошмары прекратятся, потому что все в ее жизни вернется на круги своя.

Он нежно погладил волосы, стараясь не разбудить ее. Он никогда не расспрашивал ее о работе. Расспросы означали бы еще один шаг к сближению. Но он пытался представить, как она размышляет над невероятно сложными вычислениями, в белом халате поверх делового костюма, ее волосы аккуратно убраны назад, а взгляд серьезен и внимателен.

Она на самом деле верила, что можно изменить мир при помощи знаний, логики и науки. Он намотал на палец шелковые пряди ее волос. Возможно, она права, что отказывалась взглянуть в лицо жестокой реальности и поверить в то, что ничего изменить невозможно. Это страшное осознание лишит ее иллюзий, как когда-то произошло и с ним. А Трейс хотел запомнить Джиллиан именно такой — сильной, чистой, полной надежд.

Он не знал, как сказать ей, что она для него значит, и, будь он другим человеком, их чувства могли бы стать взаимными. И он отдернул руку, чтобы не разбудить ее.

Но Джиллиан не спала. Она знала, что его одолевает тревога и вопросы, на которые нет ответов, и потому тихо лежала, притворяясь спящей. В том, как он касался ее, думая, что она спит, было что-то нежное и трогательное. И она станет вспоминать эти мгновения, когда завтра он выйдет за дверь.

Если он не мог уснуть, подумала Джиллиан, возможно, если она обняла бы его, он смог бы расслабиться и отдохнуть. Но, услышав, как Трейс снимает телефонную трубку, она затаила дыхание.

Он говорил по-французски, и Джиллиан ничего не поняла, потом замолчал. Она услышала, как чиркнула о коробок спичка, пока он дожидался ответа.

— Это О'Харли, номер 8372В. Соедините меня через Париж с Нью-Йорком, код 312.

Ему был необходим этот звонок, хотя он понимал, что во время задания это против правил. Но звонок через Париж обеспечит ему полную секретность. Он знал, что телефон не прослушивается, и, если Кендеса отслеживает звонки, он узнает лишь, что Кабо звонил в Париж. И с этого момента все следы будут заметены.

Теперь ему оставалось только надеяться, что она дома.

— Алло.

— Мадди. — Услышав голос сестры, Трейс улыбнулся в темноте. — Сегодня вечером нет спектакля?

— Трейс? Трейс! — Ее быстрый, заразительный смех в мгновение ока пронесся над океаном. — Как ты? Где ты сейчас? Прошло уже полгода с твоего последнего звонка, и я все думала, позвонишь ли ты в ближайшее время. Я рада, что ты позвонил. Мне так много надо тебе рассказать! Ты в Нью-Йорке?

— Нет, я не в Штатах. У меня все в порядке. Как идут дела на Бродвее?

— Потрясающе. Не представляю, что театр будет делать, когда я возьму отпуск на год.

— На год? Вы с Валлентайном собираетесь путешествовать?

— Нет... Я не знаю, возможно. Трейс, у меня будет ребенок. — Телефонные провода шипели и плавились от ее радостного возбуждения. — Через шесть с половиной месяцев. На самом деле врачи еще собираются сделать кое-какие тесты, потому что, похоже, у меня не один ребенок.

Ребенок. Он подумал о худенькой, длинноногой, рыжеволосой девочке, у которой было столько энергии, что любой взрослый позавидовал бы. Она еще была подростком, когда он видел ее в последний раз. И теперь... ребенок. Он вспомнил об Эбби и ее сыновьях, племянниках, которых он никогда не видел.

— Ты в порядке? — Как бы он хотел сейчас оказаться рядом с ней, взять сестру за руку и сам узнать ответ на свой вопрос.

— Как нельзя лучше. О, Трейс, как жаль, что ты не можешь приехать домой, хоть ненадолго, и познакомиться с Ридом. Он потрясающий, такой открытый и искренний. Не представляю, как он только терпит меня. А Эбби родит ребенка через пару месяцев. Тебе следует повидать ее. Она стала такой красивой, такой довольной после того, как вышла за Дилана. Мальчишки растут не по дням, а по часам. Ты получил фотографии, которые она тебе посылала?

— Да. — Он получил фотографии, внимательно изучил лица сыновей сестры, а затем уничтожил снимки. С ним может случиться что угодно, и потому нельзя оставлять ни малейших следов, по которым можно выйти на его семью. — Хорошие мальчуганы. Младший, судя по всему, будущий сердцеед.

— Потому что он похож на тебя.

Сестра не представляла, как его потрясли эти слова. Трейс закрыл на мгновение глаза, и в памяти всплыло детское лицо с фотографии. Конечно же Мадди права. Возможно, семейные узы истончились, стали почти невидимы, но были все так же сильны.

— А о Шантел что-нибудь слышно?

— А вот это самая главная новость. — Мадди машинально выдержала паузу, чтобы произвести впечатление. — Старшая сестричка выходит замуж.

— Что? — Его не так-то легко было вывести из равновесия, но сейчас Трейс едва не поперхнулся сигаретным дымом. Конечно, до него доходили слухи. Но слухи были всегда, и он никогда им не верил. — Повтори-ка еще раз.

— Я сказала, что Шантел, эта роковая женщина, звезда театра и кино, наконец встретила своего мужчину. Свадьба состоится через две недели. Мы хотели сообщить тебе, но не знали, как с тобой связаться.

—Да. Я был... — он бросил взгляд на Джиллиан, тихо лежавшую в постели, — занят.

— Как бы там ни было, она на самом деле решилась на этот шаг. Это будет самая ослепительная свадьба в этой части Виндзора.

— Значит, Шантел выходит замуж. Мне хотелось бы познакомиться с этим парнем, — произнес он еле слышно.

— Он идеально ей подходит. Мужественный, решительный и достаточно циничный, чтобы держать Шантел в напряжении. Трейс, она без ума от него. Раньше она встречалась с одним писателем, который был просто помешан на ней и не оставлял в покое. Не вдаваясь в подробности, скажу, что она наняла Квина в качестве телохранителя, а когда все уладилось, она уже готовилась к свадьбе.

— У нее все в порядке?

— Все просто замечательно.

Ему хотелось узнать больше. Воспользовавшись своими связями и источниками, он мог разузнать подробности, которые Мадди утаила от него. Но это подождет его возвращения из гор, если он, конечно, оттуда вернется.

— Трейс, как было бы чудесно, если бы ты приехал на свадьбу! Мы так давно не виделись.

— Я знаю. Мне бы очень хотелось увидеть тебя снова, малыш, всех вас, но я не создан для роли блудного сына, возвращающегося домой.

— А все должно быть совсем по-другому. — Она понимала, что нельзя на него давить, но что-то подсказывало, что другого шанса просто не представится. — Многое изменилось за это время. Мы все изменились. Мама скучает по тебе. Она до сих пор хранит ту маленькую музыкальную шкатулку, которую ты прислал из Австрии, а папа... — Она помедлила, понимая, что это деликатная тема для брата. — Папа все бы отдал, лишь бы снова увидеть тебя. Он не признается в этом, ты ведь знаешь его, но каждый раз, когда упоминается твое имя, я вижу это по его глазам. Трейс, каждый раз, когда нам удается собраться всем вместе, мы чувствуем пустоту. Ты мог бы заполнить ее.

— Мама с отцом все еще гастролируют? — спросил он, чтобы сменить тему, хотя уже знал ответ на свой вопрос.

— Да. — Мадди подавила вздох. Сын был так же упрям, как и отец. — Их концерт покажут по телевидению. Народные танцы, традиционная музыка. Отец на седьмом небе от счастья.

— Не сомневаюсь. У него... у него все в порядке?

— Могу поклясться, что он молодеет с каждым годом. Теперь я не сомневаюсь, что музыка подобна источнику молодости. Он до сих пор танцует не хуже молодого человека. Приезжай и сам убедишься.

— Посмотрим. Передай Шантел и Эбби, что я звонил. И маме.

— Непременно. — Мадди крепко вцепилась в трубку, понимая, что он вот-вот ускользнет. — Ты можешь сказать, где будешь?

— Я дам тебе знать.

— Трейс, я люблю тебя. Мы все любим тебя.

— Я знаю. — Он хотел сказать больше, но понимал, что слов уже не осталось. — Мадди...

— Да?

— Ни пуха ни пера.

Трейс повесил трубку, но еще долго не возвращался в постель.

Утром Джиллиан наблюдала, как Трейс облачался в европейский деловой костюм Кабо. Нервы были натянуты до предела, но она молча ждала, пока он неторопливо подберет подходящий галстук.

Какое значение имеет этот галстук? Ей хотелось выкрикнуть эти слова ему в лицо, выплеснуть свою ярость, разбрасывая по комнате его чистые и аккуратно выглаженные вещи. Джиллиан заметила, как он осторожно положил в карман крошечный пистолет Кабо. Это ничем не поможет, подумала она. Он взял его только потому, что Кабо всегда носил с собой эту игрушку. Но защитить его пистолетик едва бы смог, с тем же успехом его можно было бы зарядить водой, а не патронами.

Он обернулся, и человек, который так страстно любил ее прошлой ночью, превратился в Андре Кабо. В холеного, элегантного мужчину с холодным взглядом. Ей хотелось отодвинуть этот момент, пока еще было возможно. Но время пришло, и ей пришлось смириться.

— Если есть еще какой-нибудь способ... — начала она.

— Другого способа нет. — Его ответ прозвучал столь же безапелляционно, как и прошлой ночью, во время разговора с сестрой. Но тогда в его голосе Джиллиан уловила тень сожаления. Возможно, он слишком устал, чтобы суметь скрыть свою слабость. Но сегодня утром он великолепно владел собой.

— Я должна спросить. Ты можешь взять меня с собой?

— Ты знаешь, что нет.

Она сжала губы, ощущая себя абсолютно беспомощно на твердой земле, в то время как все ее любимые люди балансировали на краю пропасти.

— Могу я как-нибудь связаться с другим агентом, если... если ему понадобится какая-то информация?

— Ты не должна с ним связываться.

И она знала об этом и понимала, что зачемто тянет время, не в силах сделать все быстро.

— Значит, мне остается только ждать.

— Правильно. — Он немного помедлил. — Джиллиан, я знаю, что ждать сложнее всего.

— По крайней мере, я хотя бы могу молиться.

— Ну, это не повредит. — Трейс предпочел бы не делать этого, но не смог сдержаться и взял ее за руки. Все так изменилось, вдруг понял он, слишком сильно и слишком быстро. Впервые за двенадцать лет расставание причиняло боль. — Я непременно вытащу их.

— И себя. — Она крепко сжала его руки. — Ты обещаешь мне?

— Конечно. — Он знал, что ложь во спасение просто необходима. — И когда все это закончится, мы устроим себе отдых. На пару недель, на месяц. Выбирай место.

— Где угодно?

— Конечно. — Он наклонился, чтобы поцеловать ее, но лишь прижался губами к ее лбу. Трейс боялся, что если обнимет ее, если по-настоящему поцелует, то не сможет уйти. Но он замер на мгновение, чтобы запечатлеть в памяти ее образ — молочно-белая кожа с россыпью веснушек, темно-зеленые глаза, губы, которые могли быть такими горячими, такими страстными. — Подумай пока об этом. — Трейс отпустил ее руки и взял портфель. — У тебя есть два охранника из МСБ, док, но не ходи на экскурсии без меня. Через пару дней я вернусь.

— Я буду ждать.

Когда он направился к двери, Джиллиан собиралась с духом, чтобы выполнить данное себе обещание. Она поклялась, что сделает это. Но он вот-вот уйдет.

— Трейс...

Он остановился и нетерпеливо обернулся к ней.

— Я люблю тебя.

Джиллиан увидела, как внезапно изменилось выражение его лица, как потемнели и стали глубже его глаза. На краткий миг ей показалось, что он сейчас бросится к ней. Но в ту же секунду его лицо сделалось безразличным и пустым. И он вышел за дверь, не сказав ни слова.

Она могла бы броситься на кровать и разрыдаться. Она могла бы в ярости переколотить все бьющиеся предметы в этом номере. Ее охватило непреодолимое желание сделать и то и другое. Но вместо этого Джиллиан продолжала неподвижно стоять на одном месте, пытаясь успокоиться.

На самом деле она и не ждала, что он ей ответит. Но теперь он ушел, и то, что всколыхнулось в ее душе, уже невозможно было остановить. Она будет молиться за него и, кроме этого, непременно сделает еще кое-что важное. И хотя казалось, что завтрашний день не наступит, но планы на будущее непременно помогут справиться с отчаянием.

Она сняла трубку и попросила дать ей номер, по которому Трейс звонил вчера. Джиллиан набрала его и благодаря своей блестящей памяти назвала цифры в той же последовательности, что и Трейс. Ее сердце билось немного учащенно, пока она ожидала ответа. Джиллиан вздрогнула, когда в трубке раздался заспанный и раздраженный мужской голос.

— Здравствуйте, я бы хотела поговорить с Маделейн О'Харли.

В отдалении послышалось недовольное женское бормотание.

— Вы знаете, который час?

— Нет. — Джиллиан закатила глаза и едва не расхохоталась в трубку. Трейс отправился к Хусаду, и она забыла обо всем на свете, забыла, сколько сейчас времени в Нью-Йорке. — Простите, я за границей.

— Сейчас четыре пятнадцать утра, — подсказал ей Рид. — И моя жена пытается уснуть. И я тоже.

— Мне правда очень жаль. Я подруга ее брата. И я не знаю, удастся ли мне снова позвонить. — А Трейс наверняка убьет ее, если узнает об этом. — Могу я поговорить с ней хотя бы минуту?

На линии заскрежетали помехи, затем послышалось бормотание. А затем связь стала настолько четкой, что Джиллиан услышала, как заскрипели пружины матраса.

— Алло! С Трейсом все в порядке? Что-нибудь случилось?

— Нет. — Джиллиан ругала себя за нетерпение. — Нет, с Трейсом все в порядке. — Она на это надеялась. — Я Джиллиан Фитцпатрик, его подруга.

— Трейс в Ирландии?

— Нет. — Она слегка улыбнулась. — Миссис О'Харли, думаю, стоит быть с вами откровенной. Я люблю вашего брата, и мне кажется, что возвращение домой пойдет ему на пользу. Я думала, что вы сможете помочь мне это устроить.

Мадди радостно рассмеялась, обнимая своего ужасно рассерженного мужа, и решила, что сами небеса послали ей эту Джиллиан Фитцпатрик.

— Скажите, чем я могу помочь.

* * *

Трейс молча ехал в машине, направлявшейся на восток. Он приказал водителю ехать к большому складу, где, по словам Брейнтца, находились ящики с оружием, присланным МСБ. Отыскать их было столь же легко, как подписать бумаги и сунуть несколько купюр. И вот теперь они забрались далеко в горы. Поездка выдалась нелегкой. Изображая Кабо, Трейс несколько раз выражал недовольство, жалуясь на неудобства, но избегал разговоров. Не задавая лишних вопросов, Трейс расположился на заднем сиденье и внимательно следил за дорогой сквозь очки с затемненными стеклами.

Он непременно вернется.

Он знал, что жители разрозненных поселений, мимо которых они проезжали, ни во что не вмешиваются и живут сами по себе. У них свой особенный подход к жизни и к тому, что вмешивается в эту жизнь. Человек вроде него, проезжающий по их земле, для них все равно что ветер. Его замечают, терпят и благополучно о нем забывают.

Трейс нетерпеливо взглянул на часы. Радиокомпас, вмонтированный в браслет, сообщит Брейнтцу его координаты. Если удача не отвернется от него и техническое оснащение МСБ окажется на высоте, система безопасности Хусада не сможет перехватить сигнал. Ну а если нет... он станет решать проблемы по мере их поступления.

Порой не стоит загадывать слишком далеко. Это лишь мешает правильно воспринимать настоящее, и можно с легкостью пропустить важный момент. Именно поэтому он старался не думать о Джиллиан, о том, как она выглядела, что она ему сказала. Если она говорила от чистого сердца.

Она любила его. Трейс ощутил, как его с головой накрывает горячее и сильное чувство, но это ничуть не испугало его. Да, она говорила от чистого сердца. Отголоски этого чувства он видел в ее глазах тогда и прежде, хотя пытался убедить себя, что все дело во власти чудесного мгновения, опьянившего их обоих.

Когда она призналась ему в любви, Трейс хотел броситься к ней и бесконечно и жадно сжимать ее в объятиях. Он хотел обещать ей все, что угодно, даже не зная, сможет ли выполнить свои обещания. И хотя он сомневался, что она сможет его понять, искренняя и горячая любовь к ней удержала его от лишних слов.

Он прежде никогда не любил женщину, поэтому не представлял, какая беспощадная борьба развернется между эгоизмом и бескорыстием. Какая-то его часть безумно желала принять то, что она так безрассудно бросала к его ногам. Но другая часть его души противилась, понимая, что неправильно и даже грешно принимать от нее в дар столь чистую любовь, поскольку он ничего не может дать ей взамен.

И поскольку он не мог придумать другого выхода, Трейс решил относиться к происходящему как к части своего задания. Он вернет ей то, ради чего она приехала сюда. Как только Джиллиан воссоединится со своей семьей, он... он вернется к прежней жизни.

Когда машина въехала на возвышение, Трейс издали увидел апартаменты Хусада. Это огромное здание, гораздо больше, чем он представлял, возвышалось в расщелине на краю утеса в гигантской скале. На десять миль в любом направлении его легко можно было бы обнаружить с воздуха или суши. Но здесь штаб-квартира Хусада была обособлена, практически сливаясь с уединением сельской местности. Земля здесь не подходила для фермерских работ, ни реки, ни городка поблизости.

Это была страна преступников, бунтарей и тех, кто потерял надежду.

Охрана не бросалась в глаза, но зоркий глаз Трейса различил на склонах горной гряды группу вооруженных людей. В этой крепости не было окон и ограждений. Мудрое решение, поскольку солнечные лучи, отражаясь от стекла или высоковольтных проводов, привлекали бы внимание еще издалека. Водитель посигналил, набрав код на крошечном приборчике, вмонтированном в приборную панель. Через несколько секунд в скале открылся широкий проход. Машина въехала в гору.

Он внутри. Трейс поправил манжету и незаметно нажал на кнопку в браслете часов, приводя в действие радиокомпас. И теперь или Брейнтц вычислит его местонахождение, или ему придется отдуваться самому.

Выйдя из машины, Трейс внимательно огляделся вокруг. Пол и стены были вытесаны из камня. Холодный и слабо освещенный туннель, уходящий вперед, казался бесконечным. Массивная дверь в скале уже закрылась, отрезая их от солнца и палящего зноя. Откуда-то доносился негромкий механический гул, и он догадался, что поступающий снаружи воздух тщательно очищается. Трейс услышал, как открылась дверь и раздались шаги. Это Кендеса вышел встретить его.

— Вы, как всегда, пунктуальны. Надеюсь, путешествие оказалось не слишком неприятным.

Трейс склонил голову:

— Бизнес часто связан с неудобствами. В вашей стране дороги не сравнить с европейскими.

— Мои извинения. Надеюсь, вы не откажетесь выпить со мной. У меня есть прекрасное шардоне, которое позволит вам избавиться от воспоминаний о неприятной поездке.

— А мои образцы оружия?

— Конечно. — Кендеса подал знак, и двое мужчин тут же появились из-за каменной стены. — Их сразу же доставят к генералу, если вы не возражаете. — Он удивленно вскинул бровь, заметив колебания Трейса. — Я уверен, что вы не стали бы требовать расписку. Нам незачем воровать пожитки гостей.

Они оба прекрасно знали, что в этих «пожитках» находится и TS-35. И Трейс должен был сделать все, чтобы добиться прямых переговоров.

— Я предпочел бы выпить бокал шардоне перед встречей с генералом.

— Прекрасно. — Кендеса махнул рукой, и ящик с оружием тут же был выгружен из багажника машины. Он жестом пригласил Трейса пройти с ним вперед. — Боюсь, человек вашего вкуса сочтет нашу обстановку недостаточно утонченной. Но вы, безусловно, поймете, что мы — военная организация и революционная деятельность для нас важнее комфорта.

— Я все понимаю, хотя сам высоко ценю комфорт.

Кендеса провел Трейса в небольшую комнату, отделанную панелями из светлого дерева.

Пол устилал ковер, а немногочисленная мебель отличалась изысканностью.

— Мы редко развлекаемся. — Кендеса улыбнулся, откупоривая бутылку. — Но когда генерал получит более широкое признание, все изменится. — Он разлил вино в два бокала. — Признаюсь, я питаю слабость к красивым вещам, к тому комфорту и удовольствию, которое они дарят человеку.

— И к прибыли, — заметил Трейс, поднимая свой бокал. — Потому что деньги как раз и обеспечивают комфорт.

— Вы интересный человек, Кабо. — Кендеса пригубил вина из своего бокала. В последние несколько дней он задействовал все имевшееся в его распоряжении оборудование, чтобы раскопать подробности частной жизни Кабо. И то, что ему удалось выяснить, невероятно его порадовало. Человек такого масштаба, с такими обширными связями мог быть чрезвычайно полезен в непростой переходный период. — Вы достигли такого богатства и власти, о которых большинство людей могут лишь мечтать, и все равно хотите большего.

— И непременно получу то, что хочу, — парировал Трейс.

— Охотно верю. Вы поймете, что прежде, чем начать бизнес с вами, я задействовал свои источники и многое выяснил о вас.

Трейс отпил еще глоток.

— Это стандартная процедура.

— Несомненно. И вот что меня поражает и восхищает: как вы сумели приобрести такое влияние, оставаясь почти неизвестным?

— Предпочитаю неизвестность славе.

— Мудрый выбор. Даже в нашей организации найдутся люди, которые критикуют генерала за столь заметную позицию. Власть, которая накапливается постепенно, в дальнейшем приносит гораздо больше пользы.

— Генерал — политик, а я — нет. — Трейс продолжал пить, пытаясь понять, куда клонит Кендеса.

— Все мы в той или иной мере политики, даже если основная политика — деньги. Вы интересовались проектом «Горизонт».

— Да. И продолжаю интересоваться.

— Я хотел бы обсудить с вами этот вопрос. Вы заинтересованы в прибыли, которую принесет проект, а я — во власти.

— А генерал?

Кендеса снова поднял бокал. Похоже, он вот-вот собирался раскрыть свои карты.

— Его интересует революция.

Трейс почувствовал легкое разочарование и непомерные амбиции, обуревавшие этого человека, если только Кендеса не пытался заморочить ему голову.

— Возможно, если мы станем сотрудничать, то сможем всего этого добиться.

Кендеса пристально посмотрел Трейсу в глаза.

— Возможно.

В дверь тихо постучали.

— Войдите.

— Генерал ждет.

Кивнув, Кендеса отставил в сторону свой бокал.

— Я сам отведу вас к нему. К сожалению, генерал не говорит по-французски, но чрезвычайно горд глубокими познаниями в английском. Вы сделаете ему одолжение?

— Конечно. — Трейс поставил бокал на столик и приготовился к новым испытаниям.

Джиллиан казалось, что пролетело уже несколько дней томительного ожидания, хотя прошло всего несколько часов. Она безуспешно пыталась убить время за книгами Трейса. Каждый раз, открывая книгу, она принималась думать о нем, и ее охватывало ужасное беспокойство.

Не находя себе места, Джиллиан принималась мерить шагами комнату. Утомившись, она садилась на кровать, вспоминая о разговоре с Мадди. Она отвезет Трейса в Штаты. И, сделав это, она вернет ему то, что он сам еще совсем недавно поклялся ей вернуть — семью.

И пока эти мысли помогали справиться с волнением, Джиллиан бесконечно прокручивала их в голове. Через несколько дней они с Трейсом обретут свои семьи.

А куда они отправятся после?

На Канарские острова, подумала она и едва не расхохоталась во весь голос. Интересно, что скажет Трейс, когда узнает, что она намерена разделить его желание следующие пятьдесят, а то и более лет прятаться от всего мира.

Она не собиралась отдавать его сейчас ни Хусаду, ни МСБ, ни его собственному твердолобому упрямству. Если он мечтает о жизни в гамаке, это будет гамак для двоих.

Джиллиан узнала много нового о самой себе за последние несколько недель. Она способна сделать все, что от нее потребуется. Она способна достойно выдерживать все жизненные испытания. Более того, она могла изменить то, что необходимо было изменить, чтобы обрести счастье, которое раньше бесконечно ускользало от нее.

Когда холодный страх постепенно начинал возвращаться, она тоскливо думала о том, что будет делать, если Трейс больше никогда не переступит порог этой комнаты. Ее жизнь не оборвется. Джиллиан знала, что с потерей самых любимых и дорогих людей жизнь не закачивается, но она уже никогда не будет прежней. Она понимала, что нельзя готовить себя к тому, что она потеряет Трейса. Он открыл ее душу, в которой расцвела любовь, и это прекрасное чувство позволило ей проникнуть в его сердце. Она не потеряет его, пообещала себе Джиллиан.

И снова принялась смотреть на часы.

Джиллиан заказала еду в номер, только чтобы хоть как-то занять себя. Поразмыслив, она поняла, что кусок просто не полезет ей в горло. Джиллиан уже собиралась отменить заказ, как в дверь постучали.

Наученная горьким опытом, она помнила о мерах предосторожности. Даже помня о том, что ее охраняют, Джиллиан заглянула в замочную скважину и обнаружила в коридоре официанта. Успокоившись, она открыла дверь и безразлично взглянула на поднос.

— Поставьте это там, — сказала она и, сомневаясь, что служащий говорит по-английски, махнула рукой в сторону столика. Но чек всегда оставался чеком, на каком языке вы бы ни говорили. Джиллиан наклонилась, чтобы выписать чек.

Она почувствовала резкий укол в руку и дернулась назад. Снотворное подействовало моментально, и она зашаталась, пытаясь схватить столовый нож. Мир вокруг сделался серым, а затем растворился в кромешной темноте, и Джиллиан не успела даже подумать о Трейсе.

Глава 11

Генерал Хусад обожал красивые вещи. Ему доставляло удовольствие любоваться ими, касаться их, носить их. И все же аскетизм и строгость его нового жилища нравились ему. Военное поселение требует определенной обстановки. Жизнь солдата всегда сопряжена с трудностями и лишениями, а иначе — конец дисциплине. Он не забывал об этом, даже когда облачался в шелка и восхищался изумрудами своей жены.

Это был невысокий, худощавый человек в самом расцвете сил, с гипнотическим голосом и удивительными сияющими глазами, которые одни принимали за признак гениальности, другие — безумия. Чин генерала был присвоен им самостоятельно, и, хотя он, несомненно, принимал участие в некоторых военных действиях, большинство медалей, красовавшихся на его груди, этот человек пожаловал себе сам. К своим подчиненным он относился то как снисходительный отец, то как бессердечный диктатор. Его не любили, но боялись и потому беспрекословно подчинялись его приказам.

На встречу с Кабо генерал облачился в золотой халат, расстегнутый на груди, чтобы продемонстрировать увешанную медалями форму и два пистолета, пристегнутые по бокам. У него было поразительное, врезающееся в память лицо с хищными ястребиными чертами, с посеребренными сединой волосами, зачесанными назад. Он отличался невероятной фотогеничностью и говорил как настоящий проповедник. Его разум постепенно ускользал в темную глубину, полную горячей ярости и жестокости, и даже лекарства порой не помогали затормозить этот страшный процесс.

В отличие от Кендесы убранство его кабинета не отличалось изысканным вкусом. В центре комнаты находился огромный письменный стол из отполированного дуба. Вокруг него расположились диваны и кресла, утопающие в мягких подушках. Здесь были также книжные полки и шкафы со стеклянными дверцами. Трейс с невозмутимым интересом разглядывал их.

Здесь нет окон, подумал он, и только одна дверь. Наверняка это не так.

На стене висели две скрещенные шпаги, а под ними расположился огромных размеров аквариум с яркими тропическими рыбками, снующими в чистой голубой воде.

— Месье Кабо. — Хусад протянул ему руку с теплотой и искренностью продавца машины, которая принесла ему месячную прибыль. — Добро пожаловать.

— Генерал. — Трейс пожал протянутую руку и внимательно взглянул в лицо человеку, которого поклялся убить. Его черные глаза были наполнены странным светом. Безумие. Оказавшись рядом с этим человеком, невозможно было не почувствовать разлитый в воздухе запах безумия.

— Надеюсь, путешествие не показалось вам утомительным.

— Нисколько.

— Будьте любезны, присаживайтесь.

Трейс уселся в кресло, а генерал остался стоять, убрав руки за спину. Кендеса молча застыл у двери. Несколько секунд Хусад безмолвно мерил шагами комнату, его до блеска начищенные ботинки еле слышно шуршали по ковру.

— Для осуществления революции необходимы верные союзники и оружие, — начал он. — Мы поднимемся на святую битву, и будут уничтожены в этой битве все недостойные и неверные. В Европе и на Ближнем Востоке мы с успехом уничтожали своих противников. — Вскинув голову и сверкая глазами, он обернулся к Трейсу. — Но этого недостаточно. Нашим священным долгом является свержение тиранических правительств всего мира. Многие погибнут в праведной борьбе, многие пожертвуют собой, прежде чем мы победим. И мы победим.

Трейс сидел спокойно, отмечая про себя, что Хусад на самом деле обладал вдохновенным голосом и внушительной внешностью. Но хотя он в течение десяти минут говорил на одну тему, ничего стоящего Трейс от него не услышал. Трейс заметил, что, завершив свою речь, Хусад бросил взгляд на Кендесу. «В поисках одобрения? — подумал он. — Поддержки?»

— Прошу прощения, генерал, но ваша миссия интересует меня только потому, что неким образом имеет отношение к моим партнерам и лично ко мне. Я не патриот и не солдат, я — деловой человек. — Трейс скрестил руки и продолжал: — Вам необходимо оружие, и я могу продать вам его по определенной цене.

— Ваша цена слишком высока, — откликнулся генерал, направляясь к своему столу.

— В эту цену входит фактор риска при обеспечении безопасности, хранения и транспортировки товара. Ту же цену я могу назначить и другим покупателям.

Хусад наклонился и вытащил из стола TS-35. Трейс напрягся, услышав, как Кендеса удивленно шарахнулся в сторону у него за спиной.

— Это оружие представляет наибольший интерес.

TS-35 казался изящным и на удивление невесомым. Даже во время марш-броска солдат мог нести его с той же легкостью, что и свой паек. Обойма выглядела тоньше, чем обычная пачка сигарет. Хусад повертел в руках заостренный корпус пистолета, а затем поднял его и прицелился. Прямо в лоб Трейсу.

Если пистолет заряжен, а Трейс в этом не сомневался, пуля проткнула бы его насквозь, а затем убила бы Кендесу и любого, кто случайно оказался бы на ее пути на расстоянии в пятьдесят ярдов.

— Американцы все рассуждают о мире, а сами производят такое замечательное оружие. — Голос Хусада звучал мечтательно. — Нас считают безумцами, потому что мы пропагандируем войну. Это оружие создано для воина. А война священна, война праведна, война — это наш хлеб насущный.

Трейс чувствовал, как струйки ледяного пота скользят по спине. Умереть здесь и сейчас было бы глупо и нелепо.

— При всем уважении, генерал Хусад, это оружие вам не принадлежит, пока вы за него не заплатили.

Палец фанатика на мгновение застыл на спусковом крючке, а затем Хусад с очаровательной улыбкой опустил пистолет.

— Конечно. Мы воины, но мы честны. Мы возьмем ваш товар, но во имя нашей дружбы мы просим снизить вашу цену на полмиллиона франков.

Трейс достал сигарету, чувствуя, что от волнения у него вспотели ладони. Ради собственной безопасности он хотел согласиться и покончить с опасной сделкой, чтобы заняться тем, ради чего сюда приехал. Но Андре Кабо был твердым орешком и никогда с легкостью не шел на уступки. Ни Хусад, ни Кендеса этого не ожидали.

— В целях выгоды, генерал, мы снизим цену на четверть миллиона, с уплатой по доставке.

Пистолет лежал на столе Хусада, и тот ласково поглаживал его, словно маленького ребенка или домашнего питомца. И Трейс снова заметил, как он исподтишка взглянул на Кендесу.

— Документы будут оформлены, и вас доставят обратно в Сефру. Через три дня вы лично доставите товар.

— С удовольствием. — Трейс поднялся.

— Мне сказали, что вы интересуетесь нашим гостем. — Хусад улыбнулся. Его зубы и глаза засверкали. — Это личная заинтересованность?

— Бизнес для меня всегда предмет личной заинтересованности, генерал.

— Возможно, вам будет любопытно увидеть доктора. Кендеса все устроит.

— Конечно, генерал.

Кендеса распахнул дверь. Трейс заметил, как он тревожно взглянул на пистолет, а затем на Хусада, прежде чем они вышли в коридор.

— У генерала странная манера развлекаться, — заметил Трейс.

— Вы испугались, месье Кабо?

— Я, в отличие от вас, знаю, на что способно это оружие. Вы можете умирать, если хотите, Кендеса. А я не собираюсь. Мои партнеры могут отказаться иметь дело со столь ненадежным и психически неуравновешенным человеком.

— Генерал сейчас пребывает в состоянии стресса.

Трейс раздавил сигарету о каменный пол и решил рискнуть:

— Я послан в качестве наблюдателя. Кто здесь на самом деле обладает властью, Кендеса? С кем я на самом деле веду переговоры?

Кендеса помедлил. Он, как всегда по привычке, облачился в западный костюм без ненужных излишеств и украшений. Решение пришло легко, потому что он уже все обдумал заранее. Если Кабо перестанет соответствовать его требованиям, он спокойно организует его устранение.

— Часто причина кроется в том, что человек, обладающий званием, вовсе не является главной фигурой. За последний год психическое состояние генерала сильно изменилось в худшую сторону. И мне пришлось взять на себя большую долю ответственности. — Он подождал, чтобы убедиться, что Трейс его понял. — Это как-то меняет ваше отношение к делу?

Так, значит, это был не генерал, подумал Трейс, а Кендеса. Кендеса приказал убрать Чарли и организовал похищение Фитцпатрика. Значит, ему нужен Кендеса, а не полубезумная марионетка Хусад.

— Меня это вполне удовлетворяет, — откликнулся Трейс.

— Отлично.

С властью генерала практически покончено. Как только Фитцпатрик завершит свою работу, Кендеса встанет во главе организации. И насколько мощнее упрочится его позиция, если его поддержит компания Кабо, обладающая огромным богатством и влиянием.

Взмахом руки Кендеса избавился от двух вооруженных охранников. Достав из кармана ключи, он отпер дверь.

Любая научно-исследовательская лаборатория позавидовала бы такому оборудованию. Комнату заливал яркий свет, на рабочих поверхностях — ни пятнышка. Трейс заметил две камеры наблюдения, прежде чем переключил внимание на брата Джиллиан.

Это был человек с фотографии, только теперь он выглядел похудевшим и постаревшим. Напряжение и усталость избороздили его лицо морщинами и наложили синие тени под глазами. Он был гладко выбрит, но его волосы, темнее и гуще, чем у Джиллиан, выглядели растрепанными. Белый лабораторный халат висел на нем, как на вешалке, поверх джинсов и простой голубой рубашки.

Флинн оторвался от микроскопа и встал. Ненависть, светившаяся в его глазах, заставила Трейса вздохнуть с облегчением. Он не сдался, не отступил. Исполненный решимости, этот человек держался из последних сил. Если у него хватало воли на ненависть, то хватит сил и отважиться на побег.

— Доктор Фитцпатрик, вам сегодня хорошо работается?

— Я уже два дня не видел дочь. — Флинн сжал кулаки. Он стоически выдержал бы их пытки. Он не сомневался, что Кендеса знал об этом. И только угроза, что Кейтлин оставят одну в маленькой темной комнате, заставляла его оставаться в этой лаборатории. — Я здесь. — Его резкий ирландский акцент сильно бросался в глаза. — Я работаю. Мне обещали, что ей не причинят вреда, и нам позволят видеться каждый день, если я соглашусь сотрудничать.

— Боюсь, генерал недоволен, что ваша работа продвигается слишком медленно. Когда наметится прогресс, мы приведем к вам дочь. А пока я хочу познакомить вас с месье Кабо. Его интересует ваша работа.

Флинн взглянул на Трейса потемневшими от ненависти глазами.

— Убирайтесь к черту.

Трейсу хотелось поздравить его, но он лишь сдержанно кивнул.

— Ваша работа здесь прославит вас, доктор Фитцпатрик. Ваше имя войдет в учебники истории. — Трейс огляделся, будто бы осматривая лабораторию, а сам тем временем пытался отыскать запасной выход. — Это потрясающе. Моя организация считает, что ваша работа может принести гигантскую прибыль.

— Деньги вам не понадобятся, когда сумасшедший фанатик уничтожит весь мир.

Трейс улыбнулся. Итак, он все понял. Он постарался придать своему голосу мягкость.

— Ваша сыворотка принесет пользу и богатство умным и предприимчивым людям. Есть прогресс в работе? — обратился он к Кендесе.

— Небольшой. — На этот раз Кендеса улыбнулся и внимательно посмотрел на Трейса. — Недостающее звено — это сестра Фитцпатрика. У нее есть важные записи, которые ускорят завершение работы. Она скоро присоединится к вам, доктор.

Трейс почувствовал, что ему нечем дышать, словно его ударили в живот. Но не успел он и слова вымолвить, как Флинн яростно перешел в наступление:

— Джиллиан? Что вы с ней сделали?

Кендеса мгновенно выхватил пистолет.

— Успокойтесь, доктор. Ей не причинят вреда. — Он обернулся к Трейсу и с любопытством улыбнулся: — А вы, месье, догадывались, что путешествовали с сестрой нашего замечательного доктора?

— Я? — У него было два пути, но, если он вступит в схватку, Флинн Фитцпатрик погибнет. — Боюсь, вы ошибаетесь.

— Женщина, которую вы привезли с собой в Касабланку, — это и есть Джиллиан Фитцпатрик.

— Женщина, которую я привез в Касабланку, — это маленькая американская потаскушка, которую я подобрал в Париже. Красивая, забавная и абсолютно безмозглая.

— Она гораздо умнее, чем вы думали, месье. Вас просто использовали.

Вот как обстояли дела. Трейс был благодарен МСБ, что ему хотя бы обеспечили мощное и правдоподобное прикрытие.

— Вы ошибаетесь. — В его голосе прозвучал едва скрываемый гнев.

— Нет, мне очень жаль, но это вы ошиблись. Эта женщина специально вышла на вас, надеясь, что вы приведете ее к нам и ее брату. Полагаю, она блестяще сыграла свою роль.

— Да, блестяще. Если, конечно, вы правы.

— Абсолютно прав. Еще недавно она находилась в Мексике, где заручилась поддержкой одного агента МСБ. Мы считаем, что именно он и надоумил ее, как поступить. Вам знакомо имя Иль Гатто, Кабо?

Трейс глубоко затянулся сигаретой, изображая плохо скрываемое волнение.

— Я слышал о нем.

— Он хочет отомстить генералу и использует вас и эту женщину в своих целях.

— Кто он такой?

— Мне очень жаль, но я пока не располагаю такой информацией. — Гнев внезапно прорвал оболочку внешнего спокойствия этого человека. — К сожалению, генерал поторопился убрать трех человек, которые могли бы опознать его. Но эта женщина знает и непременно расскажет нам. В свое время.

— Где она? — Трейс выдохнул струю дыма. — Я не привык быть игрушкой в руках женщин.

— На пути сюда, а возможно, уже здесь. Вы можете побеседовать с ней, когда вернетесь. Как только мы получим ее записи и она расскажет нам об Иль Гатто, я могу отдать ее вам, чтобы доказать свое особое расположение.

— Негодяй!

Флинн поднял кулак и непременно нанес бы удар, если бы Трейс не оказался быстрее. Схватив Флинна за руку, он скрутил ее у него за спиной и склонился над ним.

— Твоя сестрица задолжала мне. — Флинн оскалился, но не мог вырваться из цепкой хватки противника. — Она заплатит мне за все, и ты тоже, доктор. — Он отшвырнул от себя Флинна. — Я увидел достаточно, — резко произнес Трейс и решительно направился к двери.

— Дайте мне увидеть Кейтлин! Дай мне увидеть мою дочь, ты, сукин сын! — завопил Флинн.

— Возможно, завтра, доктор, — спокойно откликнулся Кендеса. — Возможно, завтра вся ваша семья воссоединится.

Все в той же неторопливой манере он распахнул дверь и запер ее за собой. Ему было приятно увидеть, как исказилось от бессильной ярости холеное, безразличное лицо Андре Кабо.

— Нет причин для замешательства, мой друг. Эта женщина под руководством Иль Гатто превратилась в грозного врага.

Трейс резко обернулся к нему. В следующее мгновение он прижал Кендесу к стене. И хотя охранники тут же взяли его на прицел, он успел незаметно вытащить ключ из кармана Кендесы.

— Я не позволю делать из себя идиота. Женщина в порядке?

Кендеса отмахнулся от охраны, когда Трейс ослабил хватку.

— Мы не собираемся причинять ей вред.

— Хорошо. — На его щеке запульсировала жилка. — Очень хорошо. Когда через три дня я вернусь, вы отдадите ее мне. Добейтесь от нее нужной вам информации, Кендеса, а затем отдайте женщину мне. Между нами, я готов снизить цену на товар еще на четверть миллиона.

Кендеса удивленно вскинул бровь.

— Как высоко вы цените свою уязвленную гордость.

— Она еще будет жалеть, что вы ее не убили. — Трейс оправил пиджак и, похоже, снова взял себя в руки. — Полагаю, ребенок все еще жив.

— Ее держат на втором уровне. Чтобы успокоить ее, приходится вкалывать ей небольшую дозу транквилизаторов. В этих ирландцах просто океан страсти.

— Несомненно. — Трейс увидел, что машина ждет его на прежнем месте. — Я доложу о результатах встречи своим партнерам. Если документы в порядке, мы завершим нашу сделку.

— Кабо. — Кендеса коснулся дверцы машины. — Вас беспокоит Иль Гатто?

Трейс посмотрел прямо в глаза Кендесе.

— Мне кажется, его гораздо больше интересуете вы. Но я стану соблюдать осторожность, мон ами. Кошки нападают стремительно.

Трейс устроился на заднем сиденье и впервые за долгие годы принялся молиться.

Он только потеряет драгоценное время, возвращаясь в Сефру, связываясь с Брейнтцем и вооружаясь. Когда машина съехала с горы, Трейс подумал отпустить водителя и вернуться обратно. Но что ему удастся сделать одному, имея в арсенале один небольшой пистолет?

Мучаясь от собственной беспомощности, он взглянул на часы. Он машинально реактивировал радиокомпас, но сейчас его больше интересовало время. Он мог бы вернуться обратно, когда стемнеет, вооруженный до зубов.

С ней все будет в порядке. Она сильная. И она гораздо храбрее, чем ей стоило быть. Он непременно вернется за ней и вытащит из этого змеиного логова, чего бы ему это ни стоило.

Но холодный пот, струившийся по его лицу, напоминал о том, что на карту поставлено гораздо больше, чем его собственная жизнь.

Когда внезапно лопнула шина, машина резко вильнула, и его отбросило в сторону. Чертыхаясь, Трейс выпрямился. Выходя из машины, он инстинктивно потянулся в карман за пистолетом. Водитель тоже выбрался из машины, склонился над поврежденным колесом и внезапно рухнул как подкошенный.

Трейс молниеносно выхватил пистолет. Похоже, они угодили в засаду. Он резко обернулся и увидел Брейнтца, который неторопливо появился из-за скалы.

— Старина, ты витаешь в облаках. Если бы я захотел, ты был бы уже мертв.

Трейс спрятал пистолет.

— Они сцапали Джиллиан.

— Я знаю. Один из ее охранников успел перед смертью связаться со мной. — Брейнтц проворно спрыгнул со скалы. — Мне приказано сообщить тебе, что на освобождение Фитцпатриков отведено двенадцать часов. В противном случае штаб-квартира «Хаммера» будет уничтожена.

— Дай мне свое оружие.

— Одну винтовку? — Брейнтц вскинул бровь. — Какое зазнайство.

— Двенадцать часов — это не так уж много. Отдай мне винтовку.

— Порой Иль Гатто не в ладах с головой. — Брейнтц наклонился и внимательно осмотрел одежду водителя. — Неужели тебя больше волнует женщина, чем задание? — Брейнтц стянул с водителя расшитый тесьмой головной убор и водрузил на себя. — Вполне сгодится.

Трейс несколько раз глубоко вздохнул, пока в голове окончательно не прояснилось.

— Ты поведешь. Мы можем убрать стражу у ворот и забрать их оружие. План довольно прост. Мы забираем Фитцпатрика, я нахожу Джиллиан и девочку.

— Принято.

Брейнтц сделал ему знак следовать за собой. С легкостью горного козла он взобрался на скалы. Трейс увидел чемодан, купленный им у Бакира. Брейнтц лишь улыбнулся.

— Раньше мы уже работали вместе с тобой. — Он протянул Трейсу гранатомет. — И это моя земля. Могу со всей скромностью признаться, что мои связи здесь безупречны.

Трейс сорвал с себя элегантный пиджак Кабо и швырнул в грязь. Он обмотал ремень гранатомета вокруг плеча и потянулся за следующим экземпляром оружия.

— Я и забыл уже, насколько ты был хорош.

— Старина... — Брейнтц торопливо щелкал затворами. — Теперь я стал гораздо лучше.

Трейс обмотал себя лентой с боеприпасами.

— Надо дождаться темноты.

Брейнтц уселся, скрестив ноги.

— Совсем скоро стемнеет.

— Тебе ведь не было приказано идти со мной.

— Нет. — Брейнтц закрыл глаза и погрузился в размышления. — Чарльз Форрестер был хорошим человеком.

— Спасибо.

Жалея, что не обладает столь железным спокойствием, Трейс устроился рядом. Он ждал, когда зайдет солнце.

Джиллиан медленно пришла в себя, ее голова раскалывалась, а мысли путались. Все вокруг было словно в тумане. Пару раз она снова теряла сознание, погружаясь в серую муть. Откуда-то издалека до нее доносился плач, тихий и жалобный, и порой ей казалось, что это она сама плачет.

Она ощутила рядом чье-то тепло, затем кто-то ласково коснулся ее руки. Она машинально потянулась навстречу этому теплу.

— Тетя Джиллиан, пожалуйста, проснись. Пожалуйста, тетя Джиллиан, мне очень страшно.

Это напоминало ночной кошмар. Джиллиан прошиб холодный пот, и она попыталась вырваться из цепких лап ужасного сна. Это всего лишь сон, убеждала она себя, но жалобные мольбы Кейтлин звучали все отчетливее. Открыв глаза, Джиллиан увидела девочку.

— Я думала, ты умерла. — Заплаканная Кейтлин уткнулась лицом в ее волосы. — Они швырнули тебя на кровать, и ты лежала так неподвижно, что я решила, будто ты умерла.

— Детка... — Джиллиан попыталась подняться и едва снова не потеряла сознание. Сказывалось влияние сильного снотворного, от которого невыносимо болела голова и накатывали приступы тошноты. Не в силах поверить в реальность происходящего, Джиллиан коснулась щеки Кейтлин. — О, крошка. Это на самом деле ты. — Она крепко прижала к себе девочку, пытаясь успокоить ее. — О, Кейтлин, моя дорогая малышка, поплачь. Бедный маленький ангелочек, как тебе, наверное, было страшно здесь совсем одной. Но теперь я с тобой.

— Ты заберешь нас домой?

Где их дом? И где они сейчас? Оглядывая полутемную комнату, Джиллиан вспомнила официанта, укол снотворного. Закрыв глаза, она принялась ругать себя за глупость. Неужели они и Трейса схватили? О господи, неужели они и его схватили?

— Мы можем уехать домой прямо сейчас? Пожалуйста, я хочу домой.

— Скоро, — пробормотала Джиллиан. — Как только я буду в состоянии. Кейтлин, ты можешь вытереть слезы и поговорить со мной?

Шмыгая носом, Кейтлин придвинулась ближе.

— Ты не уйдешь?

— Нет, нет. Я тебя не оставлю. — Им придется убить ее первой, пообещала она себе, обнимая Кейтлин. — А где твой папа?

— Они держат его внизу, в лаборатории.

— С ним все в порядке? Будь мужественной, моя милая. С твоим папой все в порядке?

— Он выглядит больным. Я не помню, когда они в последний раз позволяли мне с ним увидеться. — Она провела ладошкой по мокрым щекам. — Он даже кричал.

— Все в порядке. Все будет хорошо. Отсюда... — Она осеклась, вспомнив, как тщательно Трейс обыскивал их комнаты в поисках жучков. И сейчас их вполне могли подслушивать. Она не могла упоминать его имя или пытаться утешить племянницу, рассказывая о том, что им непременно помогут. — Наверняка найдется какой-нибудь выход, — сказала она вместо этого. — Нам просто необходимо набраться терпения. Теперь мы вместе. — А затем Джиллиан прижала палец к губам, прося девочку помолчать. А затем она принялась осторожно обследовать комнату.

Она понимала, что ей невероятно повезло, обнаружив прослушивающее устройство. Ее первым желанием было разбить микрофон. Даже столь незначительное проявление сопротивления принесло бы ей невероятное удовлетворение. Но Джиллиан взяла себя в руки, решив не поддаваться эмоциям. Она оставила жучка на своем месте и уселась на узкую кровать.

— В Мексике я познакомилась с одним человеком, — начала она, догадываясь, что люди, слушавшие ее сейчас, уже знали об этом. — Он сказал, что может помочь. У него забавное имя, Кейтлин, — Иль Гатто. Это означает — кот.

— А он похож на кота?

— Нет. — Джиллиан улыбнулась своим мыслям. — Но действует как кот. И когда я завтра утром не встречусь с ним, он непременно придет за нами.

— И заберет нас домой?

— Да, дорогая. Ты знаешь, где мы?

— Это место похоже на огромную пещеру со множеством туннелей.

— Понимаю. — Джиллиан приподняла веки Кейтлин, изучая ее зрачки. Лекарства. Она едва не задохнулась от внезапно нахлынувшей ярости. — Ты когда-нибудь выходила наружу?

— Нет. И здесь нет окон.

Кейтлин вся съежилась, когда внезапно распахнулась дверь и появился человек с винтовкой на плече и с подносом в руках. Он поставил поднос на край кровати, указал на него, а затем снова скрылся за дверью.

— Я как-то раз укусила его, — заявила Кейтлин с былым задором.

— Молодчина.

— Он ударил меня.

— Он больше до тебя не дотронется. — Джиллиан взглянула на поднос. Здесь был рис и немного мяса, а также два стакана молока. Она брезгливо сморщила нос. — Ты хорошо ешь?

— Еда невкусная, но мне очень хочется есть. А когда я поем, сразу хочется спать.

— Тебе необходимо питаться, дорогая. — Но она покачала головой, отставляя поднос в сторону. — Это поможет тебе набраться сил. — Джиллиан вывалила под кровать содержимое обеих тарелок. — И тебе необходимо как можно больше спать. — Оглядевшись в поисках подходящего места, она вылила молоко на кучу грязного белья в углу комнаты. Кейтлин следила за

273

ней, широко раскрыв глаза от удивления. — Ну же, малышка, съешь еще немного.

Когда Кейтлин прижала ладошку к губам и захихикала, Джиллиан едва не разрыдалась.

— Вот так. А теперь пей свое молоко. — Улыбаясь девочке, Джиллиан снова забралась на постель.

В глазах Кейтлин заплясали озорные огоньки.

— Я не люблю молоко.

— Молоко полезно для костей. Ты ведь не хочешь, чтобы твои кости стали хрупкими, правда? — Джиллиан обняла девочку.

Она прижалась губами к уху Кейтлин и прошептала:

— Они подмешали лекарство в твою еду, чтобы ты все время спала. Ты должна притвориться спящей, чтобы они не узнали, что мы ничего не съели. Делай то, что я тебе скажу. Если кто-нибудь из этих людей зайдет сюда, лежи тихо, чтобы они не поняли, что мы их обманули.

Кейтлин кивнула.

— Только не уходи, тетя Джиллиан.

— Я никуда не уйду.

Джиллиан тихо баюкала девочку в своих объятиях. Лежа в темноте, она смотрела в потолок и думала о том, что делать дальше.

Закат был ослепительно красив. Уходящее солнце окрасило горы в розовый цвет и позолотило песок. В последних лучах солнца Брейнтц установил запасное колесо и переоделся в одежду водителя, а Трейс загрузил оружие в машину.

Они работали в полном молчании. Все слова уже были сказаны. Когда солнце скрылось за горными вершинами, Трейс растянулся на полу в машине, а Брейнтц уселся за руль. И они в последний раз устремились на восток.

Брейнтц принялся насвистывать, когда они приблизились к логову Хусада. Он, как и Трейс, заметил часовых на каменных карнизах над зданием. Следуя указаниям Трейса, он набрал нужный код на приборной доске и подождал, когда распахнется дверь.

Остановив машину, он склонил голову, чтобы скрыть лицо. Как только дверь в пещеру захлопнулась, к машине приблизился охранник.

— Ты быстро вернулся, — только и успел сказать он, как Брейнтц ударил его локтем в горло.

Трейс выскочил из машины и прямиком бросился в лабораторию.

Но не успели они сделать и несколько шагов, как на их пути возникло еще двое охранников. С этими двумя Брейнтц и Трейс расправились в полном молчании. Трейс понимал, что им следует действовать быстрее, когда они доберутся до лаборатории. Установленные в лаборатории камеры тут же выдадут их. Трейс затаился, пропустив вперед Брейнтца, который неторопливо направился вперед.

— Сигарету, — потребовал он на арабском, невнятно произнося слова, будто пьяный. — Что толку пить вино, если нет хорошего табака?

Один из охранников расплылся в улыбке, а Трейс и Брейнтц не теряли времени, действуя молниеносно. Не раздалось ни одного выстрела.

— У тебя по-прежнему неплохой удар, — заметил Брейнтц, когда Трейс вставил ключ в замок.

— А твой стал значительно лучше. — Глубоко вздохнув, Трейс распахнул дверь. — Продолжайте работать, — тихо произнес он, когда Флинн заметил его. — Старайтесь как можно дольше стоять спиной к камерам.

Несмотря на приказ, Флинн отложил пинцет и пробирку.

— Это ты. — По его глазам Трейс понял, что человек доведен до предела.

— Ради бога, если ты хочешь получить свою дочь, продолжай работать. Я не хочу, чтобы в последнюю минуту камеры засекли что-нибудь необычное.

— Надо торопиться, — мягко произнес Брейнтц, который все это время вел наблюдение.

— Возьми эту чертову пробирку и изображай научную работу. Я — агент МСБ.

Флинн поднял пробирку, но сжал ее с такой силой, что, казалось, вот-вот раздавит стекло.

— Свинья.

— Возможно, но я здесь, чтобы вытащить тебя, ребенка и твою сестру-идиотку. Продолжай работу. Или ты хочешь увидеть чертов полицейский жетон? — Трейс бросил взгляд на первую камеру. — Просто делай, что я говорю, и не торопись.

Что-то в тоне его голоса заставило Флинна повиноваться, но его напряжение по-прежнему сильно бросалось в глаза.

— Я думал, ты француз.

— Я такой же ирландец, как и ты, Фитцпатрик, — ободряюще произнес Трейс и улыбнулся. — И, клянусь всеми святыми, — сказал он, демонстрируя чистый ирландский акцент своего второго «я», Колина, — мы выберемся и взорвем это место ко всем чертям.

Возможно, всему виной было простое отчаяние, но Флинн откликнулся:

— Когда выберемся, за мной бутылка.

— Заметано. А теперь как можно быстрее двигайся влево, тот угол у них почти не просматривается. Забери эти бумаги.

Флинн отложил пробирку и повиновался. Повернувшись спиной к камерам, он внимательно просматривал бумаги, словно проверяя свои вычисления.

— Как вы нас нашли?

— Твоя сестра помогла. Если у тебя есть хотя бы часть ее мужества, у нас все непременно получится. А пока продолжай читать. Что-то у тебя не подтверждается. Бери карандаш, будто собираешься сделать кое-какие записи. Я сейчас вырублю камеру. Когда я это сделаю, ты побежишь. Брейнтц выведет тебя наружу, а я тем временем отправлюсь за девочкой и Джиллиан. Давай!

Трейс уничтожил камеру одним-единственным выстрелом. Когда Флинн выскочил за дверь, оба агента держали оружие наготове.

— Дай мне двадцать минут, — сказал Трейс Брейнтцу.

— Я не уйду без Кейтлин.

— Я приведу ее. — Трейс отпихнул Флинна в сторону Брейнтца. — Ты — главный элемент.

Если они снова схватят тебя, никому из нас уже не спасти твою дочь.

— Она мой ребенок. — Усталость и отчаяние превратились в холодную решимость. — Я не оставлю ее.

— Понятно, ты ведь ее брат, — пробормотал Трейс. А времени оставалось совсем немного. Он сунул винтовку Флинну в руки. — Справишься?

Луч надежды озарил Флинна, словно рассветное солнце.

— С удовольствием.

— Попроси своих богов помочь нам в этом нелегком деле.

— Уже попросил.

Джиллиан услышала, как открывается дверь, и замерла на кровати, едва дыша. Кейтлин же на самом деле уснула. Джиллиан сжимала в руке самодельное оружие. Лежа целый час в темноте, она пыталась свыкнуться с мыслью, что Трейса больше нет. Они раскрыли обман, убили его и похитили ее.

Она хотела скорбеть по нему, дать выход своему горю и ярости. Но сначала она должна отомстить и освободить свою семью.

Приоткрыв глаза, она увидела, как над ней склонился какой-то человек. Джиллиан затаила дыхание и что есть силы размахнулась. Осколок тарелки вонзился ему в переносицу. Кровь фонтаном хлынула из раны. И пока он, ослепленный, не успел ничего предпринять, она схватила другую тарелку и снова нанесла удар. Он пошатнулся, но успел схватить ее за руку. И хотя он изо всех сил скрутил ей руку, Джиллиан вдруг вспомнила, о чем говорила ей соседка в Нью-Йорке.

Главное — глаза.

На этот раз он завопил и тут же ткнул ее в бок рукояткой прикладом ружья, а затем направил дуло ей в лицо. И началась борьба не на жизнь, а на смерть.

Сквозь накатившую красную волну страха и ярости она услышала, как жалобно захныкала Кейтлин. Точно как в ее кошмаре. И, услышав детский плач, Джиллиан словно обезумела. Они оба вцепились в ружье. И вот оно выстрелило, и более ужасного звука ей никогда не приходилось слышать.

Джиллиан поднялась, не выпуская ружья из рук, а человек, которого она никогда прежде не видела, распростерся у ее ног.

— Тетя Джиллиан! — Кейтлин спрыгнула с кровати и обхватила ноги Джиллиан. — Он умер? Этот плохой человек мертв?

— Наверное... Я не знаю. — Она зашаталась, словно снотворное опять дало о себе знать. — Я не знаю. Мы должны идти. Прямо сейчас.

А затем раздались выстрелы. Все ближе и ближе. Закрыв собой Кейтлин, Джиллиан снова вскинула ружье. Ее руки вспотели от страха, но она собиралась защищаться до конца.

Они нашли первого охранника гораздо быстрее, чем Трейс рассчитывал. Сработала сигнализация, и, если бы не улыбнувшаяся им удача и ожесточенный бой, их приперли бы к стенке. Они были уже на втором уровне.

— Я задержу их. — Брейнтц притаился за колонной наверху лестницы. — Найдите женщину и ребенка.

Трейс переключился на гранатомет и сделал три короткие очереди через перила.

— Не высовывайся, — приказал он Флинну и направился вперед.

Распахнув полдюжины дверей, он вдруг увидел, что одна дверь уже открыта. Прижавшись спиной к стене, он обеими руками сжал пистолет и, глубоко вздохнув, ринулся в дверь, приготовившись стрелять. Пуля, выпущенная из ружья Джиллиан, оцарапала его левое плечо. Трейс был настолько поражен, что даже не ощутил боли.

— Отличная работа, женщина.

— Трейс! — Опустив ружье, она ринулась к нему. — О, Трейс, я думала ты погиб!

— Едва не погиб. — Он коснулся рукава и с отвращением уставился на покрасневшую от крови руку.

— Флинн! — Зарыдав, Джиллиан кинулась к брату.

— Папа! — Кейтлин обняла отца.

— Давайте оставим на потом радость по поводу воссоединения семьи, — сказал Трейс. — Надо уходить. Брейнтц! — Трейс послал еще три очереди из гранатомета, чтобы прикрыть напарника. — Выводи их. А я пока задам жару этим ребятам. — Трейс отстегнул автомат, который забрал у одного из охранников. — Пятнадцать минут, — сквозь зубы пробормотал он. — Взрывайте через пятнадцать минут.

— Я предпочел бы еще раз с тобой встретиться.

— Конечно. — Трейс вытер пот со лба. И он так стремительно ринулся к лестнице, стреляя на ходу, что Джиллиан не успела даже понять, что происходит.

— Нет! Нет, он не может!

Но он смог. Джиллиан знала, что ему необходимо взглянуть в лицо своей судьбе, как это сделала она.

— Прости меня, Флинн. — Она быстро поцеловала брата. — Но я должна остаться с ним. Уходите. — И она бросилась следом за Трейсом.

Несколько очередей из гранатомета полностью расчистили лестницу. Он уже почти спустился, как вдруг услышал за спиной шум. Обернувшись, Трейс увидел Джиллиан.

— Господи, что еще...

— Знаешь, у них будет больше шансов на спасение, если мы разделимся. Я остаюсь с тобой. Если ты помнишь, таковы условия нашей сделки.

Слишком поздно отсылать ее обратно, подумал Трейс. Если бы у него нашлась свободная минутка, он непременно обругал бы ее, но вместо этого Трейс схватил ее за руку и поволок за собой.

Да, им удалось нанести неприятелю значительный урон, с удовлетворением заметил Трейс. И внести замешательство в ряды противника. Сам генерал выскочил из своего укрытия, паля из TS-35. Он только наносил еще больший вред своим людям и зданию и, не обращая внимания на серьезные потери, приказывал солдатам встать и сражаться против армии захватчиков. Это неожиданное нападение, очевидно, окончательно разрушило его связь с реальным миром, навсегда погрузив в пучину безумия. Трейс поднял пистолет. Но генерал упал, прежде чем он успел нажать на спуск.

— Глупец. — Над распростертым телом генерала стоял Кендеса. — Твое время истекло. — Наклонившись, он поднял американский пистолет. — Дорого же ты нам обошелся. — Он обернулся и заорал разбегающимся солдатам: — К главному входу, болваны! Перекройте главный вход!

Слишком поздно, мрачно подумал Трейс, выходя из укрытия.

— Ты проиграл, Кендеса. И это ты глупец, если решил, что женщина обманула меня, когда это именно я тебя обманул.

— Кабо.

— Когда мне это удобно.

У Кендесы вытянулось лицо.

— Иль Гатто, наконец-то.

— Да, наконец-то. Наши дела завершены, Кендеса, остались личные счеты.

Возможно, ему стоило убить его прямо на месте. Он уже собирался. Но не успел Трейс исполнить свое намерение, как генерал неожиданно поднял свой пистолет.

— Предатель... — прохрипел он.

Кендеса зашатался, но устоял на ногах. Трейс снова прицелился.

Но на этот раз вмешались небеса. Земля пошатнулась под ногами. У Трейса мелькнула мысль, что Брейнтц слишком рано отдал приказ о взрыве. Он схватил Джиллиан за руку и бросился бежать. Но от нового толчка они оба врезались в каменную стену.

— Землетрясение! — воскликнул Трейс, ловя ртом воздух. — Настоящее землетрясение. Здесь все скоро развалится.

— Они успели выбраться наружу, правда?

— У них было достаточно времени. — Больше ему было нечего ей сказать.

Они пробежали по проходу, но потолок рухнул прямо перед ними, преградив путь к отступлению. Клубы пыли ослепляли ее, но Джиллиан слышала доносящиеся отовсюду крики и стоны. Не останавливаясь, Трейс потянул ее в другой проход.

— Здесь наверняка есть другие выходы. Мы не станем пробираться к центральному входу. — Следуя голосу интуиции, Трейс устремился к кабинету генерала. — У него наверняка есть запасной выход, — пробормотал Трейс, выстрелом разбивая замок на двери.

Втолкнув Джиллиан в комнату, он начал поиски.

— Ищи кнопку, какой-нибудь механизм! — закричал он, обыскивая книжный шкаф.

Трейс слышал, как с огромной высоты летят вниз и разбиваются огромные камни. Что-то горело, и огонь подбирался совсем близко. Он торопливо выкинул из шкафа все книги. И вот оно, панель в стене медленно раскрылась.

Внутри оказался узкий коридор, содрогающийся от подземных толчков. Но охраны здесь не оказалось. Надеясь, что удача не покинет его на этот раз, Трейс протащил Джиллиан в отверстие. И через несколько секунд они выбрались наружу.

Повсюду с криками носились люди. А позади огромное каменное здание разваливалось на части, каменные глыбы опрокидывались на землю с ужасным грохотом. А затем раздался первый взрыв, и шум сделался невыносимым. И, уже не прячась, они со всех ног бросились бежать. Но их никто больше не преследовал.

Джиллиан казалось, что они без остановки пробежали несколько миль. Он не давал ей останавливаться, да она и не просила его об этом. А затем неожиданно, словно тень, из-за скалы появился Брейнтц.

— Значит, мы действительно снова встретились.

— Похоже на то. — Трейс потащил Джиллиан за скалы к палаточному лагерю.

— Боги посчитали, что мне не стоит доводить дело до конца. — Со своим обычным спокойствием Брейнтц протянул Трейсу прибор ночного видения.

Трейс взглянул в том направлении, откуда они пришли.

— Почти ничего не осталось.

— А Кендеса?

— Генерал позаботился о нем. — Трейс снова окинул взглядом развалины. — А если нет, то это сделали твои боги. «Хаммер» раздавлен. — Трейс вернул Брейнтцу прибор ночного видения. — Похоже, тебя ожидает продвижение по службе.

— И тебя.

— Я выхожу из игры. — Он прислонился к скале, глядя, как Джиллиан обнимает своих близких.

— Я в долгу перед тобой. — Флинн обнимал дочь, свернувшуюся калачиком у него на коленях, а Джиллиан устроилась рядом.

— Я всего лишь выполнял свою работу.

— Как бы там ни было, я в долгу перед тобой. Как тебя зовут?

Трейс взял бутылку, протянутую Брейтцем. Большой глоток дал ему заряд бодрости на целую неделю вперед.

— О'Харли.

— Спасибо тебе, О'Харли, за мою дочь.

Кейтлин что-то прошептала отцу на ухо, а затем встала и подошла к Трейсу.

— Папа говорит, ты нас спас.

— Что-то вроде того. — Она была стройнее, чем на фото, а глаза казались огромными на бледном и осунувшемся личике. Не в силах устоять, Трейс дотронулся до одного из ее спутанных рыжих локонов. — Теперь все позади.

— Я могу обнять тебя?

Он смущенно пожал плечами.

— Да, конечно.

Девочка прижалась к нему, а затем вдруг захихикала.

— От тебя пахнет, — сказала она беззлобно. — Думаю, и от меня тоже.

— Немного.

Кейтлин смачно поцеловала его в щеку, и, обняв ее, Трейс встретился взглядом с Джиллиан.

—. Крохотные осколки, — тихо произнесла она. — Все, что мы могли изменить, превратилось в осколки. Но это того стоит. — И, боясь расплакаться, поднялась и отошла в тень.

Трейс направился следом.

— Я понимаю, ты хочешь узнать, как я там оказалась и что произошло, но сейчас я не могу об этом говорить.

— Хорошо. Все в порядке. — Он хотел коснуться ее волос, но опустил руку. — Нам надо уходить. В Сефру будет ждать самолет, который доставит нас в Мадрид. МСБ позаботится о вас.

— Я думала, они убили тебя. — Она обернулась, и ее глаза засверкали, но не от слез, а от едва сдерживаемого гнева. — Я думала, тебя убили, а ты говоришь о каких-то самолетах и о МСБ?

Трейс коснулся засохшего пятна крови на своем плече.

— Меня подстрелила лишь ты одна.

— О господи, я совсем забыла. — Джиллиан приблизилась к нему. — Я могла тебя убить.

— Только не ты.

— Ты ошибаешься. — Она вытерла губы ладонью. — Я убила человека. Этими вот руками. — Джиллиан взглянула на свои ладони и содрогнулась. — Я даже не видела его лица, но убила его.

— И думаешь, что теперь не сможешь с этим жить. — Трейс взял ее за подбородок и заглянул ей прямо в глаза. Ее лицо было перепачкано в грязи, а на расцарапанной щеке запеклась кровь. — Ты сможешь, Джиллиан. Ты сможешь смириться со множеством вещей и продолжать жить дальше. Поверь, уж я-то знаю.

— Трейс, ты можешь еще кое-что для меня сделать?

— Возможно.

Он по-прежнему настороже, подумала Джиллиан и едва не расхохоталась.

— Если тебе это не слишком трудно, не мог бы ты обнять меня? Я не хочу плакать, а если ты меня обнимешь, станет легче.

— Иди сюда, — пробормотал Трейс и крепко обнял ее. Все кончено, подумал он, и она в безопасности. Возможно, у них еще есть в запасе время. — Поплачь, если хочешь. Это никому не навредит.

Он был рядом, горячий и сильный, а ночь снова окутывала их тишиной и спокойствием.

— Теперь мне это ни к чему.

Глава 12

— Не понимаю, как ты можешь волноваться из-за такой ерунды после всего, через что нам пришлось пройти.

— Не придумывай. Я нисколько не волнуюсь. — Трейс в очередной раз сорвал с себя галстук. Для него Кабо умер, и потому галстуки должны были остаться в прошлом. — Не понимаю, зачем я позволил уговорить себя на это.

Невероятно довольная собой, Джиллиан сидела рядом с ним в арендованной машине. Они только что выехали из аэропорта в Лос-Анджелесе.

— Ты ведь пообещал мне, что мы поедем, куда я пожелаю, как только все закончится. А я захотела поехать на свадьбу твоей сестры.

— Гадкая шутка, док, и это после того, как я спас твою жизнь.

И именно потому она хотела спасти его жизнь или хотя бы небольшую ее часть.

— Мужчина должен держать свое слово, — торжественно произнесла Джиллиан, а затем расхохоталась, когда он в ответ чертыхнулся. — О,

Трейс, не будь злюкой. Сегодня такой чудесный день, и мне кажется, я еще никогда не чувствовала себя такой счастливой. Ты заметил, как замечательно выглядели Флинн и Кейтлин, когда мы уезжали? Мне сложно представить, что все позади.

Смягчившись, Трейс ласково коснулся ее руки.

— Да, все позади. Твой брат и его дочка могут вернуться в Ирландию и забыть все, как страшный сон. Теперь, когда больше нет Хусада и Кендесы, а база «Хаммера» полностью уничтожена, им нечего опасаться.

— Эддисон был недоволен, узнав о том, что все документы по проекту «Горизонт» уничтожены, а Флинн отказывается восстанавливать результаты экспериментов.

Трейс ухмыльнулся. Возможно, он ошибался насчет ученых или хотя бы некоторых из них. Оставшись один на один с Эддисоном, Фитцпатрик стоял на своем, решительно отвергая предложения, мольбы и деньги; не обращая внимания на угрозы. Джиллиан придерживалась той же позиции, ни словом не обмолвившись о том, что может восстановить записи по памяти, и покинула офис МСБ, забрав с собой фальшивые результаты экспериментов. Как бы там ни было, с проектом «Горизонт» покончено.

— Эддисон много чем недоволен. Он целый час убивался из-за потерянного ящика с оружием, в котором находился злосчастный TS-35.

— Мне кажется, он еще больше убивался бы, если потерял бы одного из своих лучших агентов.

Трейс вскинул бровь.

— Не думаю, что он так считает.

— Но мне он в этом признался. — Джиллиан расправила складки платья. Она с первого взгляда влюбилась в роскошный зеленый шелк. Джиллиан предпочитала наряды попроще, но ведь, в конце концов, она ехала на свадьбу самой Шантел О'Харли. — Он надеялся, что я смогу убедить тебя остаться «в команде», как он выразился.

Трейс почувствовал прилив самодовольства.

— И что ты ему ответила?

— Что он спятил. О, смотри, какие здесь высокие пальмы. А в Нью-Йорке сейчас, наверное, холод и слякоть.

— Ты скучаешь по нему?

— По чему? — Джиллиан взглянула на него. — По Нью-Йорку? О, я не думала об этом. Наверное, все в Рэндом-Фрай считают, что я улетела на другую планету. — Она удовлетворенно вздохнула. — Иногда я думаю, что это действительно так.

— Полагаю, Артур Стьюард ломает голову, куда ты запропастилась.

— Старый добрый Артур, — с улыбкой откликнулась Джиллиан. — Возможно, на досуге он вспоминал обо мне. — Ее не удивило и не рассердило, что он знает об Артуре. Ведь она-то знала о его раздавленном жуке. — Надо отправить ему открытку.

— Ты вернешься через пару дней.

— Не знаю. Я еще не решила. — Она не собиралась возвращаться в Нью-Йорк или куда-либо еще без него. Просто он еще об этом не знал. — А ты? Собираешься сразу отправиться на остров?

Почему ему становилось не по себе, когда она так улыбалась? Она словно читала его мысли. Или видела, как он старается вообще ни о чем не думать.

— Сначала мне необходимо кое-что уладить в Чикаго. — Трейс помолчал, потому что сам еще до конца не мог в это поверить. — По какой-то причине Чарли завещал мне свой дом.

— Понимаю. — Она радостно улыбнулась. — Значит, теперь у тебя в конце концов появился свой дом.

— Я ничего не смыслю в недвижимости, — пробубнил он.

Они мчались по Беверли-Хиллз, и Джиллиан любовалась роскошными особняками и аккуратно подстриженными живыми изгородями. Его отец всегда мечтал жить в таком месте. О'Харли преуспели в жизни, подумал Трейс. По крайней мере, хоть кто-то из его семьи. Он снова нервно подергал свой галстук.

— Послушай, док, это плохая идея. Мы можем вернуться в аэропорт и улететь в Новую Зеландию. Там очень красиво.

И это другой конец земного шара. Джиллиан поборола желание прочитать очередное наставление или попытаться утешить его.

— Обещания надо выполнять, — просто сказала она.

— Я не хочу испортить праздник Шантел, да и всем остальным.

— А ты ничего и не испортишь. Поэтому ты туда и едешь.

— Ты не понимаешь, Джиллиан. — И раньше у него просто не хватало духу объяснить ей, в чем причина. — Отец никогда не простит мне мой отъезд. Он никогда не понимал, зачем я это сделал. Он хотел... думаю, ему просто было необходимо, чтобы я оставался частью его мечты. Семья О'Харли в ярких лучах славы. Бродвей, Вегас, Карнеги-Холл.

Джиллиан долго молчала. Затем она тихо заговорила, не глядя на него:

— Мой отец никогда не понимал меня и тоже не смог простить меня. Он хотел видеть меня одним человеком, а я предпочла жить по собственным законам. Твой отец любил тебя, Трейс?

— Конечно, просто...

— А мой отец никогда меня не любил.

— Джиллиан...

— Нет, выслушай меня. Существует огромная разница между любовью и долгом, между искренним чувством и надеждами. Он не любил меня, и я приняла это. Но я не могу принять тот факт, что я так и не смогла помириться с ним. А теперь уже слишком поздно. — Она взглянула на него, и, хотя в ее глазах не было слез, они блестели от нахлынувших чувств. — Не повторяй моей ошибки, Трейс. Ты пожалеешь об этом.

Ему нечего было ей сказать. Он приехал сюда не только потому, что пообещал ей, но и потому, что сам этого хотел. Планы и мечты, которые возникали в его голове, невозможно воплотить, пока он полностью не разберется со своей жизнью. И этого не произойдет, пока он не преодолеет разрыв в отношениях с семьей. С отцом.

— Это может стать самой большой ошибкой в твоей жизни, — произнес он, останавливаясь перед воротами дома Шантел.

— Я рискну.

— А ты упрямая женщина, док.

— Я знаю. — Джиллиан погладила его по щеке. — Я поставила на карту не меньше, чем ты.

Он хотел, чтобы она объяснила, в чем дело, но в этот момент охранник резко постучал в стекло.

— Вы рано, сэр, — заметил он, когда Трейс опустил стекло. — Могу я увидеть ваше приглашение?

Джиллиан в ужасе подумала, что забыла о приглашении. Но не успела она раскрыть рот, как Трейс извлек удостоверение.

— Мак-Аллистер, специальное агентство.

Жетон выглядел внушительно и официально, поскольку так и было на самом деле. Охранник внимательно изучил его, рассмотрел фото, затем бросил взгляд на Трейса и кивнул.

— Проезжайте, сэр, — сказал он, едва не отдав ему честь.

Трейс въехал в ворота и направился вперед по длинной подъездной дорожке.

— Мак-Аллистер?

Трейс убрал жетон в карман.

— От старых привычек не так-то легко избавиться. Господи, вот это место.

Огромный белый дом поражал элегантностью. Лужайки и пологие холмики покрывала аккуратно подстриженная трава. Трейс вспомнил о тесных гостиничных номерах, в которых они жили, о еде, которую отец готовил на переносной плитке, о душных гримерных, о публике, которая чаще ворчала, чем аплодировала. О музыке. О смехе.

— Как красиво, — пробормотала Джиллиан. — Словно на картинке.

— Она всегда говорила, что у нее будет такой дом. — Гордость за сестру оказалась сильнее, чем он ожидал. — Сестренка добилась успеха.

— Ты говоришь как истинный брат, — со смехом откликнулась Джиллиан.

Мужчина в униформе помог ей выйти из машины, и она вдруг разволновалась не меньше Трейса. Возможно, лучше было бы, если бы он поехал один. Она едва ли готова к тому, чтобы встретиться со знаменитыми представителями театра и кино. И его семье может не понравиться... Когда он подошел к ней, она протянула ему руку.

— Трейс, возможно, мне не стоит идти.

Дверь дома резко распахнулась и едва не сорвалась с петель. Женщина с буйной копной рыжих кудрей, в изысканном платье сапфирового цвета, ринулась вниз по лестнице. Издав вопль, отдаленно напоминающий боевой клич, она бросилась в объятия Трейса.

— Ты на самом деле приехал! Ты здесь! — Обвив руками его шею, она поцеловала его в губы, и под этим горячим натиском Трейсу ничего не оставалось, как впитывать родной запах и захлебываться чувствами. — Я знала, что ты приедешь. Не верила, но чувствовала. И вот ты здесь.

— Мадди! — Ему не хватало воздуха и не терпелось взглянуть на сестру, и потому Трейс слегка отодвинулся назад, обняв ее за плечи. По лицу Мадди струились слезы, но она улыбалась. И эта улыбка была в точности такой, какой он ее помнил. — Привет.

— Привет. — Она вытащила у него из кармана носовой платок, высморкалась и громко расхохоталась. — Шантел убьет меня, если у меня покраснеет нос. — Она снова высморкалась. — Как я выгляжу?

— Ужасно, но что поделаешь, если у тебя такое лицо. — И они снова со смехом обнялись. Он сжимал ее в объятиях, жалея, что нельзя вот так же легко найти общий язык и с остальными. — Мадди, я люблю тебя.

— Я знаю, дурачок. — В ее голосе послышалось рыдание. — На этот раз ты останешься?

— Да. — Он потерся щекой о ее волосы. — На этот раз я останусь. — Глядя поверх ее головы, он наблюдал за Джиллиан.

— Не могу дождаться того момента, когда все увидят тебя. — Мадди одарила его сияющей улыбкой, затем взглянула на Джиллиан: — Привет.

— Мадди, это Джиллиан Фитцпатрик.

Все еще шмыгая носом, Мадди направилась к ней.

— Я так рада познакомиться. — И Джиллиан тут же оказалась в ее объятиях. — На самом деле я невероятно взволнована. — Она слегка отодвинулась и подмигнула Джиллиан, а затем снова обняла ее. — Ты прекрасно выглядишь, вы оба просто великолепны. — Она обняла их обоих и повела вверх по лестнице. — Не могу дождаться, когда вы познакомитесь с Ридом. А, вот и он.

По коридору шел стройный мужчина, с волосами немного темнее, чем у Трейса, и подстриженными в более строгой манере. Он выглядел так, будто родился в смокинге. Это и был Рид Валлентайн из Валлентайн Рекордс. Богатый, хорошо воспитанный и прямолинейный. Подумав о своей свободолюбивой, чуждой условностям сестре, Трейс решил, что этот мужчина абсолютно ей не подходит.

— Рид, это Трейс. — Мадди наградила Трейса еще одним стремительным поцелуем, а затем бросилась к мужу. — Я же говорила, что он приедет.

— И ты приехал. — Рид обнял Мадди за талию, словно пытаясь защитить, и смерил оценивающим взглядом брата, в то время как брат внимательно разглядывал его. — Мадди предвкушала вашу встречу. — По-прежнему обнимая жену, он протянул руку.

Трейс пожал ладонь, которая оказалась гораздо крепче, чем он ожидал.

— Мои поздравления.

— Спасибо.

— О, не будь занудой, Рид. Мы должны радушно встретить брата.

Рид заметил, как изменилось выражение лица Трейса, и улыбнулся.

— Мне кажется, Трейсу надо выпить. — Он очаровательно улыбнулся Джиллиан. — Привет.

— О, простите, — начала Мадди. — Это Джиллиан. Она приехала вместе с Трейсом. Вам следует войти в дом и присесть, а я пока разыщу остальных. Сегодня все перепуталось.

И словно доказывая ее слова, по коридору промчались двое мальчишек, не замечая ничего и никого на своем пути, один преследовал другого.

— Я все расскажу маме!

— Я расскажу первым!

— Эй! — Мадди схватила их за руки прежде, чем дело дошло до драки. — Притормозите. Вы испачкаете эти чудесные маленькие смокинги прежде, чем начнется свадебная церемония.

— Он сказал, что я похож на болвана, — заявил младший.

— А он меня ударил, — негодующе откликнулся старший.

— Я пытался его ударить, но промахнулся. — Мальчишка взглянул на брата, надеясь, что ему представится другой шанс.

— Драться запрещено. А ты, Крис, не выглядишь как болван. На самом деле ты выглядишь очень красивым. Ну а теперь вы можете успокоиться, чтобы я могла познакомить вас с дядей?

— Каким дядей? — Старший мальчик, Бен, подозрительно взглянул на нее.

— Того, с которым вы никогда не встречались. Трейс, это Бен и Крис, сыновья Эбби.

Трейс не знал, стоит ли ему пожать мальчишкам руки, присесть на корточки или помахать рукой издалека. Не успел он опомниться, как Крис подошел к нему и принялся с интересом разглядывать.

— Ты тот самый дядя, который уехал. Мама говорила, ты был в Японии.

Итак, лучше присесть на корточки.

— Да, я там был.

— Мы проходили это в школе. Японцы едят сырую рыбу.

— Иногда. — «Господи, — подумал он, — как этот мальчик похож на меня». А у его брата были серьезные глаза Эбби.

— А ты ел? — поинтересовался Крис.

— Конечно.

Крис скривился. Он был невероятно доволен.

— Какая гадость. Папа, Дилан, брал нас на рыбалку, но я не чистил рыбу.

— А я чистил, — встрял в разговор Бен, не желая отставать от брата. Он отпихнул Криса, чтобы получше самому рассмотреть дядю. — Мне понравилась модель космического корабля, которую ты мне прислал. Она очень аккуратно сделана.

— Я рад, что тебе понравилось. — Трейс хотел погладить мальчугана по голове, но решил, что не стоит торопить события.

— Он позволяет мне играть с этой моделью, только если я очень попрошу, — встрял Крис.

— Это потому что ты болван.

— Я не болван!

Бен в ответ принялся выдавать полный набор оскорблений, но вдруг резко умолк, услышав знакомые шаги.

— Беспорядки? — мягко спросил Дилан, зайдя в холл.

— Папа, у нас есть еще один дядя, и он здесь. — Крис радостно схватил Трейса за руку и потянул его вперед. — Это дядя Трейс. А это мой папа. Мы поменяли свою фамилию на Кросби.

Итак, это был брат, чья жизнь окутана тайнами. Писательский инстинкт Дилана пробудился.

— Рад, что ты смог приехать. Эбби показывает мальчикам места, где ты побывал, на глобусе Бена. Ты стал известной личностью.

— В некотором роде. — Трейсу было приятно познакомиться с мужем сестры, но он всегда настороженно относился к журналистам.

— Он ест сырую рыбу, — заявил Крис. — Эй, мама, угадай, кто здесь?

Эбби вышла из кухни, такая же стройная, как и прежде, в розовом платье, с ребенком на руках. Ее темно-русые волосы ниспадали на плечи.

— Поставщики продуктов просят меня, чтобы маленькие жадные ручки держались подальше от канапе. Интересно, кого они имели в виду. — Удивленно вскинув бровь, она улыбнулась мужу. А затем вдруг увидела Трейса. — О! — Ее выразительные глаза наполнились слезами, и она распахнула объятия навстречу брату. — О, Трейс!

— Мама плачет, — пробормотал Бен, наблюдая, как мать обнимает человека, о котором он только слышал, но никогда не видел прежде.

— Это от счастья, — объяснил Дилан, положив руку ему на плечо. — Представь, что ты очень долго не виделся с Крисом.

Бен задумался, и в его глазах заплясали радостные огоньки.

— Маленькое чудовище. — Дилан со смехом взъерошил его волосы.

— Какой сюрприз! Какой потрясающий сюрприз!

Трейс смахнул слезу с ее щеки.

— Мадди уже украла мой носовой платок.

— Это не важно. Как ты добрался сюда? Откуда ты приехал? Мне надо о многом расспросить тебя. Обними меня еще раз.

— А это Джиллиан, — объявила Мадди, хотя Джиллиан изо всех сил старалась держаться в отдалении. — Это она его привезла. — Заметив удивление Трейса, Мадди улыбнулась. — Я хотела сказать, это он ее привез.

— Как бы там ни было, здравствуй. — И хотя Эбби чувствовала, что здесь кроется какая-то тайна, она решила подождать. Она расцеловала Джиллиан в обе щеки. — Я так рада, что ты приехала, вы оба. И я не могу дождаться, когда увижу выражение лица Шантел.

— А зачем ждать? — Мадди со смехом взяла Трейса под руку. — Она наверху наводит марафет.

— Ничего не меняется, — заметил Трейс.

— Почти ничего. Пойдемте. Джиллиан, и ты тоже. Шантел непременно захочет с тобой познакомиться.

— Может, мне не стоит...

— Не глупи. — Решительно взяв ее за руку, Эбби оборвала ее на полуслове. — Такое бывает только раз в жизни.

— А мы с Диланом... узнаем, как там Квин, — сказал Рид.

— Хорошо. — Поднимаясь по лестнице, Мадди одарила его сияющей улыбкой.

— Интересно, как отреагирует папа, — пробормотал Дилан.

— Вот это я как раз не хотел бы пропустить. Ладно, мальчики, пойдемте посмотрим, как поживает наш жених.

С экзальтированностью настоящей драматической актрисы Мадди принялась колотить в дверь.

— Я не хочу никого видеть, если только у вас не найдется бутылки шампанского.

— У нас есть кое-что получше. — Мадди приоткрыла дверь и засунула голову внутрь. — Мы с Эбби приготовили для тебя свадебный подарок.

— Сейчас я предпочла бы выпить бокал шампанского. У меня нервы совсем развинтились.

— Это поможет тебе отвлечься. — И Мадди картинно распахнула дверь.

Шантел сидела за туалетным столиком в длинном белом халате, ее великолепные густые пепельные волосы были завиты в тугие локоны. Увидев в зеркале Трейса, она медленно повернулась.

— Так, так, — произнесла она своим низким, соблазнительным голосом. — Смотрите, кого нелегкая принесла. — Она поднялась навстречу Трейсу.

Она была такой же прекрасной, какой он ее помнил. А возможно, она стала еще прекраснее. И осталась таким же крепким орешком.

— Прекрасно выглядишь, сестричка.

— Я знаю. — Она склонила голову. — Ты тоже неплохо выглядишь. Правда, немного поистрепался по краям.

Трейс засунул руки в карманы.

— Красивый дом.

— Нам нравится. — Она с трудом перевела дух. — Сукин сын. Что теперь будет с моим макияжем.

Он шагнул ей навстречу и крепко сжал в объятиях.

— Я так рада, что ты здесь, и ненавижу за то, что ты заставил меня расплакаться, и теперь на собственной свадьбе я буду выглядеть как пугало.

— Пугало? — Он слегка отодвинулся, чтобы взглянуть на нее. — Черта с два.

— Трейс. — Шантел откинула волосы с его лба. — Мы всегда знали, что настанет день, когда ты приедешь, но лучшего дня и не придумаешь. Господи, неужели у тебя нет носового платка?

— Мадди уже им воспользовалась.

— Логично. — Она вытерла слезы ладонью.

— Это Джиллиан. — Мадди буквально втолкнула ее в комнату.

— О? — Шантел подозрительно вскинула бровь. — Как поживаешь?

— Я не хочу вас беспокоить.

Услышав знакомый акцент, Шантел улыбнулась:

— Думаю, мне лучше пойти вниз или...

— Она приехала вместе с Трейсом, — встряла в разговор Эбби.

— Правда? — Тройняшки переглянулись. — Ну, разве это не мило? У тебя отличный вкус, Трейс. — Шантел взяла Джиллиан за руки. — Прости, что не могу сказать того же о тебе, но шампанское сейчас придется в самый раз.

— Я принесу.

— Ради бога, Мадди, я попрошу кого-нибудь из прислуги. В твоем положении тебе не стоит носиться взад-вперед по лестнице. Спускайтесь в гостиную. Квин не появится в этом крыле, так что я не рискую попасться ему на глаза до начала церемонии. Я спущусь, как только приведу себя в порядок. — Она коснулась руки Трейса: — Пожалуйста, побудь со мной.

— Конечно. — Он поспешно взглянул на Джиллиан, но та уже выскочила из комнаты вместе с сестрами.

— Мы так по тебе скучали, — сказала Шантел, оставшись наедине с братом. — У тебя все в порядке?

— Да, а что?

Взяв его за руки, Шантел присела на кровать.

— Я всегда думала, что ты вернешься домой либо на щите, либо под щитом.

Он принужденно рассмеялся:

— Прости, но ты не угадала.

— Я не стану спрашивать, чем ты занимался, но я должна спросить, останешься ли ты.

— Я не знаю. — Он подумал о Джиллиан. — Мне хотелось бы.

— Хорошо. Но сегодня ты здесь. Я терпеть не могу сентиментальную слякоть, но не могу и передать, как это много значит для меня.

— Ты снова начинаешь плакать и можешь превратиться в пугало.

— Я знаю. Ты всегда был...

— Шантел, Рид сказал, что я нужна тебе. Я пыталась избвиться от нападок твоего отца... — Молли замерла посреди комнаты.

Трейс думал, что готов к тому, чтобы снова увидеть ее. Она слегка постарела, но все равно не казалась пожилой женщиной. Она изменилась, но каким-то образом осталась прежней. Она когда-то ругала и утешала его, шлепала и ласкала его, когда это было необходимо. И Трейс вдруг почувствовал себя двенадцатилетним мальчишкой.

— Мама...

Она не хотела плакать. Глупо просто разрыдаться, не сказав ни слова. И, проявив недюжинную выдержку, которая не раз спасала ее за долгие годы кочевой жизни, она лишь глубоко вздохнула.

— Дай мне посмотреть на тебя. — Трейс был худощав, но он и прежде отличался стройностью, как его отец. Как же он похож на отца! — Как хорошо, что ты вернулся. — Она шагнула к нему и стиснула в объятиях. — О, Трейси, как хорошо, что ты вернулся.

От нее пахло как прежде. Теперь она казалась меньше ростом, стройнее, но пахла она все так же. Он зарылся лицом в ее волосы и вдыхал ее запах.

— Я скучал по тебе. Мама, прости меня.

— Не надо сожалений. — Крепко обнимая его, она горячо произнесла эти слова. — Не надо сожалений. И лишних вопросов. — Она улыбнулась ему. — По крайней мере, пока. Я собираюсь потанцевать со своим сыном на свадьбе дочери. — Она протянула руку Шантел. Некоторые молитвы все же были услышаны.

— Молли! Во имя всего святого, куда ты подевалась? Эти так называемые музыканты не знают ни одной ирландской мелодии.

Молли почувствовала, как напрягся Трейс.

— Не повторяй прежних ошибок, — произнесла она суровым тоном, который он хорошо помнил.

— И как наша дочь могла нанять команду этих болванов? Молли, где ты, черт подери?

Он влетел в комнату, как всегда летал по жизни — уверенной, танцующей походкой. Фрэнк О'Харли редко спотыкался, но на этот раз он едва не упал, увидев сына.

— Пойду узнаю насчет шампанского, — быстро сказала Шантел. — Мама, я хочу тебя кое с кем познакомить. Пойдем, я тебя представлю.

Взглянув мужу в глаза, Молли направилась к двери.

— Я всю жизнь тебя любила, — тихо сказала она. — И буду любить, какую бы глупость ты ни совершил. Не разочаровывай меня, Фрэнк.

Фрэнк откашлялся, когда за ней захлопнулась дверь. Мужчина не должен испытывать чувство неловкости в присутствии собственного сына. Но он ничего не мог с собой поделать.

— Мы не знали, что ты приедешь.

— Я и сам не знал.

— Ты по-прежнему свободен, как вольная пташка, да, Трейс?

Трейс сжался.

— Похоже на то.

— Именно этого ты всегда хотел. — Он не собирался этого говорить, но слова вылетели прежде, чем он успел остановиться.

— Ты никогда не знал, чего я хочу. — Черт подери, зачем они начинают сначала этот спектакль? — И никогда не хотел знать. Ты хотел лишь, чтобы я был тобой, а я не мог этого сделать.

— Это неправда. Я всегда хотел, чтобы ты оставался самим собой.

— Когда это соответствовало твоим критериям.

Трейс уже направился к выходу, но тут вспомнил, что сказала Джиллиан. Он должен помириться или хотя бы сделать попытку. Он остановился в нескольких шагах от отца и взъерошил волосы ладонью.

— Я не могу и не стану извиняться за то, какой я есть, или за то, что я сделал. Но мне жаль, что я разочаровал тебя.

— Постой. — Фрэнк поднял руку. Еще минуту назад он испугался, что снова потеряет Трейса и уже никогда не сможет вернуть его. Долгие
годы он сожалел о том, что между ними произошло. — Кто сказал, что ты меня разочаровал?
Я никогда этого не говорил. Просто я был зол и
обижен, но ты никогда меня не разочаровывал.
Я не хочу, чтобы ты это говорил.

— А что ты хочешь услышать?

— Двенадцать лет назад ты кое-что сказал мне.
А теперь настала моя очередь. — Он выпятил
подбородок. Фрэнк тоже облачился в смокинг,
но на нем он выглядел как театральный костюм.
Трейс готов был поспорить, что в его ботинки
вставлены пробки, как в пуанты у танцоров ба-
лета. Он надеялся, что так и было.

— Хорошо, но прежде я хочу сказать, что не
собираюсь испортить свадьбу Шантел. Если ничего нельзя поделать, давай объявим перемирие
хотя бы на один день.

Спокойствие Трейса удивило Фрэнка. Мальчик стал мужчиной. Гордость и сожаление раз-
рывали его на части.

— Я не хочу воевать с тобой, Трейси. И никогда не хотел. — Фрэнк взъерошил волосы, и
Трейс будто в зеркале увидел одну из своих привычек. — Я... Ты был очень нужен мне. — Он
запутался в словах и откашлялся. — Ты мой пер-
венец, и мне хотелось, чтобы ты гордился мной,
чтобы ты смотрел на меня, как на человека, у
которого есть ответы на все вопросы. А когда ты
захотел найти собственные ответы, я не захотел
тебя слушать. Понимая, что ты считаешь меня
неудачником...

— Нет. — Охваченный смятением, Трейс сделал первый шаг навстречу отцу. — Я никогда так о тебе не думал, я просто не мог так думать.

— Ты посылал матери деньги.

— Потому что не мог дать ничего большего.

Открылась и начала мучительно саднить старая рана.

— Я так и не смог дать вам, никому из вас, те вещи, которые обещал.

— Нам не нужны были вещи, папа.

Но Фрэнк лишь покачал головой.

— Мужчина должен обеспечивать свою семью, оставить наследство сыну. Бог видит, я не дал твоей матери и половины того, что она заслуживает. А обещания были огромными. Когда ты ушел, сказав те слова, я очень разозлился. И если бы я перестал злиться, то просто не смог бы свыкнуться с мыслью, что я плохой отец и что я потерял тебя.

— Ты всегда был хорошим отцом. Я не думал... — Трейс глубоко вздохнул, но голос все равно дрожал. — Не знал, что хочешь, чтобы я вернулся.

— Не было ни одного дня, чтобы я не думал о твоем возвращении, но я просто не знал, как сказать тебе об этом. Черт побери, я не знал, где ты находился все это время. Я сам оттолкнул тебя, Трейси, я знаю. И вот теперь ты вернулся мужчиной, а я потерял столько лет.

— У нас с тобой будет еще много времени.

Фрэнк положил руки на широкие плечи сына.

— Когда ты уезжал, я не хотел, чтобы это было сделано в гневе. И я хочу сказать, глядя тебе в глаза, что я горжусь тобой.

— Я люблю тебя, папа. — Впервые за двенадцать лет Трейс обнял отца. — Я хочу остаться. — Он закрыл глаза, потому что слова приносили невероятное облегчение. — Ты мне нужен. Вы все мне нужны. Понадобилось слишком много времени, чтобы понять это. — Он слегка отодвинулся назад. — Я хочу вернуть отца.

— Ах, Трейси, мне так тебя не хватало! — Фрэнк вытащил платок и высморкался. — Черт подери, твоей сестре следовало оставить здесь бутылочку.

— Мы обязательно выпьем, папа. — Трейс посмотрел в мокрые от слез голубые глаза отца. — Я всегда тобой гордился. Ты дал мне все самое лучшее. Просто я должен был найти всему этому собственное применение.

— На этот раз, мой мальчик, мы устроим радушную встречу. — Он обнял Трейса за плечи. — И выпьем вместе с тобой. Когда вся эта свадебная кутерьма закончится, я мог бы даже, рискуя навлечь гнев твоей матери, слегка напиться. Мужчина должен веселиться, когда небеса даруют ему сына.

— Я плачу.

Глаза Фрэнка засверкали.

— Во дает! Ты заработал кучу денег, правда? И увидел все те места, о которых когда-то мечтал?

— Гораздо больше, чем я хотел увидеть, — сказал Трейс и улыбнулся. — Я даже пару раз пел, чтобы заплатить за ужин.

— Конечно. — Фрэнк ощутил прилив гордости за сына. — Ты ведь О'Харли, не так ли? — Он похлопал Трейса по спине. — Ты всегда лучше пел, чем танцевал, но это не важно. Ты мне должен много всего рассказать. — Он подмигнул, когда они направились к выходу. — Начнем с женщин.

И в этом отец тоже не изменился. И хотя Трейс этого не ожидал, ему вдруг стало весело.

— Это займет какое-то время.

— У нас полно времени. — Ведь его сын вернулся домой. — Уйма времени.

Спускаясь по лестнице, Трейс увидел еще одну фигуру в смокинге.

— Я все выясню, — произнес человек в телефонную трубку, стоя спиной к лестнице.

— Квин, мой мальчик! — Радостный вопль Фрэнка разнесся по всему дому. — Я хочу познакомить тебя со своим сыном, Трейсом.

Квин обернулся и встретился взглядом с Трейсом. Они мгновенно узнали друг друга, но не подали вида.

— Рад познакомиться. — Квин пожал ему руку. — Шантел наверняка вне себя от радости, что ты приехал.

— Как забавно одним махом познакомиться сразу со всеми мужьями сестер.

— Нам надо выпить, — объявил Фрэнк. — Гости появятся до того, как мы успеем подготовиться. — А он собирался похвастаться своей семьей. Всей своей семьей.

— Налей мне двойной. — Трейс похлопал отца по плечу. — Я скоро.

— Пропустим по стаканчику чуть позже. Мне еще надо разобраться с этими музыкантами.

— Мир тесен, — заметил Квин, когда они остались одни.

Трейс покачал головой, разглядывая человека, который когда-то давно был его напарником.

— Сколько воды утекло.

— Помнишь наше задание в Афганистане, когда это было, восемь, десять лет назад?

— Примерно. Итак, ты женишься на Шантел.

— Вопреки всем трудностям.

— Она знает, чем ты занимаешься?

— А я больше этим не занимаюсь. — Квин достал пачку сигарет и предложил Трейсу закурить. — У меня свой охранный бизнес. А ты?

— Недавно уволился. — Трейс достал спички. — Такие дела.

— Знаешь, удивительно, как я не догадался о вашем родстве О'Харли.

— Мы ведь не пользовались настоящими именами во время заданий.

— Да, но дело в том, что ты похож на нее даже больше, чем остальные сестры.

Трейс выпустил струю дыма и расхохотался:

— Не советую говорить ей об этом, если не хочешь спать на диване следующие полгода.

Семья О'Харли поразила ее. Джиллиан никогда не встречала раньше таких людей. Она сидела в кругу семьи, в то время как Шантел выходила замуж под теплым зимним калифорнийским солнцем, под белым шелковым балдахином. За свадебной церемонией наблюдало пятьсот гостей. Здесь было море шампанского, цветов и слез счастья.

Несколько часов она кружилась в безумном вихре, создаваемом этими людьми, а затем, когда у нее окончательно закружилась голова, Джиллиан нашла спокойное местечко, чтобы прийти в себя. Она не знала, прилично ли ей будет устроиться в кабинете, но только там музыка звучала не так громко. И здесь она могла вытянуть ноги.

— Прячешься?

Джиллиан со вздохом схватилась за сердце.

— Ты меня до смерти напугал. — Она снова расслабилась, когда Трейс уселся рядом. — Не стоит подкрадываться к человеку сзади.

— Я долгие годы только этим и занимался. — Он тоже вытянул ноги. — Болят ноги? — спросил он, заметив на полу ее туфли.

— От танцев у меня отваливаются ноги. Твой отец никогда не сбавляет темп?

— Я не замечал. — Господи, как хорошо снова вернуться в семью.

Джиллиан откинулась на подушки.

— Я ему нравлюсь.

— Конечно, ты ведь ирландка. И с тобой можно придумать вполне сносный танцевальный номер.

— Вполне сносный? — Джиллиан снова выпрямилась. — Должна тебе признаться, О'Харли, твой отец сказал, что я могу поехать с ними, когда только пожелаю.

— Уже пакуешь чемодан?

Джиллиан снова со вздохом откинулась назад.

— Мне далеко до твоей семьи. Они все замечательные люди. Спасибо, что привез меня сюда.

— Думаю, я догадываюсь, кто кого привез. — Он взял ее за руку и нежно поцеловал ее ладонь, и Джиллиан тут же лишилась дара речи. — Спасибо тебе, Джиллиан.

— Я люблю тебя. Я просто хотела, чтобы ты был счастлив.

Когда Трейс выпустил ее руку, Джиллиан сжала в кулак ладонь, которую он поцеловал.

— Ты это уже говорила. — Трейс встал и направился к окну. Отсюда ему были видны столики с угощениями и вином и сотни гостей, которые танцевали или неторопливо прогуливались.

— Что я желаю тебе счастья?

— Что ты любишь меня.

— Неужели? — Она с легкомысленным видом разглядывала свои ногти. — Разве это не интересно? Но насколько я помню, ты тогда не обратил внимания на мои слова.

— У меня тогда голова была занята совсем другим.

— О да, спасением моего брата и Кейтлин. Кстати, мы еще не разобрались до конца с этим делом. — Она потянулась к сумочке и вытащила листок бумаги. Поднявшись, Джиллиан протянула ему листок. — Это сто тысяч, которые я тебе должна за работу. Мои юристы переслали чек. — Он не пошевелился, и тогда Джиллиан подошла к нему и сунула чек ему в руку. — Чек заверен. Можешь не сомневаться, все абсолютно надежно.

Ему хотелось затолкать этот чек ей в горло.

— Чудесно.

— В таком случае наше дело завершено. Ты получил деньги, дом, семью. — Она отвернулась, чувствуя, что сейчас, как никогда, готова убить его. — И куда ты направишься теперь, Трейс? Прямо на острова?

— Возможно. — Он смял чек и засунул в карман. — Я как раз думал над этим.

— Какая прекрасная новость.

— Придержи язык. Лучше заткнись, пока не поздно. — Трейс схватил ее за плечи и крепко поцеловал в губы. Словно изголодался по ней, мелькнуло в голове у Джиллиан.

Дверь распахнулась. Эбби застыла на пороге.

— О, простите, я не хотела мешать. — И она так же быстро исчезла.

Трейс выругался.

— Возможно, ты влюблена в меня, а возможно, ты просто идиотка.

— Возможно. — На этот раз выругалась она, и Трейс изумленно вскинул бровь. — Возможно, я хотела узнать, что чувствуешь ты.

— Мы говорим не о моих чувствах.

— О, я понимаю.

Джиллиан двинулась к выходу, но Трейс снова обнял ее, не давая уйти. Удивительно, как быстро могла паника охватить того, кто долгое время жил в одном шаге от опасности.

— Не отворачивайся от меня.

Она посмотрела на него в упор.

— Это не я отворачиваюсь, Трейс.

В этом она оказалась права. И, черт подери, у него снова вспотели ладони.

— Послушай, я не знаю, насколько ты привязана к Нью-Йорку, к тому месту, где ты работаешь. Я могу продать дом в Чикаго, если он не подходит.

Джиллиан почувствовала, как начинает клокотать в горле радостный, победный смех, но сдержалась.

— Не подходит для чего?

— Не подходит, черт побери. Джиллиан, я хочу...

На этот раз в комнату вихрем ворвалась Мадди.

— О, привет. — Заметив выражение лица Трейса, она закатила глаза. — Вы меня не видели, — произнесла она, пятясь назад. — Я сюда не заходила. И теперь я исчезаю. — И она скрылась за дверью.

— Некоторые вещи никогда не меняются, — пробормотал Трейс. — Никогда у меня не было ни минуты покоя с этой троицей.

— Трейс. — Джиллиан коснулась его щеки и придвинулась прямо к его лицу. — Ты делаешь мне предложение?

— Если ты не возражаешь, я хотел бы все сделать по-своему.

— Конечно. — Она с серьезным видом уселась около окна. — Пожалуйста, продолжай.

Неужели она думала, что от этого спокойного и пристального взгляда ему будет легче сказать то, что он хотел? Он мог бы написать о том, что чувствовал, он мог бы положить слова на музыку. Тогда, возможно, ему удалось бы произнести эти слова вслух. Но сейчас ему ничего не приходило в голову.

— Джиллиан, я думаю, ты совершаешь большую ошибку, но если ты твердо решила, мы могли бы попробовать. У меня есть некоторые соображения по поводу того, чем заняться теперь, когда МСБ уже в прошлом. — Он снова засунул руки в карманы, не зная, куда их девать. — Возможно, мне удалось бы продать некоторые из моих песен, хотя дело вовсе не в этом, — продолжал он, не дав ей и слова сказать. — Дело в том, что независимо от того, сможешь ли ты с этим справиться, тебе совсем не обязательно со мной связываться.

— А теперь заткнись ты.

— Постой...

— Просто заткнись и иди сюда.

Он мрачно нахмурился, но все-таки подошел к ней.

— Садись, — приказала Джиллиан, указывая на место рядом с собой. Когда он устроился рядом, Джиллиан взяла его за руки. — А теперь я объясню тебе, в чем дело. Я люблю тебя, Трейс, люблю всем сердцем и хочу всю жизнь прожить рядом с тобой. И мне не важно где. Дом в Чикаго — особенное место, но есть лаборатории и на Среднем Западе. Для меня важно лишь то, что ты будешь доволен. Я не хочу ни подчинять, ни подавлять тебя.

Он никогда не встречал женщин, подобных ей. И ему не нужна другая женщина. Он жалел, что не может подобрать сейчас нужных слов, ласковых и нежных. Но когда-нибудь, подумал Трейс, он произнесет эти слова.

— Когда мы познакомились, я сказал, что очень устал. Это правда. Я больше не хочу покорять горные вершины, Джиллиан. Я уже знаю, что находится наверху. Возможно, я буду не идеальным мужем, но я постараюсь сделать тебя счастливой.

— Я знаю. — Она обхватила ладонями его лицо и нежно поцеловала его. — Почему ты хочешь жениться на мне, Трейс?

— Я люблю тебя. — Он не представлял, как легко, оказывается, произнести эти слова. — Я люблю тебя, Джиллиан, и я очень хочу, чтобы у нас была своя семья.

Она опустила голову ему на плечо.

— Мы создадим ее вместе.

Литературно-художественное издание

Робертс Нора

БЕЗ СЛЕДА

Роман

Ответственный редактор *Л.И. Глебовская*

Художественный редактор *Е.Ю. Шурлапова*

Технический редактор *Н.В. Травкина*

Ответственный корректор *Т.В. Соловьева*

Подписано в печать 14.09.2012.
Формат 82×100 $^1/_{32}$. Бумага типографская. Гарнитура «Ньютон».
Печать офсетная. Усл. печ. л. 15,2. Уч.-изд. л. 11,52.
Тираж 5 000 экз. Заказ № 7934

ЗАО «Издательство Центрполиграф»
111024, Москва, 1-я ул. Энтузиастов, 15
E-MAIL: CNPOL@CNPOL.RU

WWW.CENTRPOLIGRAF.RU

Отпечатано с готовых файлов заказчика
в ОАО «Первая Образцовая типография»,
филиал «УЛЬЯНОВСКИЙ ДОМ ПЕЧАТИ»
432980, г. Ульяновск, ул. Гончарова, 14

Harlequin® Russia

Автор бестселлеров #1 New York Times

Нора Робертс

ПОКОРИТЬ КЭТРИН

В старинном фамильном особняке Калхоунов под названием «Башни» живут четыре сестры: спокойная и печальная Сюзанна — мать двоих очаровательных детей, пылкая и своевольная Кэтрин, безотказная Аманда и добросердечная Лайла. Им трудно содержать особняк, и они вынуждены задуматься о его продаже. И тут как раз находится покупатель. Впрочем, вскоре оказывается, что влиятельный бизнесмен Трентон Сент-Джеймс хочет получить не только «Башни», но и саму Кэтрин! Причем ответ «нет» его не устраивает...

www.harlequin.cnpol.ru

Harlequin® Russia

Автор бестселлеров #1 New York Times

Нора Робертс

ТАНЕЦ ЕЕ МЕЧТЫ

Мадди О'Харли, талантливая танцовщица и прекрасная актриса, упорным трудом достигла успеха — в новом спектакле она исполнит главную роль. Девушка полна решимости завоевать Бродвей. Мадди выросла в дружной любящей семье, и оттого у нее открытый характер и чудесный нрав. Умная, уверенная в себе, Мадди не смущается тем, что Рид Валентайн, ее избранник, — богатый и успешный бизнесмен, ведь им так хорошо друг с другом. Она убеждена, что встретила мужчину своей мечты. А вот Рид раздражен: он потерял покой из-за Мадди, но вовсе не собирается связывать свою жизнь с танцовщицей.

www.harlequin.cnpol.ru

**«Издательство Центрполиграф» —
эксклюзивный партнер крупнейшего в мире
издателя современной романтической прозы
Harlequin Enterprises Limited —
представляет беспрецедентный проект**

Harlequin® Russia

• Романы всемирно известных авторов, большинство
из которых ранее не издавались на русском языке
• Произведения, получившие множество наград и но-
минаций
• Проза, переведенная на десятки иностранных языков
• Книги, выпущенные миллионными тиражами по
всему миру
• Издания с изысканным дизайнерским оформлением

В рамках проекта Harlequin® Russia выходят увлека-
тельные серии:

**Серия «Мировые хиты Harlequin® Russia»
Серия «Мировые бестселлеры Норы Робертс»
Серия «Исторический роман»
Серия «Любовный роман»**

По жанрам произведения варьируются от сентимен-
тальных и исторических романов о любви до остросю-
жетных детективов и леденящих душу триллеров.
Все серии отличаются реалистичным художествен-
ным повествованием и тонким изображением внутрен-
него мира героев.

**Более 10 новинок каждый месяц!
Более 200 изданных романов в год!
Миллионы благодарных читательниц во всем мире!**

Книги Harlequin® Russia найдут отклик в душе любой
женщины, вне зависимости от возраста, характера и тем-
перамента.

www.harlequin.cnpol.ru

Harlequin® Russia

Серия «Мировые хиты Harlequin® Russia»

Если триллер — то такой, чтобы мурашки по коже. Если роман о любви — то такой, чтобы по телу сладостная истома. Бесспорные литературные шедевры, написанные культовыми авторами за рубежом: Тесс Герритсен, Сандрой Браун, Дебби Макомбер, Сьюзен Виггс и Брендой Джойс. Все романы, выходившие в серии «Лучшее из лучшего», становились бестселлерами и удостаивались международных литературных премий.

Серия «Мировые бестселлеры Норы Робертс»

Романы от гуру современной женской прозы и самой популярной писательницы Америки. Ее книги неизменно становятся хитами продаж не только за рубежом, но и в России. В новой серии Норы Робертс представлены романы с тонким повествованием и завораживающим финалом наравне с интригующими историями о любви и мистике.

Серия «Исторический роман»

Действие в романах серии разворачивается на фоне различных исторических событий: то в конце XIX века, то в эпоху Французской революции, а то и во времена Войны Алой и Белой розы. Ярко выписанные «декорации» придают повествованию, несмотря на напряженность интриги, некоторую неспешность, свойственную добротному историческому роману.

Серия «Любовный роман»

В изящных, лаконичных белых книжечках — истории о желанной, но все равно неожиданной, нежной, страстной и полной загадок настоящей любви. На пути влюбленных встречаются преграды, козни соперников, а часто и простое непонимание, но финал... финал всегда будет счастливым!

www.harlequin.cnpol.ru